ANDREU MARTÍN

De todo corazón

ANDREU MARTÍN

De todo corazón

nowtilus

Colección: Narrativa Nowtilus
www.nowtilus.com

Título: De todo corazón
Título original: De tot cor
Autor: © Andreu Martín
Traducción: © Jordi Virallonga

Copyright de la presente edición © 2008 Ediciones Nowtilus S. L.
Doña Juana I de Castilla 44, 3° C, 28027 Madrid
www.nowtilus.com

Editor: Santos Rodríguez
Coordinador editorial: José Luis Torres Vitolas

Diseño y realización de cubiertas: Opalworks
Diseño y realización de interiores: JLTV
Maquetación: Claudia Rueda Ceppi
Fotografía de Andreu Martín de la solapa: © Ediciones Bromera

ISBN 13: 978-84-9763-562-2
Fecha de publicación: Octubre 2008

Printed in Spain
Imprime: Gráficas Díaz Tuduri S.L.
Depósito Legal: BI-2568-08

ÍNDICE

1

—Cometí muchos errores —me dijo Tiaguín Moltó, borracho, deprimido, arruinado, los ojos vidrio sos, manos temblorosas de viejo desamparado—. Desde luego, cometí muchos errores, lo reconozco. Hice daño a mucha gente, pero lo he pagado caro, te juro que lo he purgado. Ya sé que no me castigaron por lo que os hice, a vosotros y a tantos otros, pero el caso es que me han puteado muchísimo. Me destrozaron la vida por haber destapado aquel gran fraude de Finansa, donde estaba liada la Iglesia y el Gobierno y la oposición. Descubrí el pastel y me la juraron y, desde aquel día, poco a poco, durante quince horrorosos años, quince años, que se dice pronto, poco a poco pero de manera inexorable, me lo fueron quitando todo. Todo. Me echaron de la tele, me quitaron la cátedra de la universidad, me pusieron el primero en todas las listas negras, no tengo trabajo fijo en ningún periódico, tuve que vender la casa. Tendrías que ver dónde vivo ahora, un almacén de mierda. Lo he pagado, te lo juro. He vivido en el infierno todos estos años y he tenido tiempo de arrepentirme de lo que hice. De la ingenuidad de haber destapado el caso Finansa y de todo lo demás. Quince años de condena dan para mucho. Son mucho peor que quince años de prisión.

"¿Qué más tendría que hacer para que me perdonarais mis pecados? ¿Y qué pecados eran, exactamente? ¿Qué delito cometí? No era correcto lo que hacía, de acuerdo, no era ético, no era humano, si quieres, ¡pero no cometí ningún delito! ¡Y no era el único que lo hacía! Muchos de mi colegas, periodistas de prensa escrita, radio y televisión, también lo hacían, y lo han continuado haciendo, y aún peor que yo, ¡y no los han puteado como a mí! ¿Qué más tengo que hacer para que vuelvan a mirarme como a una persona?"

"Yo sé lo que tengo que hacer —cambió de tono teatralmente, con la determinación y la firmeza de quien acaba de ver la luz—. Ahora lo sé. Este encuentro ha sido providencial. Todo el mundo tiene derecho a una segunda oportunidad y esta es la mía. Ahora sé que puedo reparar todo el mal que hice. Explicaré las cosas tal como fueron. El reportaje de mi vida. Resucitaré el caso Finansa pero de manera más astuta, disimuladamente, como quien no quiere la cosa. Son otros tiempos. Me lo quitarán de las manos, volveré a la tele, ganaré dinero, haré que vuelvan a reconocer mi profesionalidad y mi experiencia. ¡Todavía conservo los archivos que un día me hicieron poderoso! ¡Será un reportaje extraordinario, te lo juro! El reportaje que me liberará, que me redimirá, que me devolverá al lugar que me corresponde. Ahora veo la luz al final del túnel.

La reaparición de Tiaguín Moltó en la tele, siete días después, el martes 13 de marzo (¡martes y 13!), San Humberto Cazador y Obispo, fue fugaz, casi furtiva, un instante sin palabras, pero todos los programas del corazón pasaron y repitieron aquellas imágenes tantas veces que resultaría inolvidable.

Aurorita Linares saliendo de su casa con el pelo rubio recogido detrás, chaqueta y falda de cuero negro *Dolce&Gabbana*, una blusa de seda roja y una cadenita de oro con medalla, todo muy sobrio. Hablaba por el móvil e iba precedida por el portero, o criado, o mayordomo, lo que fuera, que arrastraba dos maletas como baúles.

Estaba esperándola un taxi, bueno, un taxi y una masa enloquecida de periodistas, fotógrafos, cámaras de televisión, todos con pollas en la mano, ya sabéis lo que quiero decir, pollas, los micrófonos con capuchones de todos los colores y con el logo de la emisora, que les encanta meter en la boca de cualquiera, trágate el capuchón, trágate el capuchón. Los *flashes* centellearon y se le tiraron encima. Que adónde iba, que si dejaba al marido, que si confirmaba la relación de su marido con una conocida depravada, que si habían discutido, que si le había perdonado, que si era cierto que estaba enganchado a la cocaína, con la polla en la mano, *que te la comes, que te la comes*, querían metérsela en la boca, y de pronto ella da contraorden, no, Fermín, o como se llamara, que no las metas en el taxi, que las metas en aquel otro coche.

Un coche que ya esperaba con el maletero abierto y un tipo al lado que de momento nadie reconoció. Una foca elefancíaca, un cuerpo hinchado por el alcohol que entorpecía sus movimientos, que le alborotaba el pelo grasiento, le ponía los ojos vidriosos y la boca fofa y le vestía de payaso con ropa barata y arrugada, la camisa por fuera, los pantalones caídos por debajo de una barriga como un mundo y deformados por rodilleras. Y, de repente, todo el mundo atónito, *asombro general, la leche*, ¿pero ese no es Tiago Moltó?, ¿qué hace este aquí? Quién le ha visto y quién le ve, hijo de puta. El último recuerdo que tenían de él era un busto parlante por la tele, bien peinado, con aquella media sonrisa torcida y ojos que jugaban a adivinar el color de los pezones de las señoras. Maestro de periodistas.

Enseguida se vio que estaban hablando por el móvil, los dos, Aurorita Linares y Moltó, uno con el otro, pues era él quien dirigía aquella operación. Y ella, como un corderito, Fermín, mete las maletas en el coche, Aurorita que no contesta ni una puta pregunta, que pasa de prensa y de pollas, y se mete en el coche. Un coche, por cierto, de un color horroroso, como de sangre coagulada y cubierto de polvo, con cristales tan pringosos que casi no se veía a través de ellos. Y, zas, ella que se mete en el coche, él que arranca y *se pierden en el horizonte entre la polvareda que levantaban los cascos de sus caballos.* Zas.

A partir de aquel momento se sabe que Tiaguín Moltó acompañó a Aurorita Linares hasta el aeropuerto y que después fue a comer al bar restaurante La Copa, del cual era asiduo, y había comido y bebido en abundancia, y había hablado de fútbol con el dueño y los parroquianos habituales, había hecho una larga sobremesa de dos o tres whiskys, había pedido que se lo apuntaran todo "en la cuenta", había anunciado que se tenía que duchar y perfumar porque aquella noche tenía juerga y había salido de allí con más alcohol en la sangre del que aconsejaba la prudencia, teniendo en cuenta que tenía que conducir por una carretera llena de curvas hasta la urbanización Cerro del Bosque.

En su casa le estaba esperando un palo de golf.

Un palo de golf que le fracturó el tobillo y, a continuación, las piernas, y los brazos, y le reventó un cojón, y así fue subiendo hasta las costillas para romperle la segunda, la tercera, la cuarta, la séptima, la octava y la décima de la derecha, y la tercera, la cuarta, la quinta, la novena y la décima de la izquierda.

La primera sospechosa del asesinato fue Aurorita Linares, naturalmente, porque todos pensaban que era la última persona que le había visto con vida.

Solo faltaba esto. Primero la Pantoja al trullo por blanqueo de dinero y ahora Aurora Linares sospechosa de asesinato, es que es para cagarse. Decían que la prensa rosa se estaba volviendo crónica negra y, ya lo veis, aquí tenéis el ejemplo.

2

Entre aquel martes 13 y el jueves 29, Aurorita Linares desplazó las historias de amor descafeinadas de Rosa, *la triunfita*, que solo podía decir que continuaba siendo feliz con el novio, o las de Carolina Valenzuela, que se había vuelto a enamorar, y convivía con el nacimiento del hijo de Jesulín de Ubrique. Durante aquellos quince días en que los islamistas del Magreb se presentaban en sociedad con atentados terribles, George Bush paseaba por países sudamericanos para convencerles de que los neocons eran su salvación, se celebraba el juicio para desbaratar la teoría de la conspiración relacionada con los atentados del 11-M, la Operación Malaya destapaba el escándalo de corrupción política que había enriquecido Marbella durante años y años, moría el humorista José Luis Coll, *"dame la manita Pepeluí"*, se celebraban las Fallas en Valencia, Estados Unidos dialogaba educadamente con Corea del Norte porque Corea del Norte sí que tenía armas de destrucción masiva, cuatro mujeres eran asesinadas por sus compañeros sentimentales y ya llevábamos dieciséis en tres meses en lo que va de año, en Darfur los niños se morían de hambre y los adultos de injusticia, y entre el PP, ETA y los socialistas mataron el proceso de paz y *él solito se* murió, mientras Adams y Paisley nos ponían los dientes largos firmando la paz en el Ulster, e Irán capturaba a quince británicos y jugaba a los rehenes, mientras pasaba todo esto, los cráneos vacíos de la *marujería* nacional solo hablaron de la fuga de Aurorita Linares. Solo hablaban de ella, claro está, porque era la famosa. Tiaguín Moltó todavía interesaba solamente como comparsa, como el elemento misterioso de una desaparición protagonizada por la otra.

El día 20 ó 21, la revista OK publicó unas fotos de Aurora Linares por los pasillos de su casa, envejecida y encorvada, vestida con una bata, descalza, el pelo enmarañado, demacrada, sin maquillar, como un fantasma perdido que no supiera volver a la tumba. "Los estragos de la droga". Y las declaraciones del marido, asegurando que Aurora Linares estaba enganchada a la cocaína, que el drama que habían vivido en su casa era monstruoso y que por fin había convencido a Aurorita de que se fuera a una clínica para desintoxicarse. Naturalmente, el marido repitió todo esto, con exhibición de fotos incluidas, en unos cuantos programas televisivos de máxima audiencia.

De momento, pues, la protagonista del misterio fue Aurorita Linares, claro está. De Moltó, ni caso. Moltó era un periodista veterano, el más listo de todos, y les había soplado la exclusiva y se la llevaba en su coche color de sangre coagulada y así acababa el reportaje y se daba paso a todo el corrillo de gallinas para que parlotearan a gusto.

Uno de esos días la pedorra soplagaitas Asun Perarnau, de *Olor a chamusquina*, comentó:

—… ¿Y visteis el mal aspecto que tenía Tiaguín Moltó?

Las garrapatas que compartían tertulia con ella dijeron a coro:

—¡Y que lo digas!

—¡Sí, desde luego!

—Yo ni le reconocí a primera vista.

—Dicen que bebe mucho.

—¿Y por dónde anda? Porque Aurorita y él desaparecieron juntos...

—¿Deben ser amantes?

Cacareo burlón de corral. ¡Qué tontería! ¿Aurorita y Moltó amantes? ¡Qué dices! ¿A quién se le ocurre?

Entonces, aquel mamarracho felador que se hace llamar Amadís Hernán, especialista en Aurorita Linares, pronunció por primera vez la palabra asesinato.

— ...¡A mí me da miedo que la hayan asesinado!

En la tertulia todo el mundo calló, impresionado. Profesionales del escándalo, todos sabían que aquel loco acababa de abrir la caja mágica que aumenta las audiencias. No sé si ya lo tenían pactado con el realizador o si se le escapó oportunamente. De lo que no hay duda es que acertó y el *share* aumentó hasta cotas a las que hacía tiempo no había llegado.

—Asesinato.

—¿Que Moltó ha asesinado a Aurorita Linares?

—¡Solo digo que es muy posible!

—Pero, Amadís, tú no puedes decir algo así sin pruebas...

Esta primera reconvención podría hacernos pensar que la periodista conductora del programa le estaba aconsejando que se callara. Pero no. La profesional de la autopsia en vivo y en directo añadió:

—¿En qué te basas? —que quería decir: "continúa, continúa, no te cortes!"

—Tiaguín Moltó odia a Aurorita. Es un cobarde y un traidor, falso como un euro de madera. A la cara, todo sonrisas y palabras bonitas y a la espalda venenoso y mortal como una serpiente. Debéis saber que este Moltó, tan maestro de periodistas como decís que es, y tan admirable, se reía de los famosos y de la gente que iba a sus programas. Los despreciaba. Un día coincidí con él en una discoteca, antes de que yo fuera famoso, y le oí hablando con otros amigos periodistas. Y todos se reían. Le oí decir algo de Aurorita Linares tan asqueroso que ahora no repetiré, y no me corté ni un pelo. "Tú no eres capaz de decir esto en la calle porque te destrozo", que vosotros no sabéis cómo soy yo cuando me pongo, que soy un bestia, que he roto más de una nariz y más de una pierna y más de dos. Lo cogí por la corbata y lo sacudí como hacíamos en mi pueblo con los olivos, para que cayeran las aceitunas.

La palabra asesinato contaminó otros programas, porque es muy excitante y trae clientela pero, antes de que los periodistas pudieran hinchar el globo al máximo, hizo su aparición estelar Aurorita Linares y se acabó la feria.

3

Aurora Linares renació de la nada, *hop*, como el muñeco de muelle que salta fuera de la caja, el día 30 de marzo, viernes, en el programa *Háblame de ti*, de Lisa Fuentes.

Había llegado la noche anterior, cuando en el aeropuerto y en la puerta de su casa ya no la esperaba nadie, y a la mañana siguiente, en aquella acera de donde huyó llevada por los diablos en compañía de Tiaguín Moltó dieciocho días antes, se encontró la limusina del programa que la transportó de incógnito a la sede central de la cadena, como en las pelis de espionaje, que es como se lo monta esta gente cuando les va en ello el *share*.

Admirable, con un vestido de punto de color tostado que le permitía lucir las piernas y unos zapatos y un cinturón dorados, delgada, rejuvenecida, simpática y desenvuelta, explicó lo que ya sabíamos todos porque se le había adelantado su marido: que era drogadicta, que había caído en la dependencia de la coca y que había tenido que hacer una cura de desintoxicación en la Clínica Tauro de Marbella (cuña de publicidad encubierta). Ahora estaba estupendamente, saltaba a la vista (qué buena es la Clínica Tauro de Marbella!), pues parecía que más que una cura de desintoxicación se hubiera hecho un lífting y una liposucción, y además había comprendido que esto de las drogas estaba muy mal, que eran una locura, un suicidio lento y absurdo en el que nadie debía caer, etcétera, ahora le tocaba hacer el papel de apóstol antidroga.

Fue durante aquel programa cuando Lisa Fuentes dejó caer la pregunta, casi sin querer, ya sabéis cómo es ella, que, cuando acaba de cagar, mira la taza y piensa que la mujer es la criatura más perfecta de la creación:

—¿Y qué hiciste con Tiaguín Moltó?

—¿Tiaguín Moltó? —la cantante arrugó la nariz, como si no conociera a ningún Tiaguín Moltó pero intuyera que había de apestar (como, efectivamente, ya olía, en aquellos momentos, si me permitís el chiste de mal gusto).

—Sí. La última vez que te vimos, ibas en el coche de Tiaguín Moltó —insistió Lisa Fuentes parpadeando estupefacta con dos pestañas postizas como dos abanicos egipcios.

—¿Ah, sí? —ni se acordaba. ¿Quizá fingía?— Ah, sí. Me acompañó al aeropuerto. Es tan amable... —haciéndose la loca—. No sé nada, de Moltó.

—Nosotros tampoco. Desde que se fue contigo, que no se le ha vuelto a ver.

—Ah... —a Aurorita Linares no le interesaba nada el tema. No quería que le robaran protagonismo—. Bueno, últimamente no se dejaba ver demasiado. No estaba en el periodismo activo, podríamos decir.

—¿De qué hablasteis aquel día mientras te acompañaba al aeropuerto?

—No lo sé. No me acuerdo —y cambió de tema para proceder a especificar todas y cada una de las torturas a las que había sido sometida por la droga diabólica y, después, por los angelitos deshabituadores de la Clínica Tauro de Marbella.

Fue como si alguien hubiera pensado en algún momento que Aurora Linares y Tiaguín Moltó habían de reaparecer juntos y cogiditos de la mano, él quizá tan restaurado y de buen ver como ella. Como no fue así, la atención del espectador giró hacia el elemento más misterioso del dúo, desviándose de la cantante, para reclamar la aparición del periodista del mismo modo que el público reclama la comparecencia del segundo actor para recompensarlo con una ovación. Y aquel fin de semana, el del 31 de marzo y el 1 de abril, creció un interés especial por Tiaguín Moltó que nadie podría haber adivinado.

No diré que lo buscaran desesperadamente, porque si lo hubieran buscado lo habrían encontrado, pero un buen observador de la vida me sabrá entender si digo que había vibraciones en el aire. Un detector Geiger-Müller habría empezado a vibrar, la luz de alarma estaría parpadeando, la aguja llegaría a la zona roja, la tropa sentiría un cosquilleo en el culo, a punto para saltar de la silla e iniciar el zafarrancho de combate.

El domingo, en *Amores y amoríos*, exhibieron la fachada del edificio suntuoso donde había vivido Tiaguín Moltó y aclararon que ya no vivía allí y lo compararon con la imagen andrajosa que habíamos visto en las pantallas días antes. Tan gordo, tan desgarbado, tan borracho. "Mirad de dónde viene y dónde ha ido a parar." Después, compararían la casa rica con el habitáculo infecto donde lo encontraron pero, de momento, parecía que nadie lo conocía, aquel habitáculo infecto en medio de un bosque.

El periodista Eduardo D'Assís recibió una llamada anónima en su casa el atardecer del lunes 2 de abril.

¿Os recuerdo aquel día? El Reino Unido negociaba para liberar quince militares que los iraníes retenían como rehenes, un tsunami arrasaba las islas Salomón y se hablaba de la posible beatificación de Juan Pablo II.

Eduardo D'Assís lo explicó estupendamente el siguiente domingo en un reportaje muy completo que publicó en su periódico y que se titulaba "Encontré muerto a mi maestro".

4

Encontré muerto a mi maestro

Tan pronto como oí sonar mi teléfono, a las 8.45 de aquel que ya ha quedado instaurado como lunes negro de mi vida, aquel sexto sentido que poseemos los periodistas me dijo que no eran buenas noticias.

Me agredió una voz masculina, de natural grave, que el nerviosismo y la crispación hacían aguda. Era una prolongación del mal agüero que me había provocado el timbre perentorio del teléfono.

—¿Es usted Eduardo D'Assís?

—Sí, yo mismo.

—Me parece que tendría que ir a ver a su amigo Santiago Moltó. Lo está pasando muy mal y yo diría que le necesita.

—¿Quién es usted?

—¿Sabe dónde vive Moltó? —dijo sin contestar a mi pregunta.

—Sí, tengo su dirección, ¿pero quién es usted?

—¿En la urbanización Cerro del Bosque?

—Sí, sí, sí, en la urbanización Cerro del Bosque, sí, ¡pero le exijo que me diga quién es usted! ¡No pienso hacerle ningún caso si no se identifica!

—Si no me hace caso, su amigo Moltó morirá.

Le habían dado todo el espacio del mundo, de manera que se permitía el lujo de detallar con toda minuciosidad y exactitud los diálogos y cada uno de los pasos que tuvo que dar. Y lo hacía convencido de que cada palabra era un documento histórico. Una cosa del estilo de "¡yo estaba allí, y tengo las fotos, hechas con el móvil (pero la policía no me las deja publicar)!".

Tuve que buscar la dirección exacta del maestro, que se había traspapelado en algún rincón de los cajones de mi estudio o de mi agenda, improvisé explicaciones para tranquilizar a mi mujer, que seguía mis movimientos con la niña de meses en brazos. Al fin, salí de casa a las 9.15 y conduje, a más velocidad de la aconsejable, hasta la urbanización Cerro del Bosque.

Estaba oscuro y llovía con rayos y truenos. Me encontré en un lugar muy solitario en mitad de un bosque espeso. Una casa de dos pisos en la cual Tiaguín Moltó ocupaba la planta baja. Un lugar demasiado pobre para un maestro de periodistas como él.

Por el camino pensé en la trayectoria del que fue mi maestro, en la Facultad de Periodismo, hace ya veintidós años. Santiago Moltó (Barcelona, 1955, hoy 52 años) era Jaime Moltó en sus inicios. Discípulo del ínclito Emiliano Pelegrín, trabajó en el periódico que este dirigía y allí aprendió las lecciones de un profesional que ya forma parte de la historia social y política de nuestro país con letras de oro.

Mientras trabajaba en Cataluña, Jaime Moltó Fornés firmó muchos artículos como Jaime Xai, y con este nombre se significó como investigador polémico con criterio propio, independiente e irreductible. Después, cuando se fue a Madrid, pasó a ser Santiago, o Santi, y finalmente Tiaguín Moltó, maestro de la investigación. Él creó la revista *Vale* durante la transición, donde los desnudos femeninos se alternaban con reportajes valientes que denunciaban corruptelas e injusticias y nos mostraban aquellos aspectos del mundo que los intereses económicos siempre tratan de ocultar. Justo cuando las televisiones privadas tuvieron su espacio entre los medios de comunicación de este país, en 1989, él fue el alma del programa *Todo Vale*, avanzándose a los tiempos, un precursor a quien Berlusconi no tuvo que enseñar nada...

Siguiendo este tono, el reportaje acababa convirtiéndose en hagiografía. Y qué bueno era Tiago Moltó, y ya no queda gente como él, y dale, bla, bla, bla, todo aquello que se dice de los muertos.

Después pasaba al tema más substancioso, el morbo del hallazgo del cuerpo. Como buen periodista, y como haría Pepe Baza más tarde en su novela *Taquicardia*, debía demostrar que había tenido acceso al informe de la autopsia, el que le daba categoría de periodista de primera línea:

La puerta estaba abierta y dentro había luz. Nadie se movía. Grité dos veces Tiaguín Moltó, y no hubo respuesta. Deseé que estuviera dormido, aunque fuera debido a los efluvios alcohólicos, pero una indefinible sensación interna me decía que no era así.

Volví a llamarle dos veces más antes de empujar la puerta. Nadie me respondió y, cuando al fin accedí a la pobre casa, me recibió una bofetada de tufo insoportable. Y la visión espantosa de una figura caída en el suelo, con los brazos y las piernas torcidos en un ángulo imposible, en medio del cuarto, en un adelantado estado de descomposición. Como diría el informe de la autopsia del doctor forense Juan José Clara, "hombre de raza blanca, de características aparentemente mediterráneas aunque la deformidad de tejidos blandos en la cara por causa de los fenómenos de putrefacción no permiten una precisión absoluta". La muerte, siempre injusta, siempre despiadada, se me metió en el cuerpo y forzó las lágrimas y la náusea y me expulsó de aquel panteón infernal y, durante unos minutos, impidió que pudiera usar el teléfono para pedir ayuda...

Y bla, bla, bla. También hablaba del palo de golf junto al cuerpo, y de la ventana trasera que tenía el vidrio roto, y no sé cuántos otros detalles pero, bah, sin importancia, porque la policía debía prohibirle que lo soltara todo por aquello del secreto de sumario.

El caso es que dejaba bien claro que el gran cerdo estaba muerto.

5

Con el tiempo, se escribieron dos novelas sobre el caso Moltó. Una, *La luz del final del túnel*, obra de una periodista joven y famosa, criminóloga presente en muchos foros de opinión, llamada Nuria Masclau. La otra, *Taquicardia*, la escribió el periodista de tribunales y sucesos Pepe Baza. Recurriendo a las dos, pellizcando un capítulo de aquí y otro de allá, creo que la verdadera historia queda bien explicada.

De la novela de Nuria Masclau, *La luz del final del túnel*, un crítico dijo que "sobrepasa el ámbito de la novela negra, es más, supera los límites del simple documento, adentrándose en la experiencia metaliteraria, prescindiendo de la realidad e incluso de la verosimilitud, y se interesa mucho más por un análisis casi freudiano de la sociedad y del carácter y el comportamiento humanos".

Yo no sé si este rollo es verdad, ni siquiera sé si quiere decir algo, pero sí que os garantizo que Nuria Masclau refleja aspectos de la investigación mucho más reales de lo que parece. No sé qué debe haber de cierto en la historia de amor que relata, porque creo que la gente cada vez es más impúdica y me pregunto qué debe pensar el inspector jefe Pedro Miralles después de leer la obra, pero me parece imprescindible ofrecer también esta versión del caso Moltó para entender exactamente qué es lo que sucedió.

Y lo que no aclaren ni Pepe Baza ni Masclau, ya lo añadiré yo.

Al contrario que Pepe Baza, la criminóloga cambió en su novela el nombre de los personajes. El inspector de policía que investigó el caso no se llama Pedro Miralles sino Almirall, igual que Tiaguín Moltó no se llama así sino Jaime Xai, que es cómo firmaba sus textos cuando trabajaba en Barcelona. Pero yo, mediante la función del ordenador *Restituir*, me he permitido cambiar los Almirall por Miralles y los Jaime Xai por Tiaguines Moltó, para no confundirnos. La chica se obcecó en variar algo las cosas, pero se le entiende todo.

Esta es la presentación que hace de la familia del inspector Pedro Miralles y del caso Moltó:

6

(La luz al final del túnel)

Última hora de la tarde. Pedro Miralles entra en su piso oscuro, solo iluminado, al fondo del pasillo, en el salón, por la luz del televisor.

Se oyen chillidos estremecedores.

No es una película de terror en su momento más álgido, sino un programa del corazón. Dos periodistas desbocados, hombre y mujer, se divierten y se excitan tratando de acorralar a la presa, una hermosa modelo que se acostó dos o tres veces con un futbolista con la única finalidad de acceder al mundo de los famosos, luego posó desnuda para la revista *Crónica* y hoy le dan la alternativa en *Olor a chamusquina*, donde la despellejarán ante millones de telespectadores. La llaman *lagartona* y la tratan de prostituta trepadora. La presa, sin embargo, se resiste como gato panza arriba. Replica y contraataca con la energía de la desesperación, porque sabe que de este programa depende que la acepten o no en el paraíso de los que ganan dinero enseñando las manchas de sus bragas. Es un buen ejemplar. Los periodistas pueden estar satisfechos. Si no hubiera sido capaz de plantar cara, la modelo ya no estaría aquí. El toro ha de ser bravo para que haya espectáculo.

Luisa mantiene sobre la pantalla unos ojos mortecinos a causa del desinterés, la incredulidad, la tristeza y se escandaliza un poco por la escena vergonzosa que se desarrolla ante ella.

Miralles va encendiendo luces a su paso, en el recibidor, en el pasillo, por fin en el mismo salón, su presencia devuelve la vida a un piso que estaba muerto. Se ha quitado la chaqueta y la ha colgado en el armario, ha dejado la pistola en el cajón de la consola y ahora va sacándose a tirones el yugo de la corbata.

A Luisa no le da el beso que ella no esperaba.

—Llegas tarde —sin apartar la vista del acoso de la modelo.

—Mucho trabajo.

—¿Os ha entrado algún muerto?

Miralles es jefe del Grupo de Homicidios del Cuerpo Nacional de Policía.

—Cuando no entran muertos, nos entretenemos con los casos que aún no hemos resuelto. Si nos ven mano sobre mano, nos ponen en cualquier otro caso. Violaciones, atracos, lo que sea. ¿Qué hay para cenar?

—No lo sé.

Él no protesta porque la respuesta forma parte de la rutina conyugal.

—No sé cómo pueden gustarte estos programas.

Va hacia la cocina.

—Si no me gustan. Es que no me los puedo creer. No puedo creer que la gente vaya a exponer sus miserias de una forma tan impúdica. Son exhibicionistas patéticos.

—Cobran, eh.

—Y además, putas.

Hablan a gritos, de un lado al otro del piso y el vocerío del televisor interfiere en la comunicación.

—Pues a ti tendrían que gustarte porque cada vez hablan más de drogas y de todo eso que tenéis en la Prefectura todo el día.

Luisa se ha levantado y se reúne con su marido. No tiene ganas de hacer nada, como si el programa de los gritos la hubiera desanimado.

—A ti te gustan.

—Me hipnotizan. Como cuando ves un accidente en la autopista. Es horroroso, pero todo el mundo aminora la velocidad para verlo. Como si quisieras comprobar lo que te podría haber pasado a ti. O como si quisieras convencerte de que eres normal y de que vives muy bien, porque la vida de los otros es una mierda. La atracción del *gore*.

Los dos están abriendo y cerrando cajones, los armarios, el frigorífico, el lavavajillas, sacan cacharros, cubiertos, ingredientes, los manteles.

Suena un zumbido discreto en el móvil de él.

—¿Sí?

Ella se ha puesto en guardia. Las pupilas son relámpagos de alarma.

—Bien —él confirma todos los temores—. Ahora voy —cuelga. Sale de la cocina—: Un muerto.

—Vaya.

Indiferencia y disgusto de esposa del jefe del Grupo de Homicidios de la policía.

Miralles camina ya por el pasillo hacia el recibidor. Se cuelga la pistola del cinturón. Saca la chaqueta del armario y se la pone.

—Nunca adivinarías quién es el muerto.

—¿Quién?

—Uno de esos periodistas del corazón. Santiago Moltó, se llama.

—Ah, sí. El que había desaparecido.

—Pues ya lo hemos encontrado. Bueno, no sé cuándo volveré. Será una noche larga. Ya sabes cómo es esto.

Miralles abre la puerta del piso, sale y cierra sin que ni a él ni a Luisa se les haya ocurrido una fórmula de despedida, un beso, una sonrisa, no sé, cualquier cosa.

7

Es evidente que Pepe Baza, cuando escribió *Taquicardia*, tuvo acceso a información de primera mano, tanto de juzgados, porque disponía del informe de la autopsia, como de la policía que le reveló cómo había ido la investigación paso a paso.

Pero contra lo que podría parecer, y él insinúa, no creo que sus confidentes fueran Toni Lallana y Paco Huertas, dos de los inspectores que realmente condujeron el tema, a los cuales cita con nombres y apellidos. Si fueran ellos sus gargantas profundas, no habría hecho referencias tan explícitas a su vida íntima ni les habría hecho decir según qué cosas (que seguramente indispusieron a Huertas con su mujer y a Lallana con el inspector jefe Miralles), si no aceptamos que, o bien Pepe Baza ha decidido dejar tribunales y sucesos para dedicarse a la prensa rosa, o bien que es un inconsciente que se dejó llevar por la fiebre creadora sin saber prever las consecuencias de sus actos.

Yo opino que sus informadores fueron el inspector Eladio Ribera y Mika Adalid, que tuvieron acceso a los informes de todas las investigaciones, que conocían el proceder de los veteranos Lallana y Huertas, que podían transmitir los chismes que se explicaban de ellos y que en la novela salen mejor parados.

A continuación incluyo el capítulo en que Pepe Baza relata la llegada de la policía al lugar del crimen. Da a entender que estaba allí incluso antes que la policía. Pero no hace referencia, lo mismo que Nuria Masclau, al hecho que estaba diluviando, como hizo notar Eduardo D'Assís y así era, en efecto.

8

(*Taquicardia*)

Nunca me acostumbraré a la muerte.

Me produce taquicardia.

Como si mi corazón golpeara con fuerza el costillar por dentro, insistentemente, en un intento de hacerme saber que está vivo, que aún late, que no está muerto como el cuerpo muerto que nos espera en la escena del crimen.

Me había llamado una de mis gargantas profundas de la policía, cuyo nombre obviaré, naturalmente, y me había dicho que al fin habíamos tenido noticias del periodista Santiago Moltó.

Después de veinte días durante los que toda la prensa de este país se había lanzado a las más peregrinas elucubraciones.

Que se había fugado con Aurora Linares, que eran amantes, que la había matado, que se había suicidado, que Aurorita Linares le había matado a él.

Veinte días.

Nadie puede imaginarse cómo es una persona veinte días después de morir. La autopsia dice, lacónicamente: "el cadáver presenta una evolución notoria de fenómenos cromáticos". Es un eufemismo. Y otro eufemismo: "El cuerpo presenta dos puntos de nidación de insectos, en la boca y en la oreja derecha, donde se pueden distinguir postas de moscas de como mínimo dos especies diferentes...".

Al verle, una arcada de vómito agrio me llenó la boca y me dobló en dos como un puñetazo en el estómago. Soy duro, pero hay espectáculos que el ser humano no tendría que contemplar nunca.

Soy duro, pero en aquel momento pude comprobar, una vez más, que los representantes de los cuerpos y fuerzas de seguridad del Estado aún lo son más que yo.

Afortunadamente, porque ellos se encuentran cada día, con casos como este.

Yo, en cambio, solo voy en casos excepcionales. Y aquel era un caso excepcional. Porque el cadáver de Santiago Moltó era mucho cadáver.

Si imaginábamos que vivía en una mansión suntuosa, resultado de años y años de trabajo periodístico bien remunerado y de influencia política bien administrada, nos equivocábamos totalmente. Vivía en una barraca piojosa, en medio del bosque del Cerro, en un espacio de cinco por cinco metros, lleno de trastos de toda clase que habían asistido impasibles a su muerte horrible y dramática.

Era un pelele deteriorado en medio de la habitación, en decúbito supino, con los brazos y las piernas torcidos en ángulos imposibles y la cabeza girada hacia la puerta. Las larvas en ebullición le llenaban las cuencas de los ojos, las narices y el pozo desdentado de la boca, desprendiendo un hedor penetrante y repulsivo. El cuerpo, normalmente ya inflado, se había hinchado todavía más por efecto de los gases que lo transformaban en un muñeco de plastilina después de pasar por los dientes de un perro rabioso. Conservaba la forma humana pero el dibujante, o el escultor, se habían equivocado.

Tras recibir una llamada de alerta en que se comunicaba el luctuoso hallazgo, un coche del 091 se había personado en el lugar donde les esperaba un hombre que vomitaba convulsivamente. Apartaron a este testigo para que no estorbara ni contaminara el lugar del crimen y, mientras uno de los agentes lo interrogaba hábilmente sobre el motivo de su presencia y cada uno de los pasos que había dado por allí, el otro desenrollaba la cinta plástica que aislaría el escenario de los hechos y delimitaba el que, a partir de aquel momento, sería el camino sucio, es decir, el camino que tendrían que recorrer todos los que pasaran por allí sin borrar ninguna pista ni echar a perder ningún indicio que el asesino pudiera haber dejado.

El hombre que vomitaba y lloraba debía tener más de cuarenta y cinco años e iba vestido de un modo informal con ropa de marca. Declaró que se llamaba Eduardo D'Assís y que era periodista y acreditó sus afirmaciones con el DNI y el carné profesional y dijo, entre arcada y arcada, que sobre las ocho y media de la noche, una voz anónima le había hecho llegar hasta allí.

—Ve a ver a tu amigo Moltó, que no sé qué le pasa, me ha dicho.

—¿Voz de hombre o de mujer?

—De hombre.

El agente anotó en su cuaderno "Voz de hombre".

—¿Qué creía que le podía haber pasado, a Moltó?

—No lo sé. Bebe mucho, bebía mucho, y quizás, no sé, se había caído y se había hecho daño.

—¿Eran muy amigos?

—Mucho, mucho, no.

—Pero le dicen que se ha hecho daño y usted va corriendo.

—Sabía que Moltó vivía solo. Si no venía yo, no se me ocurre quién podía venir. No sé si tiene, si tenía familia, o vecinos... Era una cuestión de conciencia.

La ambulancia se anunció con una sirena innecesaria en medio del bosque, y un médico y un ayudante sanitario llegaron a la casa como alma que lleva el diablo. Los agentes les salieron al encuentro.

—No corráis. Está muerto.

—Esto hemos de certificarlo nosotros.

Los agentes se pusieron firmes. Ambos tenían bastante experiencia para saber que a menudo el equipo sanitario contamina la escena del crimen manoseando el cadáver y el entorno. Da lo mismo que el muerto esté cubierto de gusanos y le falten los ojos y desprenda un olor inmundo. Como si el muerto tiene separada la cabeza del cuerpo, o si es un simple esqueleto; si se les da la más mínima oportunidad, el médico y el ayudante sacarán el desfibrilador y lo aplicarán al pecho de la víctima, no se diera el caso de que pudieran recuperarla.

Afortunadamente salvaron la situación los de la Científica, que llegaban en aquel momento. No es que simpatizaran mucho más con los sanitarios, pero por lo menos les dieron la réplica con más autoridad y educación.

Con ellos, se pusieron peúcos para proteger los zapatos y el escenario del crimen, y la bata blanca que les aislaba completamente de la atmósfera de aquel piso pequeño y caluroso.

La patrulla ya había llamado a la denominada comitiva judicial, formada por el juez, el forense y el secretario judicial.

Los policías de la Científica recorrieron el piso de Santiago Moltó sin tocar nada, solo haciendo fotos y grabando con una cámara de vídeo. Las estanterías que ocultaban las paredes del piso estaban repletas de libros, papeles y carpetas, de manera que se veía claramente dónde faltaba algo. Un objeto paralelepípedo del tamaño de una caja de zapatos. ¿Robo?

—Graba esto, tú.

—Ya va, ya va.

En la pared que estaba encarada hacia la puerta, había una ventana elevada, a duras penas ventanuco, la única forma de ventilación de la madriguera, con los cristales rotos. Los trozos de cristal habían caído hacia el interior del habitáculo, lo que permitía deducir que el asesino había entrado por allí.

Por el suelo, cerca del cadáver, había un palo de golf. Todo parecía indicar que era el arma del crimen. Más allá encontraron un baúl abierto en cuyo interior, entre muchos objetos viejos y deteriorados, había una bolsa de palos de golf. Parecía evidente que el arma del crimen había salido de allí.

El suelo estaba alfombrado de papeles, que seguramente estaban sobre la mesa del centro y se habían esparcido durante lo que se podía suponer que había sido un forcejeo o una pelea, eso sí, no muy violenta porque los destrozos no eran excesivos. Sobre unos cuantos papeles caídos, se podían observar huellas muy características de unas zapatillas de deporte. Cuando los policías de la Científica salieron al exterior y observaron detenidamente el suelo sin asfaltar que había bajo la ventana, encontraron huellas de las mismas zapatillas.

—Ya sabemos cómo iba calzado.

Por fin llegaron los hombres del Grupo de Homicidios. Primero el jefe, Pedro Miralles, *elegante y creído*, con traje cortado a medida, un poco por encima de todo el mundo. Después, sus hombres de confianza, los que realmente debían llevar el peso de la investigación: Antonio Lallana y Paco Huertas.

(...)

No llegaron al Cerro del Bosque conmovidos por la carga mediática del incidente. Ellos solo iban a ver a un muerto. Como siempre. Periodista o bombero, alcohólico o virtuoso famoso o anónimo, a ellos les daba lo mismo.

En el coche iban hablando de sus cosas.

El inspector Lallana, que conducía, acababa de confesar que hacía más de un año que no estaba con una mujer y el inspector Huertas no salía de su asombro.

—¿Pero por qué?

—No las entiendo a las mujeres. Es demasiado complicado. Al final, o haces daño o te hacen daño. No es un juego inofensivo. Unos disgustos terribles, que no valen la pena. No volveré con una mujer hasta que no traigan un manual de instrucciones.

—No se puede estar un año sin una mujer. Es imposible. ¡Te puedes morir!

—Nadie ha muerto por no follar.

—¡No poco! ¿Si no, por qué piensas que follan, los curas? ¡Y mira que ellos se condenan si follan! —Huertas se gira hacia la ventana para disimular la sonrisa. Pero, dominadas las comisuras, vuelve—. Te la debes machacar, como mínimo.

—Ahora no te explicaré mi intimidad —replica Lallana, muy serio.

—¿Y por qué no vas de putas? Ellas sí que llevan el manual de instrucciones. Todos sabemos cómo funcionan.

—Mira, no me agobies. Yo tengo mi vida montada así y me va bien. Si se me complica, ya te pediré consejo. Pero puedes estar seguro, te lo digo yo, que si evito a las mujeres, no se me complicará.

El Seat Toledo de color azul oscuro, sucio y destartalado, llegó a la casa de Santiago Moltó con el pirulo centelleando en el techo y la sirena conectada, quizás para asustar a las ardillas que se les pudieran cruzar por el camino del bosque. Se paró allí donde les indicó un agente que controlaba las idas y venidas, junto a los coches de los otros que habían llegado antes que ellos.

El único vehículo que había más allá de la cinta de plástico era el de Santiago Moltó, un Toyota viejo y sucio, de un absurdo color granate, con el guardabarros trasero sujetado con alambres.

Se abrieron paso con la autoridad que les otorgaban años de experiencia.

—Por favor, por favor.

Tanto uno como otro habían pasado de largo los cincuenta, pero eran policías de pura cepa que se resistían a abandonar la calle. Nunca se habían quejado de que los favoritismos y el politiqueo de las altas esferas les hubieran privado del cargo de inspector jefe o comisario, a ellos ya les iba bien vivir como vivían.

La imponente figura de Paco Huertas, maciza como un bloque de cemento armado, no se había reblandecido y solo se había deformado un poco a la altura de la tripa por culpa de la excelente gastronomía, a la cual era aficionado el policía.

Coronaba su cabeza una mata de pelo rizado y espeso, que ya no era rubio y brillante como años atrás, sino blanco como la lana.

Lallana, más bajito, se había engordado, se había redondeado y había perdido cabello pero conservaba el nervio y la mala leche indispensable para hacer bien su faena. Usaba gafas negras de Matrix para ocultar unas bolsas oscuras y enfermizas que siempre había lucido bajo los ojos, y ahora hacía poco que se había afeitado los cuatro pelos que le quedaban en la nuca y sobre las orejas para disimular la calvicie y adoptar un aire más juvenil.

Los dos se dirigieron primero al jefe de Homicidios, Miralles, que lo miraba todo desde lejos.

—¿Qué tenemos?

—El periodista que había desaparecido, Santiago Moltó, de la prensa del corazón.

—Esta mierda soltará mucha peste —sentenció Lallana, malhumorado.

—Ya la notarás, la peste, si hace veinte días que desapareció. El forense dice que fácilmente puede hacer veinte días que está muerto.

—Desconfía de los forenses que enseguida te dicen la hora exacta de la muerte.

—¿Quién es el juez?

—Muntaner.

—Bien —se conformó Huertas—. Este sabe de qué va la cosa y juega a favor. Vamos a ver qué tenemos.

Antes de llegar a su destino todavía se pararon para saludarme. Hace años que nos conocemos.

—¿Qué sabéis? —les pregunté.

—Seguro que ahora mismo sabes más tú que nosotros, que acabamos de llegar.

—¿Queréis que os lo explique? —bromeé.

—Déjalo correr. Que sea una sorpresa.

Me dieron un golpe amistoso en la espalda y, a regañadientes, se sometieron a las medidas de precaución que exigían los compañeros de la Científica. Batas blancas, peúcos protectores de los zapatos.

—De todo esto tiene la culpa la televisión. El CSI de los cojones.

Para contrarrestar el olor de la muerte se pusieron en la nariz inhaladores nasales Vicks que quedaron ocultos bajo las máscaras higiénicas que les cubrían la nariz y la boca. Por muy veterano que seas, no te acostumbrarás nunca al olor de la muerte.

—Parecemos astronautas, hostia —se quejaba Lallana—. Tan fácil que era antes.

Empezaron a pasear por el escenario del crimen sacando las propias conclusiones. Comentarios casuales.

—Entró por la ventana. O sea que no tenía llaves.

—¿Vino a robar? Aquí falta algo. Como una caja de zapatos.

—Quizás un libro. O una carpeta de documentos.

—Algo así. ¿Esta es el arma del crimen?

—Un palo de golf.

—¿Por qué un palo de golf?

—Lo sacó de aquel baúl. ¡Hay una bolsa de palos de golf.

—Encontró aquí el arma del crimen. Entonces, no venía con ánimo de matar.

—Y para encontrarla, tuvo que revolver un poco. Abrir el baúl. Curiosear.

—Quiere decir que dispuso de tiempo. Es decir, él llegó y se esperó aquí, pasando el tiempo, fisgoneando, removiéndolo todo, y encontró el palo de golf. Lo cogió y esperó a que llegara Moltó.

—Digámoslo de otro modo. Llegó para robar y se puso a buscar lo que quería. Revolviendo, revolviendo, dio con los palos de golf, "hostia, mira, palos de golf"...

—Tiene interés por el golf, el pavo.

—Espera un momento. Continúa buscando y encuentra, por fin, lo que buscaba. Lo que fuera que había en este estante. Lo coge. Entonces, llega Moltó. "¿Qué haces, aquí?". Y se lo carga con el palo de golf que había encontrado.

—Me gusta más mi teoría. Por lo menos tiene algún interés especial por el golf. ¿Quién cogería un palo de golf? ¿Tú cogerías un palo de golf?

—¿Tú cogerías un zapato de tacón?

—Un palo de golf, no sabes si se te doblará, o si se romperá...

—Un zapato de tacón tampoco. ¿Y un bolígrafo? ¿Cogerías un bolígrafo?

—¿Qué te enrollas, ahora?

—¿Y un tanga? ¿Usarías un tanga para estrangular a alguien?

—Desvarías. Tú necesitas una mujer, Toni, te lo digo yo.

—Todo lo que te digo son armas del crimen, y tú lo sabes. Hemos visto gente que ha matado a otra con un zapato de tacón, aquellos de aguja, ¿sí o no? Y aquel que le clavó al otro un bolígrafo en el ojo...

—Venga, presta atención. ¿Qué más tenemos, aquí?

—¿Huellas? —es una pregunta para los de la Científica.

—Sí, afuera y aquí dentro, sobre los papeles del suelo. Zapatillas de deporte. Seguramente Nike.

—¿Quién podía querer joder a este tío?

—Dice que tenía enemigos a miles.

—Pero cupletistas o gente de pasta que no entrarían por una ventana para no ensuciarse la ropa.

—¿Huellas dactilares?

—Ni una. Ni en el alféizar de la ventana ni en los cristales rotos. Llevaba guantes, y probablemente de látex.

—Los malos ya saben más que nosotros.

—Esto lo ha hecho alguien contratado.

—¿Un asesino a sueldo? No. Habría llevado el arma. No habría improvisado con lo que encontraba. ¿Tenía móvil?

—¿Móvil del crimen?

—No, móvil de teléfono.

—Sí que tenía. Rastrearemos llamadas.

—¿Agenda?

—Ya la tenemos.

—¿Ordenador?

—Ya lo tenemos.

Cuando salieron de la barraca, me acerqué y bromeé:

—Dame algo —como si pidiera limosna—. ¿Qué podéis decirme?

—Que aquí dentro hay un muerto.

—Venga, hombre, dentro de una hora los funcionarios del juzgado lo estarán divulgando todo...

—Pues habla con los funcionarios del juzgado.

Pasaron de largo.

Yo ya sabía que no podían decirme nada, y aún menos allí, delante de la comitiva judicial y de otros compañeros, pero quería que supieran que la prensa les estaría muy encima y que yo era el que había llegado primero.

Había llegado incluso antes que ellos al lugar del crimen.

Como siempre.

9

(La luz del final del túnel)

Es una de aquellas casas modestas, residencias de veraneo de principios del siglo pasado, con coquetería de jardín y barbacoa e incluso volutas decorativas en las puertas y ventanas, que se encuentran diseminadas por este robledal, zona que en algún momento pretendió ser residencial y privilegiada. Hoy el yeso de las paredes se cae de lepra y el jardín se ha convertido en huerto marchito y polvoriento.

Tiaguín Moltó no era el dueño de la casa. Él solo alquilaba el espacio de veinticinco metros cuadrados que alguna vez se utilizó como garaje. Un espacio lleno de suciedad, penumbra y polvo en suspensión, mal ventilado e iluminado por un ventanuco en la pared trasera y expuesto al bosque por un portón capaz de engullir dos coches de golpe.

Paredes ocultas tras estanterías metálicas repletas de libros que parecen haber sido colocados a ciegas, una ducha portátil con moho y mugre se arrincona tras una mampara, un jergón/atillo de ropa revuelta y acartonada, una mesa con ordenador e impresora y otra que ahora está caída y que debía contener infinidad de papeles mecanoscritos, libros y periódicos viejos, y platos, cubiertos y restos de comida que ahora están esparcidos por el suelo y fueron pisoteados durante la pelea. Otra mesa con televisor enorme, como un ídolo en el centro del templo, de cara a un sofá remodelado por un culo gordo y manchado por una espalda sudorosa y adornado con botella de J&B entre los cojines y vaso medio lleno al alcance de la mano. Una cocina de butano, una caja de cartón de Mudanzas Ramos convertida en armario ropero, y el baúl de los recuerdos rodeado de gloriosos recuerdos, placas, trofeos, premios de plata ennegrecida. No hay lugar para más. En el interior de este baúl han encontrado la bolsa de donde salió el palo de golf con que se ha cometido el asesinato.

El cuerpo ya no está allí. Solo queda la silueta dibujada en el suelo con tiza. Solo un par de agentes de la Científica, con monos aislantes de papel blanco, buscando indicios a cuatro patas, y Miralles, justo en medio del garaje, manos en los bolsillos, ridículo con los zapatos envueltos en bolsa de plástico verde, embobado ante la nada.

Se ha ido ya la comitiva judicial, se acabaron las grabaciones de vídeo, los flashes del fotógrafo, el reconocimiento forense del cadáver, el espolvoreado minucioso en busca de huellas dactilares. Solo queda encontrar los últimos detalles, las fibras, los pelos, las manchas que solo son visibles con ayuda de la luz ultravioleta, ese algo que se supone que el asesino siempre deja en el lugar del crimen, o el vacío que deja ese algo que siempre se lleva.

El cuerpo ya no está allí y ya no lo estará nunca más, pero este lugar no volverá a ser el mismo. De ahora en adelante, este espacio de cinco metros por cinco estará habitado por la muerte. Miralles, jefe del grupo de Homicidios desde hace tres años, no cree en fantasmas porque los fantasmas se supone que son presencias de muerte y la muerte es la ausencia en estado puro. La muerte es el agujero negro que absorbe hasta el último aliento de vida y crea un vacío que no se puede volver a llenar.

Esta es la sensación que ahora paraliza a Miralles. Está flotando en el vacío que la muerte ha dejado para siempre.

Pasan unos minutos antes de que se repare en la única decoración íntima de este ambiente siniestro. Sobre las mesas del ordenador y del televisor, y encima de alguna estantería, pegadas a los libros, hay fotografías enmarcadas. Cinco fotografías de una misma mujer. Voluminosa, de rostro lunar y papada, muy satisfecha de sí misma, abrazando amorosa y posesiva a un Tiaguín Moltó muy feliz de ser poseído. La misma mujer en blanco y negro, sola, más delgada, con vestido de fiesta y sombrero años sesenta, seria para imponer respeto. La misma mujer con un hombre que se parece mucho a Tiaguín Moltó. La misma mujer, joven, guapa, sanota, tetuda, de mofletes coloradotes, con un niño en las rodillas, proyecto de Tiaguín Moltó, y al lado un hombre que no existe, que queda fuera de la foto porque alguien ha recortado la cartulina.

—Llevaos estas fotos también —pide Miralles a los de la Científica. Ellos no dicen nada aunque seguramente ya tenían previsto llevárselas. Luego—: ¿Algo de particular?

—Nada. El tipo llevaba guantes. Seguro.

—El ordenador también os lo lleváis.

—Claro.

—¿Su agenda, papeles...?

—Ya se lo han llevado.

Es hablar por hablar. Claro que se han de llevar el ordenador a Jefatura, y la agenda, y las fotos, y papeles personales. Los de la Científica ya saben hacer su trabajo. Pero el jefe de Homicidios ha de transmitir la sensación de que controla y organiza la situación.

Suena el móvil de Miralles. Inoportuno.

—Sí.

Es Luisa, su mujer.

—¿Qué haces?

Son las siete en punto de la mañana. Miralles está aquí desde las 11:30 de la noche. No ha dormido.

—¿A ti qué te parece?

—¿Es un caso difícil?

Quiere decir: ¿exigirá que le dediques mucho tiempo?, ¿tendrás que estar mucho tiempo fuera de casa?, ¿estaré mucho tiempo sin verte?

Después, cuando se ven, no tienen nada que decirse.

—Es un caso muy difícil.

—Hostia.

—Ya te contaré cuando llegue a casa. Ahora voy. He de dormir un poco.

—¿A quién le encargarás el caso?

Significa: ¿se lo has encargado a algún veterano que no te esté llamando cada dos por tres para consultarte o reclamar tu presencia?

—A Lallana y a Huertas.

Veteranos.

—¿Tardarás mucho?

—No. Voy en seguida. Ya acabamos.

Miralles se siente y se ve muy cansado. Pero que muy cansado. Cansado de verdad.

10

(*Taquicardia*)

La noche del 2 al 3 de abril, ninguno de los policías que habían ido al lugar del crimen durmió, y al resto de los hombres del grupo de Homicidios los sacaron de casa y hasta de la cama. Todo el mundo preveía que al día siguiente se movilizaría la mayoría de hombres de otros grupos de la Judicial (atracos, estupros, falsificaciones...) e incluso, quizás, los Módulos de Intervención Policial (MIP) de las comisarías.

A Huertas no le gustaba la idea:

—Demasiada gente inepta estorba más que ayuda.

Opinaba que esto de investigar un asesinato no puede hacerlo cualquiera.

Huertas y Lallana se dedicaron a llamar a las puertas de las cuatro casas que había diseminadas por el bosque en un radio de un kilómetro.

En la casa que había sobre la guarida de Moltó no vivía nadie.

—Bueno, sí que viven —explicó el vecino más próximo—, viven los propietarios de la casa, pero son personas mayores y sus hijos los han llevado a una residencia, o a su casa, en el centro de la ciudad...

Mientras iban de una casa a otra, telefonearon a los propietarios en cuestión. Hablaron con los hijos. Que tendrían que trasladarse al chalé del Cerro del Bosque, que había habido una desgracia, que su comparecencia y su testimonio eran de vital importancia.

Les abrían vecinos legañosos, adormilados y de mal humor, recién caídos de la cama. Se asustaban cuando Huertas y Lallana se identificaban como policías a aquellas horas. Las gafas oscuras de Lallana en plena noche daban miedo, parecía que se las tenían con un policía ciego.

Lallana y Huertas estaban de acuerdo en considerar que muy probablemente el asesino habría estado vigilando la casa, días antes, para localizar la ventana por donde se podía entrar, para controlar las entradas y salidas de Moltó, para asegurarse de que no estaba. En la ciudad, un observador furtivo habría pasado desapercibido entre la multitud de transeúntes que van y vienen, pero en aquel bosque solitario alguien tendría que haberlo visto.

No, no habían visto nada, no habían oído nada, no conocían al vecino, o quizá sí que lo conocían, era el periodista de la tele, a veces lo habían visto en el andén de la estación, esperando el tren, o borracho, o durmiendo dentro de su coche granate. No sabían si tenía enemigos aunque todos suponían que sí, y muchos, porque lo habían visto en acción en la pequeña pantalla, pero consideraban que era un buen vecino, que no estorbaba, y no se les ocurría nada más que decir.

Lallana y Huertas repartían tarjetas "por si acaso recordaban algún detalle, por insignificante que les pareciera".

Por fin, una señora, recuerda:

—Sí, yo vi un sospechoso.

—¿Cómo era?

—¿Por qué le resultó sospechoso?

—Llevaba casco de motorista, de manera que no le vi la cara. Parecía un extraterrestre. Con una mono azul, o verde, y estaba quieto allí, al lado de un árbol, sin hacer nada. Ahora que lo pienso, quizá sí que estaba mirando hacia la casa del pobre Moltó.

Esto había sido hace más de un mes, no podría decírselo con exactitud, era marzo y llovía un poco. La señora oyó el estrépito de una moto que iba por el bosque y no le pareció normal.

—... Porque a esta gente de las motos les gusta venir por aquí, entre los árboles, pero lo hacen los días de fiesta y no en uno de trabajo y, además, lloviendo. Me pareció extraño. Y después paró el ruido, así, en seco, quiero decir que no es que se alejara, sino que se había parado por allí cerca. Bajo la lluvia. No sé qué pensé, quizás que había tenido una avería, no lo sé, el caso es que miré por aquella ventana —la señora, con bata y despeinada, recorría la casa acompañada de los dos policías— y allí mismo, entre aquellos dos árboles, lo vi quieto.

Los de la Científica fueron hacia allí a observar el suelo entre los dos árboles en cuestión. Si llovía, era muy fácil que, tanto el sospechoso como la moto, hubieran dejado un rastro todavía visible.

Cuando te encuentras un dato así, has de volver al punto de partida y empezar de nuevo. Llamar otra vez a las mismas puertas, disculparte ante los vecinos más que hartos. Preguntarles ahora concretamente por un hombre en moto, con casco de motorista y con mono azul o verde.

De este modo se refrescó la memoria de otra mujer que antes no se le había ocurrido mencionarlo. "Ahora que lo dicen...". Sí, hace cosa de un mes atrás, no recordaba exactamente el día, había visto un individuo de aquellas características andando y empujando la moto tranquilamente entre los árboles.

—... Y ahora que lo dicen, me extrañó. Los motoristas que vienen por aquí lo hacen para correr y hacer escándalo, no para pasearse empujando la moto.

Este segundo testigo no recordaba que aquel día lloviera, es más, estaba más que segura que aquel día no llovía. Esto hacía suponer que el hombre de la moto había estado paseando su presencia sospechosa por el Cerro del Bosque más de un día, probablemente más de dos.

Ya era de día cuando Lallana y Huertas iban hacia la Jefatura con el Seat Toledo. Se les cerraban los ojos, bostezaban, rezongaban.

—Hijo de puta —murmuraba Lallana—. Además de matarlo, se le ocurre llamar a su amigo *pijo* a las nueve de la noche porque el malnacido sabía que esto nos jodería la noche.

—Un resentido que odia a los policías —dijo Huertas, pasando de todo.

—Tendremos de revisar las gasolineras de la zona —apuntó Lallana—. Si estuvo por aquí unos cuantos días con la moto, alguna vez tendría que poner gasolina.

—¿Hemos citado al periodista *pijo*?

—A las diez deberíamos tenerlo en el despacho.

—Hemos de ir con cuidado con lo que le preguntamos porque ahora sí que todo saldrá en la prensa. En este caso, el secreto de sumario se va a tomar por el culo.

—Como siempre —remató Lallana, pesimista.

Al llegar a Jefatura, después de ingerir un par de cafés bien cargados cada uno, se encontraron a los compañeros del grupo haciendo los deberes. Habían localizado al único pariente conocido de Santiago Moltó, una hermana llamada Amparo. Alguien tendría que ir a darle la noticia y tomarle declaración. Lallana y Huertas estaban demasiado cansados. Enviaron a Ribera y Mika, los dos inspectores más jóvenes, que no hacía demasiado que se habían incorporado al grupo.

Eladio Ribera era un policía vocacional, muy estudioso y muy culto, orgulloso de pertenecer al grupo de Homicidios, ambicioso y decidido a llegar a la dirección tan pronto como fuera posible. Mika (de Micaela, pues se llamaba Micaela Adalid) era una chica guapa y sensible, muy amable y afectuosa, de una engañosa apariencia frágil. Estaba visiblemente excitada con aquel caso entre los dedos.

—Es la bomba —iba exclamando por los pasillos—. ¡El mundo de los famosos en la picota! ¿Vosotros sabéis la repercusión mediática que tendrá? ¡Podremos conocer famosos de verdad! Todos los que han tenido que ver con este periodista, o sea, todos. Amparo Linares de entrada. ¿Podré interrogarla yo, a Amparo Linares?

Como una niña el día de Reyes.

Se colgaba del brazo de Lallana:

—Va, Lallana, va, déjame.

Lallana sonreía indulgente. Ribera también sonreía indulgente. Huertas sonreía malicioso. Después, le decía a Lallana:

—Eh, ¿has visto cómo te miraba, Mika? Esta va a por ti, ¿eh?

—¡No, hombre, no, qué dices!

—Y está bien buena, ¿no crees?

—No me marees.

A Ribera y a Mika les correspondió el mal trago de llamar a la puerta de Amparo Moltó y notificarle que su hermano había muerto.

Amparo Moltó no derramó ni una lagrimita ni fingió el más mínimo dolor. Solo dijo:

—Era previsible.

Después se dejó conducir al Instituto Anatómico Forense y se enfrentó con el horrible desecho en que se había convertido Santiago, haciendo gala de una entereza durísima que casi parecía indiferencia.

—Sí —dijo, sin que le temblara la voz—. Es él.

Mientras tanto, los de la Científica estudiaban en el teléfono móvil de Moltó las llamadas recibidas y efectuadas que estaban registradas en el aparato. El último día de su vida, Moltó había efectuado siete. La primera, a las 9.32, al número de Aurora Linares. A las 10.55 había llamado alguien que en su agenda constaba con el nombre de Toño. A las 11.08, se había comunicado con alguien que identificaba con las letras YC. A las 11.25, había telefoneado al fijo de un bar llamado La Copa. A las 12.06 había insistido con el tal Toño. A las 12.20 había llamado al restaurante de lujo Melilla y a las 12.40, había vuelto a hablar con YC.

A su hermana, Amparo, no la había llamada ni una vez desde que el móvil tenía memoria.

Un agente abrió la puerta.

—Ha llegado Eduardo D'Assís, el hombre que ha encontrado el cuerpo.

Lallana y Huertas tuvieron que poner ambas manos sobre la mesa y empujar con fuerza para ponerse de pie, como si en aquel rato de reposo les hubieran caído muchos años encima. Era uno de aquellos momentos en que los dos pensaban que quizá ya no tenían edad para aquella clase de sacrificios y que quizá sí que sería buena idea un traslado a un departamento más tranquilo, un trabajo burocrático o, quizá, quien sabe, incluso la prejubilación.

Los dos resoplaron, suspiraron, se alisaron la ropa con las manos.

—Vamos.

Fueron a encontrarse con Eduardo D'Assís.

(...)

A Eduardo D'Assís, la vida le había tratado mucho mejor que a los policías que le interrogaban. Vestía como un modelo de revista de modas y el peinado y la pulcritud de las manos y la serenidad de su expresión dejaban bien claro que había podido descansar unas cuantas horas y despertarse con una buena ducha.

Se mostraba muy afectado.

—¿Era muy amigo del señor Moltó?

—Muy amigo, muy amigo, no. De hecho, nos veíamos poco últimamente, pero él había sido mi maestro. Bueno, de hecho, todavía lo era. Mío y de tantos y tantos periodistas de primera fila. Profesional impecable, riguroso, un periodista duro de pelar, agudo, inteligente, ingenioso. Una de las personas que más sabía de nuestro trabajo en este país de improvisadores. Una gran pérdida, pueden creerme.

—Pero últimamente no le iban bien las cosas.

—No.

—¿Por qué?

—El mundo es injusto. No sé por qué. Ya digo que hacía mucho que no lo veía. Quizá se debía a que hoy las empresas prefieren contratar a cuatro becarios mal pagados que a un superprofesional caro y experimentado que pueda contestarles. En el mundo empresarial actual, cuando una persona es indispensable la echan a la calle.

—¿Contestaba muy a menudo, Moltó?

—Tenía un carácter fuerte, sí.

—¿Sabe si tuvo algún problema con alguien en los últimos tiempos?

—No. Pero ya le digo que hacía mucho que no coincidíamos.

—¿Ahora dónde trabajaba el señor Moltó?

—No lo sé. En ningún lugar fijo que yo sepa. Iba de *freelance*. Vendía noticias aquí y allá.

—¿Cuándo fue la última vez que vio usted al señor Moltó?

—Uf —no lo recordaba exactamente. Después de un esfuerzo dijo—: Hacía mediados de marzo quiso ponerse en contacto conmigo. Pero no me llamó. Sé que vino a la redacción del periódico a buscarme. Pero no me encontró.

—¿No le encontró?

—No, yo no estaba. Me dejó una nota que decía "Llámame". No obstante, cuando se fue se encontró a una compañera abajo, en la puerta, Alicia Iranzo, y la invitó a tomar un café. Ella me lo comentó después.

Huertas escribió en un papel Alicia Iranzo, giró la hoja y volvió a escribirlo. Arrancó la segunda hoja. La primera la guardó para recordar el nombre. Se trasladó fuera del despacho para darle el papel a un agente.

—Citad esta mujer, Alicia Iranzo. Trabaja en el mismo periódico que este que tenemos aquí dentro.

—Pero usted no lo llamó —decía mientras tanto Lallana.

—¿Cómo?

—Que usted no lo llamó.

—Ah, no. El trabajo, no sé, las ocupaciones. Como Moltó tampoco insistió... Se me fue de la cabeza.

—¿Usted sabía dónde vivía Moltó?

—Sí, claro.

—¿Le había visitado, en la casa del Cerro?

—Sí. Tiaguín llevaba a poca gente allí, porque le daba algo de vergüenza. Pero a mí me había llevado un par de veces, sí. O una vez le llevé yo a él, conduciendo su coche, porque estaba demasiado borracho. Después volví en tren. Otra vez me llevó para que oyera unos CD de jazz que se acababa de comprar. Tomamos unos whiskys y charlamos de esto y de aquello.

—¿Cuándo sería esto?

—No lo sé. Debe de hacer un año, o algo así.

—¿Sabe si tenía algo de valor que algún ladrón quisiera robar?

—No. No creo. Todo lo que tenía de valor se lo había vendido. Bueno, tenía tantas cosas, pero, que no sé... Yo no me podía imaginar que tuviera palos de golf, por ejemplo.

—¿Cómo sabe que tenía palos de golf?

—Lo mataron con un palo de golf, ¿no?

—¿Cómo lo sabe?

—Estaba allá. Cuando he encontrado el cuerpo. La puerta estaba abierta, la he empujado y allí estaba él, en medio de la habitación, a la vista, muerto y con un palo de golf al lado. He imaginado que era el arma del crimen.

—Le habían llamado por teléfono para decirle que el señor Moltó estaba muerto, ¿no?

—Sí. Bueno, me dijeron: "Ve a ver tu amigo Moltó, que no sé qué le pasa".

—Una voz anónima.

—Sí, señor. Voz de hombre.

—¿Podría identificarla, si la volviera a oír?

—No. No lo sé. Creo que no. No me sonó a ninguna voz conocida.

—Haremos una cosa. Ahora volverá con un par de agentes al lugar de los hechos. No se preocupe, que ya se han llevado el cuerpo. Eche una ojeada a la casa y trate de recordar si falta algo y, en caso de que falte, qué puede ser. Le ruego que intente acordarse porque queremos descartar el robo. Después los agentes le llevarán a su casa. Y, si volvemos a necesitarle, ya le llamaremos.

Después de prestar declaración, los interrogados se quedan como deslumbrados por un relámpago. Mientras tanto los inspectores teclean en el ordenador sus declaraciones, ellos parpadean y no saben qué hacer a continuación, como si les sorprendiera que los policías no se hubieran mostrado más violentos, o no les hubieran puesto las esposas para encerrarlos en una mazmorra oscura. D'Assís reaccionó de este modo.

—¿Ya está? —preguntó, después de firmar una copia de la declaración—. ¿Puedo irme?

—Sí, con estos dos agentes. Y, oiga, sería mejor que de esto no se hablara demasiado. El único que saldrá beneficiado de liarlo todo será el asesino.

—Pues el asunto se liará, señor inspector —dijo Eduardo D'Assís con serenidad—. Habiendo tantos periodistas de por medio, y tratándose de Tiaguín Moltó, y con el éxito que tienen actualmente los programas de la prensa del corazón, puede estar seguro que el asunto se liará. Y no quiero que piense que es culpa mía.

—Bueno, ya tendremos ocasión de hablar de todo esto.

Eduardo D'Assís se fue con los dos agentes.

Huertas se dejó caer en una butaca, se frotó los ojos y sopló fuerte. Lallana, de pie, repasaba las palabras del periodista.

—¿Qué te parece? ¿Nos ha dicho todo lo que sabe?

—No nos lo ha dicho todo —dijo Huertas—. Pero da lo mismo. Leeremos la crónica que escriba en el periódico. Entonces sabremos de sobras todo lo que él sabe.

—O no —dijo Lallana, que parecía más animado que el otro—. ¿Vamos?

Se fueron hacia casa.

11

(La luz del final del túnel)

Miralles entra en el piso oscuro donde solo brilla la luz del televisor allá a lo lejos, al final del pasillo, y se detiene para quitarse la chaqueta, para colgarla en el armario, para guardar la pistola en el cajón de la consola, y hace esfuerzos para contener su furia.

Mal día.

Ha regresado a casa hacia las nueve de la mañana, cuando ya brillaba el sol, se ha metido en la cama sin comer, a mediodía ha comido sin ducharse, y luego ha seguido una tarde tediosa de gestiones, hipótesis y decepción. Caso difícil con millones de sospechosos, sin huellas, sin testigos, crimen de profesional o de criminal con suerte. Ha movilizado a la mitad del grupo y ha pedido ayuda al jefe de área para que le proporcione efectivos de otros grupos de la Judicial o de los grupos de investigación de las comisarías. Aún ahora debe de haber gente interrogando a los vecinos, rastreando el bosque, quemándose las pestañas para descifrar la agenda personal del muerto, o descodificando la palabra clave de su ordenador. Conscientes de que cada hora que pasa es un nuevo obstáculo para la solución del caso, tendrán que espabilarse para reconstruir la vida pública y privada y secreta de una persona que ya no es persona. Que quizá nunca fue una persona.

Le ha irritado el interrogatorio de Eduardo D'Assís, el hombre que encontró el cuerpo.

Mientras avanza por el pasillo, encendiendo luces, piensa que no puede soportar a gentuza como esta.

—¿Quién es esta? —belicoso, mientras se llena de luz la sala.

Luisa parpadea.

—No es esta. Es este. Amadís Hernán.

—¿Qué le pasa?

Amadís Hernán berrea mostrando sus dientes irregulares y sucios.

—Aurorita Linares nunca tuvo nada que ver con este Tiaguín Moltó. ¿Pero qué estáis diciendo? ¡Aurorita Linares está muy por encima de Tiaguín Moltó! ¡Ni punto de comparación! ¡Ella está en las nubes del cielo y él en las alcantarillas con las ratas!

Berrea es la palabra justa.

La moderadora interviene y acapara la cámara con gesto compungido:

—Por favor, os ruego que recordéis que estamos hablando de un difunto —mirando a los espectadores con evidentes señales de angustia—. Como hemos dicho desde el principio del programa, nuestro desafortunado compañero de labores informativas Santiago Moltó fue asesinado la noche pasada …

La interrumpe el berreador:

—¿A qué viene esto de compañero de labores informativas? ¿Es que te comparas con él? Era un impresentable, un fracasado…

—Pasemos a publicidad, a ver si se calman los ánimos.

—¿Quién es este?

—Un friqui. Lo único bueno que ha hecho en la vida es aprenderse de memoria la vida y milagros de Aurora Linares. La adora.

—¿Qué hay para cenar?

—Vamos a ver.

Se desplazan los dos a la cocina.

Miralles no puede evitarlo:

—¿Se puede saber por qué miras estas gilipolleces? ¿Cómo puedes estar todo el santo día mirando estas mamarrachadas, a esta pandilla de idiotas, cotillas, hienas, carroñeros que se degradan degradando a los demás? —cada vez más irritado—: ¡Me cago en la puta! ¡En qué clase de cerebro cabe tanta mierda, cojones, sin que te acaben reventando las neuronas! —se justifica a gritos—: ¡Es que me pone a parir tanta estupidez, hostia ya!

Luisa no dice nada. Empieza a preparar la cena cabizbaja, avergonzada de ser como es y de vivir como vive.

Gilipolleces, mamarrachadas, idiotas, cotillas, hienas, carroñeros, neuronas llenas de mierda, mecágoenlaputa, hostia, se interponen entre los dos, invaden la cocina y hacen irrespirable el ambiente.

Al cabo de unos minutos, vuelve la voz de Miralles:

—¿Qué se supone que tengo que hacer después de pasarme el día revolviendo mierda? ¿Sentarme a tu lado, en el sofá, para comer más mierda?

(...)

Pedro Miralles salta de la cama en un sobresalto. Apenas ha dormido. Deja a Luisa entre las sábanas, tan bonita, tan apetitosa, tan accesible que puedes dejarla para más tarde o para otro día. La posibilidad de saciar un apetito en cualquier momento parece que ya es un buen sistema de saciarlo.

Sale de casa convencido de que Luisa estaba despierta, atenta a sus movimientos, y ha continuado inmóvil para no provocar situaciones embarazosas.

En Jefatura le espera Alicia Iranzo, la periodista que estuvo hablando con la víctima del asesinato unos días antes. Es una mujer hermosa, bajita, que siempre tuvo y siempre tendrá aspecto aniñado, casi asexuado. Tiene el pelo castaño largo y ondulado, los ojos brillantes, la boca grande y una peca en el pómulo derecho. Viste blusa blanca ancha, pantalones ajustados a unas piernas preciosas, botas y una chaqueta de hilo ligero y largo. No sonríe aunque debe ser de sonrisa fácil. Le toma declaración Miralles en persona.

—¿Cuándo vio a Santiago Moltó por última vez?

—El Martes, 7 de marzo. Había ido por la redacción del diario "RáFaGa" buscando a Eduardo D'Assís. No lo encontró y, cuando salía a la calle, yo entraba. Hacía mucho tiempo que no nos veíamos y él parecía —duda— que tenía muchas ganas de hablar. Estaba excitado. Apestaba a alcohol.

—¿Borracho?

—Bueno, era famoso por eso. Junto a la entrada del periódico hay un bar y me invitó a tomar un café. Dijo "un café", pero él se tomó un Magno.

—¿De qué hablaron?

—Estaba contento. Se moría de ganas de contarme algo. Decía que estaba viendo la luz del final del túnel.

Miralles repite:

—La luz del final del túnel —y añade—: no es como para hacerse ilusiones. A veces, la luz del final del túnel no es más que un tren que viene en dirección contraria. ¿Qué le dijo?

—Que tenía un reportaje estupendo, el reportaje de su vida que le daría muchos millones. Una exclusiva. Pero no me dijo de qué se trataba. Me explicó que había dado con alguien, alguien que le haría ganar mucho dinero. Estaba eufórico.

—Pero no le dijo a quién se había encontrado.

—No se lo habría dicho a nadie, supongo, ni a Eduardo.

—¿Por?

—Somos periodistas. Hasta que la noticia sensacional no sale publicada, tiene que ser un secreto, o dejará de ser sensacional.

—¿Usted no se imagina a qué se podía referir?

—No. Yo no estoy en su sección. Yo estoy en política. A mí, estas cosas del corazón y las *marujas* no me han interesado nunca. Supongo que, si me hubiera dicho a quién se había encontrado, tampoco lo hubiera conocido.

El policía piensa un momento y repiquetea con el lápiz sobre la mesa. Se pellizca la nariz.

—¿Dice que Moltó era amigo de Eduardo D'Assís?

—Bueno... No lo sé. Eduardo fue alumno aventajado de Moltó, en la universidad, cuando Moltó tenía una cátedra. Hace años se les solía ver juntos. Ahora... Moltó estaba *missing*. Yo hacía al menos un año que no le veía —Miralles nota que la muchacha ha estado pensando muchas horas en esta entrevista desde ayer, cuando le notificaron que la tendría, y está deseando exponer sus conclusiones. No sabe si es oportuno ni si el policía atenderá a sus palabras, pero lo suelta, porque es de las que no saben callar—. Mire: si me permite, le diré que, por lo que yo sé, Santiago Moltó era un hombre malo.

Alicia Iranzo espera la reacción de Miralles, que consiste en levantar una ceja. Continúa:

—...Era de aquella clase de personas que siempre han querido ser buenas, y siempre han tenido un código ético muy estricto y, de pronto, por lo que sea, deciden que están haciendo el primo, que siendo bueno todo el mundo te toma el pelo, y deciden hacerse malas.

"No sé si me explico. Todos somos un poco malos, pero todos queremos ser buenos, vivimos en la ambigüedad, hacemos una putada, nos arrepentimos, pedimos perdón... Pero la clase de gente que un buen día decide ser mala suele pasarse de rosca. En esta profesión de periodistas, en que jugamos con secretos, con las mentiras que dicen unos y otros, con la dignidad de la gente que nos necesita y se pone en nuestras manos, puedes hacer muchas putadas y muy gordas. Un buen día, divulgas el secreto de una persona, destapas un fraude o un escándalo y la hundes. Pero no puedes estar haciéndolo todo el rato, no puedes ser un dinamitero, es de sentido común. Has de tener amigos, y has de hacer favores, y has de ayudar a triunfar a alguien si no te conviertes en un apestado.

"Santiago Moltó siempre había querido ser amigo de todo el mundo y ayudar a la gente, hasta que pensó que de aquella forma no iba a ninguna parte y decidió traspasar la línea. Entonces empezó a hacer putadas a todos. Usó y abusó de la información que obtenía. Decía "Yo no he inventado las reglas, vivimos en un mundo de lobos, si no espabilas te espabilan, esas cosas". Así se buscó la ruina. Hay mucha gente así. Desconfiados por sistema, paranoicos profesionales, siempre a la defensiva y convencidos de que la única defensa es un buen ataque. "A mí no me joden" y son ellos quienes se dedican a joder a los demás. Eligen vivir en territorio hostil, en territorio enemigo y se ríen de quienes prefieren vivir en paz. Yo los veo como unos suicidas".

Se queda tan satisfecha, casi jubilosa, como si acabara de leer la tesis doctoral con diagnóstico de *cum laude*.

Miralles dice:

—Ya.

Después de una pausa expectante:

—Me está diciendo que Santiago Moltó se había ganado muchos enemigos.

—Sí. En los últimos tiempos menos porque no tenía el poder que tuvo. No trabajaba fijo en ningún medio, había perdido el programa de televisión y la cátedra en la universidad. Pero, claro, siempre queda el resentimiento y el afán de venganza.

—¿De quién?

—Ah, de quien sea. No lo sé. Aquello de sembrar vientos y recoger tempestades.

—Dígame el nombre de alguna persona que quisiera hacerle daño.

—He estado pensando en ello —pausa. ¿Lo dirá? Sí. Después de masticarlo un poco—: Hace años hubo un asesinato relacionado con Tiaguín Moltó. Usted se acordará. Entonces, él llevaba el programa de televisión *Todo vale,* ¿se acuerda? Uno de los primeros *realities* agresivos, recién importados de la Italia de Berlusconi y del Televista mexicano. Llevó a una familia gitana, los Laureles, la familia de la bailaora Juana de Dios.

"No lo recuerdo con detalle, quizá usted lo tenga más presente que yo, pero Moltó les había convocado para hablar del noviazgo de Juana de Dios con no sé quién, y Tiaguín acabó sacando que el hermano menor de Juana de Dios había cobrado de unos amigos por conseguirles un polvo con su hermana, y que su hermana se prestó a ello. Una cosa así. ¿Lo recuerda? Acabaron a gritos y bofetadas en el plató, en un programa memorable, acabaron todos por el suelo, destruyeron equipo técnico y mobiliario, Moltó quiso interponerse y lo tiraron al suelo, una audiencia récord en la historia de la televisión española. Moltó reía y reía, feliz y triunfal. Aquella imagen de Tiaguín Moltó muerto de risa en medio del temporal fue muy difundida en los días siguientes, cuando estalló la noticia de que el hermano mayor de los Laureles, aquel al que llamaban el Perro, había matado a uno de aquellos que se había tirado a su hermana. ¿No se acuerda? —Miralles mueve un poco la cabeza para demostrar que se acuerda. Moltó riéndose. Ahora rememora el auténtico rostro del monstruo—. Dicen que aquel fue el principio del fin de Tiaguín.

—Más —pide el policía.

—¿Más? Alicia Iranzo hace un esfuerzo mental.

—¿Más? No es mi sección y yo, de esto, sé bien poco. Me parece que la prensa rosa me gusta tan poco como a usted. No lo sé… Moltó presumía de haberse tirado a Aurorita Linares y a muchas otras. Pero no me haga hablar. No sé nada más.

El policía permanece pensativo con la vista fija en la pared, y mueve la cabeza como si hubiera que aceptar a regañadientes que el mundo es complicado, sorprendente y cruel.

12

(*Taquicardia*)

Cada mañana se hacía una reunión con todos los grupos de la Judicial para examinar cómo iban los diferentes casos puestos en marcha, para elaborar nuevas estrategias, para abordar casos nuevos o simplemente para recuperar casos atascados.

Aquel día solo se habló de un caso. El jefe de Homicidios, inspector en jefe Pedro Miralles, había pedido auxilio al jefe de la Judicial y este le había concedido la gracia de poner a todos los inspectores de investigación tras el asesino de Moltó.

Apenas llegaron Lallana y Huertas se estaba dispersando el personal para cumplir misiones concretas. Un grupo debía volver al Cerro del Bosque y seguir hablando con vecinos y buscando pistas entre los árboles. Otros eran los encargados de rastrear las gasolineras de la zona. Otro grupo estudiaba las cuentas bancarias de la víctima que, de momento, dejaban claro que pasaba serios problemas económicos. Ahora bien, hacía falta averiguar de donde procedían los últimos ingresos y a quien había hecho los últimos pagos sustanciosos.

El inspector en jefe Miralles estaba convencido, en contra de la opinión de todos los profesionales que le rodeaban, de que al asesino le había pagado alguien cargado de odio pero incapaz de cometer el crimen por sí mismo, de modo que había ordenado que todo el mundo movilizara a confidentes que pudieran tener noticia de sicarios, nacionales o extranjeros. Esto implicaba contactos con la Interpol para controlar idas y venidas de delincuentes internacionales.

El rastreo de llamadas del móvil de Moltó había dado sus frutos. Unos inspectores tenían que ir a hablar con los parroquianos habituales del bar La Copa, que Moltó frecuentaba. Se sabía ya que el Toño a quien había llamado dos veces el día de su muerte era el torero Antonio González Toñete, y que las siglas YC correspondían a la famosa *madame* Yolanda Celeste.

Mika Adalid estaba encantada de la vida porque, a ella y a Ribera, les habían encargado que fueran a ver a la *madame.*

—¡No he ido nunca a una casa de putas! —proclamaba, muy ilusionada.

Ribera se partía de risa.

—Pues me sabe mal desengañarte —intervino el veterano Huertas—, porque a la casa de putas iremos nosotros, que Lallana tampoco ha estado nunca, y he de enseñarle una cosa.

—No jodas, Huertas —se quejaba Mika, desconsolada—. No jodas, *porfa, porfa* —pero se colgaba del brazo de Lallana—. Lallana, dile que me deje ir.

—Otro día.

Huertas y Lallana entraron al despacho del inspector en jefe Miralles para reclamar su derecho a interrogar a Yolanda Celeste.

—Tanta gente tomando declaraciones a su manera no es bueno para el caso —le dijeron—. En caso de homicidio son importantísimas las reacciones del interrogado, detalles que solo se pueden detectar con una clase de sexto sentido.

El inspector en jefe Miralles les miraba desde el otro lado del escritorio, algo sobrado.

Y, ya puestos, aprovecharon para discutirle la teoría del asesino a sueldo.

—No iba armado —aducía Lallana, manifiestamente enfadado—. Improvisó con aquel palo de golf que encontró por casualidad. Y no es el *modus operandi* de un asesino profesional.

—Nadie dice que sea profesional —opuso el inspector en jefe Miralles, arrellanado en aquella butaca que tanto le alejaba de la calle—, ni que sea asesino. Puede ser amigo de la Linares, o de cualquier otra famosa, al que se le han cruzado los cables y dice "A este hijo de puta le rompo las piernas". No quiere decir que se gane la vida con eso, ni que lo haya hecho muchas veces. Solo hace falta que se le hayan cruzado los cables y, ya sea por amistad, o por seducir a la famosa en cuestión, o porque le han soltado dinero, ha ido a por Moltó —el inspector en jefe Miralles hablaba convencido de que era exactamente aquello lo que había pasado—. Se mete en casa de Moltó mientras él no está, confiando que en las casas siempre hay armas. Cuchillos de cocina, palos de escoba, manos de mortero, una silla, un cable eléctrico para estrangular. Encuentra los palos de golf de titanio, durísimos, y dice "Esto me irá de coña" —Lallana negaba con la cabeza y miraba hacia Huertas sin ocultar la exasperación que experimentaba—. Me ha llamado el juez Muntaner, que estuvo hablando con el forense. Todavía no tienen el informe pero es evidente que el asesino iba a romperle las piernas. De hecho, gran parte de los golpes fueron a las piernas, ninguno iba dirigido a la cabeza. Lo mató con un golpe en las costillas que le hundió el pecho y le afectó los pulmones. Quizá no quería matarlo.

—Muy bien, muy bien —intervino Huertas, conciliador—, pero nosotros vamos a ver a Yolanda Celeste, ¿de acuerdo?

—Había pensado enviar a Mika —se justificó el jefe de Homicidios— porque ella conoce a todas las famosas y a la gente de la prensa del corazón y he pensado que valdría la pena que diera una ojeada al catálogo de esta mujer.

—No se lo dejarán ver. A ella no. Y nosotros también leemos revistas del corazón de vez en cuando. ¿Verdad, Lallana?

Lallana quería dejar bien claro que a él le daba lo mismo ir a ver a Yolanda como no. Él hacía lo que le decían.

—Ribera y Micaela acaban de llegar —insistía Huertas—, y esto debe llevarse con mucha mano izquierda.

Al salir, Lallana comentó en voz baja:

—Es un imbécil.

Huertas le hizo notar:

—A ti, esto de la abstinencia te pone de muy mala leche. Tú has de follar, Toni. El semen, si no lo usas, se pudre, y la putrefacción llega al cerebro y te lo destroza. Tú has de follar, por una cuestión de salud, física y mental.

Lallana continuaba largando su obsesión:

—Cuando una persona ha de hablar tanto y tanto para justificar sus decisiones, como hace Miralles, es que no está seguro de lo que dice.

—¿Y tú? ¿Estás seguro de todo lo que dices? —de vez en cuando Huertas se hartaba del mal genio de Lallana—. Ahora le pediremos a Yolanda que te traiga una de sus niñas y te desfogas, ya verás como cambias de humor.

—No me toques los huevos. ¿Crees que ahora iré de putas? ¿Te crees que nunca he ido? Ya sé como es una puta, cojones. Es patético. Me he dado lástima a mí mismo cuando he ido con alguna.

—Esto que dices no es normal, Toni. Tú estás muy mal.

—No me gusta como me miran.

—¿Cómo te miran?

—Como si fuera una cosa.

—¿Como si fueras una cosa?

—Sí. Como si fuera una cosa.

—No te jode, ¿y cómo quieres que te miren? Pues igual que las miras tú a ellas. Como una cosa, dices. ¿Y cómo quieres que te miren? ¿Como te miraba tu madre?

Llamaron al botón rojo de un portero electrónico de apariencia normal en un portal cualquiera cerca del cementerio. Huertas dijo "Policía" y accedieron a un vestíbulo de aquello que antes se llamaba clase media baja, lujo *ma non troppo*, y subieron en un ascensor decorado por vándalos.

Les abrió la puerta una chica de rasgos indígenas procedente de algún lugar remoto como Bolivia o Perú, con expresión muy enfurruñada, casi hostil. Llevaba un vestidito de tirantes que a duras penas le cubría el felpudo y que le destacaba el volumen de los pechos.

—Queremos ver a Yolanda.

—Un momento, por favor —dijo, sumisa como una chacha antigua.

Desapareció por el pasillo esparciendo efluvios perfumados intensamente.

—No sé a quien puede gustarle esta peste. Es perfume de puta.

—¿Y de qué quieres que sea, aquí?

—Es vomitivo —Lallana extendió la crítica al ambiente—: Y la decoración es de un mal gusto que destrempa.

—A mí no.

—Mira este cuadro. Mira aquella jarra. Mira esta rana, es de plástico. Quién querría tener unas cosas así en casa

—Ahora me dirás que la niña que nos ha abierto tampoco te ha gustado.

—Parecía una muñeca de película de terror.

—Tú estás muy enfermo, Toni.

Compareció el ama de casa, una Cruela de Vil con ademán y caídas de ojo de Cleopatra ante Marco Antonio. Llevaba un vestido chino amarillo con brocados dorados, de cuello cerrado y largo hasta más abajo de las rodillas, muy ceñido a un cuerpo delgado de cintura y abundante de pecho. Solo le sonreían los ojos, cargados de vicio.

—¿Qué me dicen? ¿Que ha muerto Tiaguín Moltó?

—¿Quien te lo ha dicho? —Huertas tomaba la palabra.

—Alguien que no lo sabía seguro. Quizá me han engañado.

—No te han engañado.

—Pobre Tiaguín.

—¿Qué negocios tenía contigo?

—¿Negocios? Ninguno. Los mismos que puedas tener tú.

—Venga. Te hizo dos llamadas el día 13 de marzo, precisamente el día que murió. Una a las once de la mañana y otra sobre las doce y media.

—Éramos amigos.

—Venga. Después ya no te volvió a llamar nunca más.

—Es cierto.

—¿Y no te pareció extraño?

—Tiaguín era un poco pesado. Si te llamaba, bien, pero si no te llamaba, también.

—¿Qué os traíais entre manos? —Yolanda Celeste abrió la boca para negar—. ¿Por qué te llamó aquel día... 13 de marzo?

—¿Era el 13 de marzo? No lo sé.

—Sí que lo sabes.

—Ya te lo puedes imaginar. ¿Por qué me llaman a mí los hombres? ¿Qué te imaginas?

—Moltó no tenía dinero para pagarse una de tus nenas. ¿A cómo las tienes ahora? ¿Quinientos euros? ¿Mil euros? Tiaguín no tenía este dinero, y tú lo sabes. O sea, que no te llamaba para contratar a una nena. ¿Por qué lo hacía?

Entre los tres, sin ir ni venir de ninguna parte, pasó una chica pequeña, con aspecto de púber, con un top de biquini a rayas y pantaloncitos tejanos tan cortos que parecían braguitas. Un visto y no visto.

—¿Te gusta? —preguntó Yolanda por sorpresa. Lallana se dio por aludido y se puso rojo.

—Claro está que le gusta —respondió Huertas.

—No perdamos el tiempo —dijo Lallana.

Desde el fondo del corredor, saliendo de la oscuridad, hizo su entrada teatral un hombre muy peludo, de orejas grandes y brazos largos, que quería ser gorila y se había quedado en chimpancé.

—¿Qué pasa? —reclamó, con voz ronca, como un eructo.

—Nada —le tranquilizó la mujer como dando a entender a los policías que la bestia les podía atacar y descuartizar de un momento al otro—. No pasa nada. Preguntan por Moltó. Dicen que está muerto.

—Ya lo he oído desde allí. Tiaguín Moltó nos estaba tocando los cojones hacía tiempo. Nos traía clientes y le dábamos una comisión —Yolanda Celeste hizo un gesto de impaciencia. Ella no quería decir aquello—. ¿Qué pasa? ¿No se puede decir? Nosotros no tenemos nada que esconder.

—¿Qué clientes había traído últimamente?

El chimpancé respondió sin dudar.

—A un periodista que se llama Tomás Prat, y a uno de la tele que se llama Serafín Santowski. Este Santowski es famoso. Tenía uno programa de esos de tertulias políticas.

Sí, a Lallana le sonaba y tomaba nota en su cuaderno. Yolanda Celeste se incomodaba.

—Gabi. No damos nombres de clientes.

—Yo no quiero líos —dijo Gabi sin apartar la vista de los policías—. Ustedes lo saben. Soy un amigo, un colaborador de toda la vida, siempre han podido contar conmigo. Y siempre pueden decir que no se lo he dicho yo, si quieren hacerme un favor.

Huertas asintió para tranquilizarlo.

—¿Y aquel día 13 de marzo? llamó dos veces. ¿Qué quería?

—No me acuerdo —dijo la *madame*, desafiante. La miraban con suspicacia—. ¡De verdad lo digo, no me acuerdo!

—Yo tampoco recuerdo ni qué día fue —intervino el chimpancé, conciliador— pero sí que recuerdo que nos dejó plantados. Era a mediados de marzo. Me parece que pidió dos chicas y se las reservamos, y después no se presenta. Y no volvimos a tener noticias de él. Hasta hoy.

Lallana escribía obsesivamente en su libreta.

—¿Esto significa que venía él solo con alguien o él con dos invitados?

—No lo sé. Y tampoco sé con quién tenía que venir, claro está .

Huertas callaba y miraba significativamente a su compañero.

—Bien —dijo la *madame*—. ¿Os queréis quedar? Tengo un par de nenas libres.

—No —respondió Lallana.

—Aquella que antes mirabas tanto.

—No, gracias.

Lallana ya había cogido la maneta de la puerta y Huertas no se movía.

—¿Toni, no crees que deberías relajarte un poco?

—Que te he dicho que no, cojones. Vamos.

Abrió de un tirón y salió al rellano. Huertas se excusó ante Yolanda y el mono, encogiendo los hombros y poniendo cara de absoluta incomprensión.

13

(La luz del final del túnel)

Hoy todo el mundo se mueve de prisa en estas oficinas para dar sensación de eficiencia y para resolver el caso cuanto antes e irse a comer, que hay hambre.

Sobre la mesa de su despacho Miralles encuentra un montón de informes redactados por los cuatro hombres que llevan el caso. Declaraciones de vecinos, parientes, amigos y todas aquellas personas que han tenido algo que decir sobre el asesinato.

Tiaguín se esfumó del mundo hace un año, después de que lo ingresaran en un hospital con un coma etílico. Nunca había sido muy sociable con sus parientes y era poco amigo de sus amigos, a quienes solo acudía cuando los necesitaba. Resultaba significativo que, cuando consideraba que tenía el reportaje de su vida, exultante de alegría, acudiera a Eduardo D'Assís, a quien no veía desde hacía al menos dos años y, al no encontrarlo, se conformara con comunicar la noticia a una casi desconocida, como era Alicia Iranzo. Y, después de desahogarse con ella, parece que Tiaguín no llamó a Eduardo D'Assís para explicárselo, como si con decirlo una vez ya le hubiera sido suficiente.

Informes de la Científica. De momento no han encontrado ninguna huella dactilar reciente y sospechosa, ni fibra textil, ni pelo revelador. Ni saliva, semen, sangre, moco, lágrima, sudor, vómito, heces, orina, ni olor característico de ninguna clase.

Se están analizando las huellas encontradas en la parte trasera de la casa y se están contrastando las declaraciones de un par de vecinos que aseguran haber visto a un desconocido alto y delgado, con casco integral de motorista como máscara y conduciendo una moto que de momento no tiene marca.

Entre el amasijo de objetos que poblaban el garaje, se observó un hueco del tamaño aproximado de una caja fuerte pequeña que ya no estaba allí. Un móvil posible, pues, es el robo. Aunque el sicario venido de ninguna parte también puede haberse llevado la caja fuerte para simular un robo y despistar. También podría darse el caso de que no fuera una caja fuerte.

Todo hipótesis. Todo está todavía en el aire.

En el capítulo dedicado a la informática, se puede leer que el ordenador de Tiaguín Moltó carecía de contraseña de seguridad y su contenido no ofrecía ninguna sorpresa. Lo utilizaba para bajarse música y películas, para llevar una raquítica contabilidad, para navegar por páginas porno y conspiranoicas y para recopilar datos rosas en archivos desordenados que ahora se están estudiando con detalle.

Entre tanta morralla, un archivo retiene el interés de Miralles.

Se titula *El encuentro.*

Miralles telefonea al grupo de la Científica, pide que le pongan con quien lleva el tema informático y le pide que imprima el documento que lleva por título *El encuentro.*

—Son treinta y tantos folios —le informa el experto frente a la pantalla mientras maneja el ratón—. Un documento con fecha 7 de marzo. Empieza diciendo "capítulo primero", o sea que supongo que es una novela.

—Imprímelo de todas formas.

—Empieza diciendo "Soy un hijo de puta triangular".

—Vale. Imprímelo de todas formas.

14

(*Taquicardia*)

Mientras que Lallana y Huertas eran partidarios de tomar declaración al personal en Jefatura, porque convenía traer al interrogado a terreno propio, los jóvenes Ribera y Mika, noveles ilusionados y entusiastas, todavía eran partidarios de sorprender a la gente en su hábitat con visitas repentinas.

Decían que, en un caso como aquel, en el que se desconocía absolutamente el mundo y la manera de vivir de aquellas personas, podía ser muy instructivo poder dar una ojeada a sus habitaciones cuando las camas estaban todavía por hacer. Esta era su expresión.

Por eso, cuando les encargaron que interrogaran al realizador de televisión argentino Serafín Santowski y al director de un periódico llamado Tomás Prat, los clientes de Yolanda Celeste por mediación de Moltó, decidieron ir a buscarlos a su puesto de trabajo para darles una buena sorpresa.

Empezaron por Santowski.

Fue un desastre.

En la puerta de los estudios de televisión, enseñaron la placa a los guardias de seguridad.

—Pero ahora el señor Santowski está trabajando.

—Esperaremos.

Una chica de producción, muy guapa, bajó del plató.

—Es que el señor Santowski está trabajando.

—No le interrumpiremos. Solo miraremos y, cuando tenga un momento, le haremos unas preguntas.

—Pero es que...

A regañadientes, les precedió subiendo unas escaleras de mármol y madera de cerezo y recorrieron pasillos de donde colgaban pósters enmarcados que anunciaban diferentes programas y series de aquella cadena.

Las maquilladoras maquilladas, los tramoyistas forzudos, los regidores con el micro microscópico flotando delante de la boca los miraban de reojo y con animosidad. Allá estaban trabajando, tan tranquilos, y tenía que venir la bofia para estropearlo todo.

Podían pensar que el señor Santowski era un profesional a quien no le gustaba que lo molestaran mientras hacía su trabajo. Era natural. A nadie le gusta.

Cuando llegaron al núcleo de donde irradiaba tanta tensión, cuando tuvieron al realizador argentino en el cuarto de al lado, pudieron comprobar que la cosa era más grave de lo que podían haber previsto.

La chica de producción, inquieta y aprensiva, les hizo esperar mientras ella iba a ver si el señor Santowski les podía recibir, pero no pudo impedir que oyeran los gritos.

—¡No quiero verles! ¡No tienen ningún derecho a venir a acorralarme! ¡Necesitan una orden judicial! ¡Soy inocente! ¡Es injusto que se me someta a esta humillación!

Enseguida supieron que no era un ataque de histeria normal, como tantos habían visto durante su vida profesional. Era una crisis que atravesaba paredes y puertas, que hacía vibrar los vidrios y hacía poner de punta los cabellos, los ojos y los dedos de todo el mundo que pasaba por allá cerca. Era grave.

—Dice que no piensa hablar con ustedes si no es en presencia de su abogado —les transmitió la productora joven y guapa.

Mika y Ribera se miraron procurando mantenerse inexpresivos. Ante una situación como aquella sabían que podían adoptar tres actitudes diferentes. Podían decidir volver al día siguiente o bien podían citar al ciudadano nervioso para que pasara a verles por Jefatura, pero aquello querría decir que habían perdido el tiempo y no les garantizaba que al día siguiente las cosas salieran mejor. De forma que escogieron la tercera opción, que consistía en llegar hasta su objetivo para hablarle tranquilamente y hacerle entender que solo querían intercambiar con él unas palabras orientativas. Solo hacía falta un poco de mano izquierda.

Se pusieron en movimiento, dejaron a la productora a un lado y empujaron la puerta que les separaba de los alaridos desaforados que no habían dejado de sonar en ningún momento.

—No venimos a acusarle de nada —dijo Mika Adalid, como excusándose—, nadie debe defenderle de nada. Solo queremos...

No dijo más.

En el interior de la habitación había un hombre largo y delgado vestido con un jersey rojo y pantalones grises y rodeado de gente que trataba de transmitirle su veneración incondicional. Al ver a los policías se sacudió convulsivamente, agitó las manos a la altura de las mejillas, se puso tan rojo como el jersey, como si la cabeza le hubiera de explotar en mil pedazos, y aulló:

—¡No, que os he dicho que no! —prolongando la o en un trémolo que era sollozo de pánico.

Al mismo tiempo, desde una de aquellas manos agitadas salió disparado un proyectil inesperado, una botella de vidrio que giraba en el aire como una hélice, desperdigando un líquido amarillo como la orina, y que golpeó ruidosamente la frente de Ribera.

Es muy desagradable que te tiren una botella a la cabeza. Cualquiera se habría enfadado. Ribera incluso emitió un exabrupto airado. Y las víctimas de un ataque de nervios son muy sensibles a los exabruptos airados. El hombre larguirucho y disparatado abandonó el asiento que ocupaba y arrancó a correr al mismo tiempo que hacía un ruidito ridículo con la boca. Los dos policías también arrancaron a correr.

Había otra puerta en la habitación y Santowski la usó para huir. Nunca había corrido tan deprisa, los pies no le tocaban al suelo, no miraba donde pisaba, los ojos fuera de las órbitas, la boca torcida con mueca de hemipléjico.

Ribera y Mika gritaban "¡Deténgase!".

Llega un momento en que las cosas se salen de madre y nadie entiende lo que está pasando y no hay manera de detenerlas.

Un hombre con un conjunto tejano, cabellos blancos y un bolígrafo en la mano apareció en un pasillo diciendo algo, quizá el nombre de Santowski, "¡señor Santowski!".

Para abrirse paso, Santowski le dio un golpe en el pecho y el hombre cayó de espaldas y entonces todos vieron que más allá había una escalera descendente, metálica, de relinga, por donde el fugitivo se precipitó saltando los escalones de cuatro en cuatro al mismo tiempo que el hombre del conjunto tejano, los cabellos blancos y el bolígrafo en la mano resbalaba a su lado golpeándose la cabeza contra cada peldaño, clanc, clanc, clanc, la cabeza rebotando como una pelota, clanc, clanc, clanc, un ruido tan siniestro que Mika Adalid se paró horrorizada y se agachó junto al cuerpo que había quedado desbaratado e inerte al pie de la escalera.

Se encontraban en unos almacenes inmensos dónde se guardaban decorados desmontados de diferentes programas. Santowski y Ribera corrían entre de paredes de madera y cartón de diferentes colores, entre columnas de pega y plafones de neón, y por fin el policía descargó las manos sobre los hombros del realizador y lo empujó con furia contra la mesa de un telenoticias que se desplazó y topó estrepitosamente contra la ruleta de un popular concurso. El golpe y el grito fueron escalofriantes. Todos lo recuerdan, cuando comenta el episodio.

—¡Agresión a un agente de policía! —gritó Ribera, tan enloquecido como el detenido.

Cuando le pusieron las esposas, pero, no lo hicieron por tirar una botella de whisky a un inspector de policía, sino por homicidio. Aunque fuera involuntario.

Porque el hombre del conjunto tejano, los cabellos blancos y el bolígrafo en la mano había muerto instantáneamente.

(...)

Santowski estaba ingresado en un hospital donde lo trataban a base de un cóctel de haloperidol, sinogan y etumina, y el forense aún no les daba permiso para que le interrogasen, de forma que Mika y Ribera se tuvieron que conformar con interrogar a Tomás Prat, el otro periodista que había ido de putas gracias a Tiaguín Moltó.

Acababa una aburrida reunión de media tarde, durante la cual el inspector en jefe Miralles les había informado de los últimos incidentes, cuando entró Mika, contenta como unas pascuas. Solo le faltaba aplaudir y gritar de alegría.

—¡Estamos acabando con Prat! ¡Es tan guapo! Está nervioso como un flan, se retuerce las manos, suda. Él, tan robusto y tan majo, se ve frágil y abrumado, y todavía resulta más guapo. Acojonado, se quiere morir. Que cómo lo hemos sabido, que cómo podíamos saberlo, que solo había estado dos veces con las nenas de *madame* Celeste, que sobretodo no lo sepa su mujer, que si lo sabe le mata o se muere del disgusto. Y dice que en el caso de Santowski es peor, porque la mujer del argentino es una neurótica muy rica, muy poderosa, que le puede hundir la vida. Este trabajo es estupendo, un continuo cotilleo. Yo tendría que haber trabajado de portera.

Hablaba muy de prisa y se movía mucho, como si necesitara la gesticulación exagerada de un mimo para atraer y retener la atención de los seis veteranos que llenaban la sala de reuniones. Cogió una silla y se sentó a caballito antes de hacer un intento de ponerse seria y resumir los resultados de la declaración obtenida del periodista.

—Que Moltó les llevó a los dos un par a veces a casa de Yolanda Celeste. Que él fue porque Moltó insistía mucho, que si no, no hubiera ido porque él no es hombre de ir de putas y bla, bla, bla, que lo hizo por pura curiosidad, etcétera, aquello que siempre decís los hombres. ¿Que por qué lo llevaba de putas Moltó? Pues muy sencillo, porque necesitaba trabajo, ya ves. Porque le estaba haciendo la rosca, la pelota le hacía para entrar a trabajar al periódico. Dice que las dos veces fue igual: una comida o una cena en el restaurante Melilla, durante el que le comía la cabeza diciéndole que era muy buen profesional, todo su currículum, y los nuevos proyectos de reportajes sensacionales, y contactos con famosos, mucha broma y mucha bebida que acababa pagando el periódico, y después se lo llevaba a casa de *madame* Celeste donde se suponía que le harían un trato de favor, pero acababa pagando de su bolsillo. Pero el día 13 de marzo no lo invitó. La última vez fue a mediados de enero, después de las fiestas de Navidad. No había vuelto a tener contacto con él porque Tomás Prat no pensaba darle ningún trabajo a Moltó, por mucha pena que le diera. Pobre desgraciado, ¿cómo podía pensar Moltó que llevar de putas a la gente es la mejor manera de convencerla de su profesionalidad? ¿Vosotros os fiaríais de un putero? —los inspectores le devolvían una mirada tan inexpresiva como les era posible—. Sí, claro, vosotros sí. Pues mientras tanto, Moltó cobraba comisiones del restaurante y de la *madame* y así iba haciendo, el pobre. ¿Qué os parece? ¿Queréis preguntarle algo más? Todavía lo tenemos allá. ¿He olvidado algo?

Con las gafas oscuras y el cráneo rapado, tan silencioso en un rincón, Lallana parecía un extraño animal en periodo de hibernación. Intervino de pronto:

—¿Les hacía chantaje, quizá?

—¿Cómo?

—¿Les has preguntado si Moltó les hacía chantaje? –aclaró—: Los llevaba de putas y tanto el Prat como el Santowski estaban acojonados porque no lo supieran sus mujeres. Moltó es un periodista y trabaja con información. ¿Qué hace de la información? ¿Se la calla? ¿La divulga? ¿A quién la transmite? ¿A la mujer de estos señores, quizá? Les podía buscar la ruina.

—No le he preguntado por el chantaje —reconoció Mika, decepcionada de ella misma.

—Hazlo —le aconsejó Lallana.

Y ella sonrió como si Dios le hubiera hablado personalmente por aquella boca amargada. Se veía bien claro que de buena gana le hubiera dado un besazo al maestro.

Huertas la miraba, y miraba el compañero, y sonreía y movía la cabeza como si pensara "ya caerás, ya".

15

La tele, aquellos días, era una fiesta siniestra.

A ver si me entendéis. La prensa rosa habla de los ricos, guapos y famosos, y la crónica negra es cosa de pobres. Si Tiaguín Moltó hubiera estado en su época de prosperidad, nadie se habría metido con él. Nos habríamos quedado en la fase de maestro de periodistas, referencia para todos los profesionales del ramo, etcétera. O una opinión pública enfurecida habría hecho callar al blasfemo que hubiera osado hablar mal del muerto, igual que los clubs de fans de la Pantoja salieron diciendo que no era tan grave blanquear millones de euros, porque una famosa que canta bien se supone que ha de tener derecho a saltarse las leyes. Como el Farruquito, que atropelló y mató a un hombre con el coche, e iba bebido, y huyó del lugar de los hechos, y después quiso engañar a todos diciendo que conducía su hermano y ni siquiera sé si tenía carné de conducir, y todavía hay quien va a aplaudirle a los teatros cuando actúa.

El caso Santowski, por ejemplo, no había llegado a los programas de las vísceras. Solo a la prensa escrita, con forma de breve comentario en la sección de Sociedad, al final de un telediario y en un programa llamado *Vista oral*, y siempre de una manera sesgada.

Los compañeros lo habían protegido y no trascendió el ataque de nervios innoble que Santowski había sufrido con la visita de la policía, de manera que las noticias se resumían en "Un hombre muerto cuando la policía detiene a un realizador de TV. El hombre muerto "habría tratado de interponerse", imagen que sugería que la policía había irrumpido violentamente en los estudios y había atropellado al pobre hombre durante la detención, que en la noticia no se justificaba de ninguna forma, de un ciudadano del cual solo se decía que era famoso y profesional reconocido.

Pero Tiaguín Moltó había quebrado.

No tenía dinero en el banco, vivía en una cueva repelente, vestía mal y tenía una mierda de coche. Odiado por las víctimas de sus manipulaciones, envidiado por los colegas que nunca habían tenido su talento, fracasado y sin influencias, era el chivo expiatorio ideal para aquel público mediocre y mezquino.

Suficientemente famoso para ser noticia explotable y prolongable, bastante plebeyo para poder desnudarlo en público, bastante odiado para descuartizarlo en la plaza del pueblo en medio de la carcajada general. Durante aquel tiempo, lo mataron mil veces en diferentes programas que competían por la audiencia. Una vez putrefacto su cuerpo, los amigos que no lo olvidaban se dedicaron a despellejar su memoria, a pisar y ensuciar su buen nombre y echaron su alma a la basura.

Empezaron programas como *Andanada* u *Olor a chamusquina* hablando de su alcoholismo con un aire de falsa compasión. Que era buen periodista, sí, pero que la mamancia lo había echado a perder y que, una vez en el tobogán, se había dejado caer hasta el fondo del pozo. La hermana de Moltó, Amparo, corpulenta y masculina, envuelta en un vestido marrón sin formas que parecía una tienda de campaña, se dejó engatusar por Kiko Plencia, el de *Palabra de honor*, y se sometió al polígrafo para que quedara bien claro que Tiaguín era un desgraciado que nunca se preocupó por su familia, capaz de recorrer la ciudad lanzando al viento billetes de cien euros desde su descapotable mientras tenía a la madre, a la hermana viuda y a la sobrina hundidas en la miseria más absoluta.

Y después vinieron los compañeros de trabajo y los alumnos que había tenido en la universidad para decir que, bueno, quizá sí que había sido un profesional aceptable (observemos la degradación progresiva de los conceptos), y había sido catedrático formador de notables periodistas, y había fundado la revista *Vale*, donde había publicado reportajes interesantes contra banqueros, militares, políticos e iglesia, pero también se había tirado a todas las mujeres que habían salido desnudas en su revista, y además presumía de ello. Machista y putero asqueroso. Y, por si acaso alguien estaba tentado de alabar su virilidad, una de las mujeres que había posado desnuda en *Vale* corrió a *Olor a chamusquina* para sacar el tema del *gatillazo* que supuestamente Tiaguín Moltó tuvo con una de sus amantes, ella dijo que con Aurorita Linares.

Creo que aquel fue el momento en que podemos decir que le bajaron los pantalones al muerto y el público quedó autorizado para reírse de la medida de su minga.

Yo me lo pasaba de coña con el mando de la tele todo el día en la mano, experto en záping, que quiere decir que cambias de cadena cuando llega la publicidad, y en *flipping*, que quiere decir que cambias de cadena en cualquier momento, dejando al personal de la pantalla con la palabra en la boca, y especializándome *grazzing*, que quiere decir que acabas siendo capaz de ver y entender tres o cuatro programas a la vez, a base de saltar de una emisora a otra constantemente. A esto se le llama agilidad mental. Y, cuando tenía que salir de casa, me grababa los programas para poderlos disfrutar al volver.

Me parece que solo hubo un programa que luchó por defender la dignidad de Tiaguín Moltó. Quizá quería distinguirse de los otros. *Mérito*. Su presentador y director, Luis Bermúdez, confesó que había sido alumno de Santiago Moltó, (*don* Santiago) y quiso salir al paso de las maledicencias de otros programas y otras cadenas. Pero, chico, su audiencia cayó en picado y los directivos de la cadena le llamaron la atención y, curiosamente, fue en este programa donde se habló por primera vez del Moltó chantajista.

Llevaron a una periodista invitada que disimuló salirse del guión y Luis Bermúdez fingió que se enfadaba.

—¿Cómo puedes decir que Tiaguín Moltó era un chantajista? —y repitió por si el público no lo había entendido a la primera—: ¿Cómo puedes decir que se dedicaba a hacer chantajes? ¿Que extorsionaba a la gente de la que poseía información? Todavía nadie se ha atrevido a decir esto de Santiago Moltó (sin el *don*).

—¡Vamos, hombre! —gritó la periodista rebelde que, desde aquel día, se quedó fija en el programa—. Tú estudiaste con él igual que yo. ¿Y cuál era su clase magistral en la facultad? No menosprecies nunca una información, por pequeña e insignificante que te parezca. Si conoces algún secreto de un funcionario del Ministerio del Interior, no lo publiques, porque no le interesará a nadie. Utiliza esta información para obtener otra nueva. Mira qué puede averiguar para ti este funcionario. Mira que no sepa algo, un rumor, de algún jefe de departamento. Pero este rumor no lo publiques tampoco. Utilízalo para que el jefe de departamento investigue algo de un subsecretario, o del secretario del ministro, porque quizá el secretario del ministro te podrá ofrecer alguna noticia jugosa del ministro en persona. Y, cuando tengas al ministro cogido por los huevos, no publiques lo que sabes tampoco, porque el ministro será fuente de muchísimos reportajes importantes que afectarán a sus subordinados. ¿Era esta la lección magistral o no? ¿Y cómo llamas tú a esto, si no chantaje?

Aquel día, Luis Bermúdez se hizo el tonto con la boca abierta y la audiencia subió en vertical y desde aquel momento el programa *Mérito*, que tiempo atrás había empezado como un magazine serio de entrevistas en profundidad y reportajes de actualidad, se centró en el tema del Moltó chantajista y abrió las puertas a una legión de víctimas del chantaje, reales o imaginarias.

Y yo, feliz, ¿queréis que os lo diga? Feliz. Haciendo záping, *flipping* y *grazzing*.

Feliz.

16

(La luz del final del túnel)

El piso oscuro, el televisor centelleando y alborotando en el fondo del pozo, Luisa embobada ante el absurdo cotidiano.

Miralles deja la chaqueta en el armario, el arma reglamentaria en la consola, avanza encendiendo luces a su paso con un paquete de treinta y cuatro folios bajo el brazo.

En el televisor, el espantajo de cabellos azules marranea que Tiaguín Moltó nunca tuvo un gatillazo con Aurorita Linares porque Tiaguín Moltó nunca se acostó con Aurorita Linares, qué más hubiera querido él.

—... Aquel cabrón pinchó con Isabelita de Lorca, y después, Isabelita de Lorca lo fue explicando por todas las teles y revistas, ¡que a Tiaguín Moltó no se le había levantado!

—¿Qué hay de cena?

—Vamos a ver.

—No, no, no. No hay prisa. Acaba de ver lo que sea —sin ironía. Agarrado al paquete de treinta y cuatro folios—. Tengo que revisar unos informes.

No se trata de "revisar unos informes". Eso es lo que hubiera dicho un día cualquiera en un caso cualquiera. Hoy era más apropiado decir "Tengo que leer una novela", pero una afirmación así no sería tan respetable como "tengo que revisar unos informes".

Se sienta en la butaca del rincón, junto a la ventana, manteniéndose fuera del alcance de los rayos catódicos, y lee.

El encuentro

Capítulo I

Soy un hijo de puta triangular. En primer lugar, porque efectivamente mi madre era una pelandusca que vendía el cuerpo; en segundo lugar, porque era una auténtica hija de puta que atormentaba al chiquillo que era yo sometiéndome a vejaciones eternas porque no tenían principio ni final; y en tercer lugar soy hijo de puta porque soy hijo de puta, en el sentido más común del término, porque quiero que sepan de entrada que su seguro servidor, Leo Pastor, es una mala persona.

Todos lo somos, a la postre, todos los supervivientes hemos tenido que pisar alguna cabeza para sacar nuestra cabeza de la mierda. Pero existe también el hijo de puta consciente y consecuente y aparente y hay el hijo de puta bobalicón que lo es sin querer serlo. Yo soy un hijo de puta voluntario.

La mujer sin nombre ni alma de quien había estado viviendo los últimos meses, vendiéndola a amigos y conocidos, me hizo un pequeño resumen de esta doctrina cuando catapultó el cenicero sobre mi cabeza y me expulsó de su cuchitril con una patada en el culo.

Durante una larga noche que duró días y días, habíamos estado chapoteando en un barrizal de babas, semen y moralina que de pronto se truncaba para que ella osara tildarme de inmoral. Como si la moralidad tuviera alguna clase de relación con nuestra existencia.

—En todo caso, llámame amoral —le puntualicé mientras esquivaba un zapato y un vaso—. Los años me han demostrado que no hay más moral que el dinero. No hay reglas del juego, el bien y el mal no existen, etc.

O tal vez no perdí mi valioso tiempo dedicándole una perorata tan larga sino que lo pensé, os juro que lo pensé intensamente y ella lo captó por telepatía, interpretando correctamente mis palabras "vete a tomar por el culo".

Y me encontré un vez más en la calle, mi verdadero hogar, con la gabardina en el brazo, la mandíbula áspera de días sin rasurar, escleróticas vidriosas y turbias, y sed de alcohol de quemar, iniciando de nuevo en mi puta vida la búsqueda del encuentro siguiente. Aquí me tienes, Estrella, haz de mí tu voluntad como siempre has hecho.

—"Aquí me tienes, Estrella, haz de mí tu voluntad como siempre has hecho" —dice Luisa.

Estaba leyendo por encima de su hombro.

Miralles consulta el reloj. Ha perdido la noción del tiempo. ¿Qué hora es? ¿Es de día, o por la tarde? No. Es de noche. ¿Ya han cenado?

El televisor se ha quedado solo con la publicidad. Luisa ha puesto la mano sobre el hombro de su marido.

—Para resolver este caso, no es necesario que vayas a Jefatura. Me parece que hasta yo sé más que tú. Solo tendrías que ver los programas del corazón. Lo están contando todo. Este caso lo van a resolver en la tele, en directo.

Al día siguiente, 6 de abril, viernes, lo primero que hará Miralles cuando entre al despacho es dar orden de que se graben todos los programas del corazón, de todas las cadenas, y que un par de agentes se dediquen a mirarlos con atención.

17

(Taquicardia)

Aurorita Linares entró en el despacho de Miralles con tanto empuje e imperio como si se dispusiera a cantar una copla marchosa del estilo de *Lola Lolita la Piconera*. Solo le faltaba un abanico y la *bata de cola*. Más tarde, Huertas comentaría que todavía estaba buena y Lallana diría que era un personaje de sainete que emitía ruidos agudos e interminables por la boca.

—¡Por favor, por favor, por favor, por favor! ¡Por favor, por favor, por favor! ¡Qué trago, vaya lío, que el pobre Moltó no sabe en qué trago ni qué lío nos ha metido muriéndose! ¿Yo aquí quién soy? ¿Testigo, acusada, sospechosa? ¿Quién soy? ¿He de avisar a mi abogado?

—Si nos dejamos de mariconadas, quizá acabemos antes —dijo Lallana—. Siéntese.

—Tampoco es para que se ponga así —le recriminó la cantante, haciéndose la ofendida—. Que hoy en día la policía ya es otra cosa, eh, se lo aviso por si no lo sabe. ¿Yo aquí, de qué voy? ¿Qué papel hago?

—Usted —dijo Huertas antes de que su compañero contraatacara— es la última persona que vio con vida a Santiago Moltó, el día 13 de marzo, cuando la fue a buscar a su casa para llevarla al aeropuerto.

Aquella afirmación no era cierta. En aquellos momentos ya habían comprobado que el 13 de marzo, después de dejar a la folclórica en el aeropuerto, Moltó había ido a comer al bar La Copa antes de volver a su casa. Huertas, no obstante, consideraba que "usted es la última persona que vio con vida a Santiago Moltó" era una buena frase, contundente, para iniciar el interrogatorio, y Aurorita Linares se quedó más satisfecha porque la categoría de sospechosa la hacía más importante.

—O sea, sospechosa —dedujo, tan ufana—. ¿He de avisar al abogado?

—No es necesario, porque nadie la está acusando de nada. Solo queremos que nos ayude a reconstruir la entrevista que tuvo con Santiago Moltó el día 13 de marzo. Sabemos que hacía mucho tiempo que ni la llamaba ni se habían visto y aquel día, inesperadamente, la telefoneó a primera hora de la mañana, exactamente a las nueve y treinta y dos, y fue a recogerla a la puerta de su casa. Usted había pedido un taxi para que la llevara al aeropuerto pero lo despidió en el último momento y se marchó con el señor Moltó. ¿Cómo fue todo esto?

—Hombre —con el tono de "¡me alegro de que me haga esta pregunta!"—, Tiaguín y yo éramos amigos desde hace muchos años. Él me ayudó mucho cuando yo empezaba. Me llevó a su programa de la tele, me sacó en su revista, me llevó a fiestas, me presentó gente... Después nos separamos, cada uno por su lado, porque la vida es como es —se repanchingaba en la butaca, dispuesta a extenderse tanto como la historia lo exigiera—. El otro día me llama y me dice "Que he de hablar contigo, que he de hablar contigo", y yo, claro está, no le podía decir que no, digo "que estoy a punto de salir de viaje, que me voy al aeropuerto", dice "yo te llevo, será un momento, debemos hablar ahora mismo". Dice "Te estoy esperando en la calle, aquí, delante de tu casa", dice "te salvaré de los fotógrafos que te están esperando". Y yo, en fin, no lo sé, "como quieras", porque pensé que también sería una salida más espectacular, más misteriosa, no sé como decirlo, que llamaría más la atención, y no podía dejarlo plantado allí. De manera que bajé y, en fin, el resto ya lo visteis por televisión.

—¿Y qué era esto tan importante que Moltó tenía que decirle? Aurora Linares hizo un parpadeo pausado y perezoso, equivalente a cuando cae y se levanta el telón para que el artista salga a recibir la ovación del público fervoroso.

—Imagínese —dijo—. Favores. Pobre hombre, estaba muy mal. En las últimas. Quería que le diera la exclusiva de mi viaje.

(Lo que era mentira. ¿Por qué mintió Aurorita Linares en este momento? Pepe Baza no termina de aclararlo en su libro. Supongo que tanto él como la policía lo justificaron diciéndose que esta gente famosa siempre miente porque solo dice aquello que se espera que diga. Yo creo que esquivaba el tema. No quería hablar de su hermana Isabelita de Lorca porque tenía miedo de que la gente volviera a recordar que un día le había girado la espalda y había permitido que cayera en la miseria y en olvido.)

—¿Y se la dio [la exclusiva del viaje]?
[Aurora Linares] chascó la lengua, desdeñosa.

—Ya estaba vendida. En *Háblame de ti*, de Lisa Fuentes, que me había dado doce mil euros. Salí en el programa el día 30 de marzo, explicándolo todo. Pregúntenselo a quien quiera.

—¿Y dónde fue?

—En *Háblame de ti*.

—Quiero decir de viaje. A dónde iba cuando Moltó la acompañó al aeropuerto.

—¿Pero no vieron el programa?

—No.

Aurora Linares no salía de su asombro.

—Fui a una clínica de desintoxicación de Marbella. Avión a Málaga, taxi hasta Marbella y quince días dedicados a desengancharme de la cocaína, que ya me hacía falta. Bueno, esta es la versión oficial.

Se moría de ganas de explicar la otra versión. Con un suspiro, Huertas la complació:

—¿Y la otra versión?

—Saldrá pronto. La hemos vendido a la revista *A que no*. Doce mil euros más —hablaba con una especie de candidez pícara, como quien confiesa pecados sin ánimo de contrición.

—¿Y cuál es?

—Bueno... —no entendía que tuviera que explicarlo gratis. La mirada azul de Huertas, afilada como un puñal, y las gafas negras impasibles de Lallana, la persuadieron en silencio—: Bueno. ¿No está su jefe por aquí? ¿Por qué no me interroga el inspector Miralles en persona?

—Miralles tiene cosas más importantes que hacer —le soltó Lallana sin piedad—. ¿Puede decirnos por qué se marchó el día 13 de marzo?

—Para dejar plantado a mi marido con una deuda que teníamos de veinte mil euros. Para que espabilara de una vez, que siempre le estaba sacando yo las castañas del fuego. Él contrae las deudas y yo se los pago. Y dije "S'acabó". Le dije "Ahí te quedas". Porque, aquí, entre nosotros, yo no necesitaba tanto una cura de desintoxicación, la verdad, es él el adicto a la coca. Siempre esnifando y comprando y comprando y esnifando y "Ya te lo pagaré, ya te lo pagaré" y, al final, quien paga soy yo. Y al final una se cansa. Debíamos más de veinte mil euros a... —se detiene a tiempo, antes de decir ningún nombre propio—, una pandilla de gente muy peligrosa, que incluso ya nos estaban amenazando, que incluso nos buscarían la ruina, de manera que le dije "Ahí té quedas", "tú te has buscado la deuda, tú tendrás que pagarla". Y por eso tuve que marcharme como podrán leer muy pronto en la revista A que no. Ya sé que la revista A que no no es muy distinguida, yo no acostumbro a salir en esta clase de revistas, pero es que Abolengo no quiere ni oír hablar de la coca, ya saben cómo es.

—¿Quién era esta gente tan peligrosa?

—Esto no se lo diré —varió bruscamente la expresión de Aurorita que, por un momento, pareció inteligente—. Mientras no diga el nombre, ahora que ya les hemos pagado, no serán peligrosos.

—Pero...

—No lo puedo decir —categórica—. Y si continúan preguntándomelo, callaré y pediré un abogado para que no me pongan en un compromiso.

—Dejémoslo, pues —concedió Lallana. Y, llevado por la curiosidad— ¿pagó la deuda su marido?

—¡Claro que sí! Cuando vio que yo le dejaba solo, se espabiló, ¡ya lo creo que se va espabiló! Vendió unas fotos mías de cuando estaba por casa recién levantada de la cama, hecha un fantoche, sin maquillar, despeinada, fumando, hecha una mierda. Las publicó en OK:

"Aurorita Linares, los estragos de la droga". ¿No me vieron en aquellas fotos? Ahora bien, podremos vender el antes y el después: cómo estaba Aurorita antes de ir a la Clínica Tauro de Marbella y cómo está de estupenda después. Y, además, cobraremos de la clínica porque les hago publicidad —por un momento, calló, desconcertada, como si se preguntara si había sido demasiado indiscreta. Pero se respondió a sí misma con absoluta inocencia—. Es igual que lo sepan. Lo sabe todo el mundo.

—O sea —dijo Huertas, consultando las notas del cuaderno—, lo que me dice es que aquel 13 de marzo Santiago Moltó la llamó y la acompañó al aeropuerto con la intención de pedirle la exclusiva periodística de aquel viaje, y usted se la negó, y no hablaron de nada más.

—Hablamos de esto y de aquello, de los viejos tiempos, recuerdos. Reímos un poco.

—¿Rieron? Él iba a verla muy angustiado...

—Sí, pero ya estaba acostumbrado. Llevaba unas copas de más. Tenía mucha energía. Dijo "He perdido muchas batallas, pero aún no he perdido la guerra". Era fantástico, el pobre. Tenía cada salida...

—¿Le pidió dinero?

Aurora Linares dudó porque creía que una persona noble, sensible y bien educada como ella tenía que dudar antes de confesar según qué cosas.

—Sí. Yo no se lo podía dar aquel día, porque estaba sin blanca, pero le prometí que le daría algo cuando volviera y hubiéramos vendido las exclusivas previstas. Y se lo habría dado si no le hubieran matado.

—¿No le hacía chantaje? —preguntó Huertas como por casualidad.

—¿Cómo?

—Si Santiago Moltó le hacía chantaje.

—No. ¿A qué viene esta pregunta? ¡No! ¿Qué chantaje me iba a hacer si no tengo secretos para nadie? A parte de los nombres de quienes me vendían la coca, claro está.

Su sonrisa evidenciaba que Aurorita Linares confundía la inocencia con la estupidez.

(...)

Al anochecer del jueves día 5, se presentó en las oficinas de la Judicial una mujer con gafas oscuras, como Lallana, que escondían a Elisa Deveraux, la chica que había posado para el póster desplegable de la revista *OK* del último mes. La fama le venía porque, durante un mes, había sido la novia de un cantante de fama mundial. Estas mujeres esculturales al natural acostumbran a resultar más bien bajitas y más vulgares de como las imaginamos. Quería hablar con el inspector en jefe Miralles en persona y a solas. Aseguraba saber algo sobre Moltó que les podía ayudar. Mientras estaba encerrada con el jefe de Homicidios, llegaron noticias del Cerro del Bosque.

Los hombres que estaban buscando por las gasolineras el rastro del motorista de mono azul y zapatillas Nike habían dado un paso adelante. Una chica, camarera del bar de un área de servicio, recordaba a un chico joven que conducía una Montesa Impala y que un par de veces había ido a tomar una cerveza y un bocadillo de atún y había coqueteado con ella. Joven, apuesto, mal afeitado, abundante cabello oscuro, quizá negro. A la mañana siguiente iría a visitarla el técnico del retrato robot.

Cuando les abandonó la chica *OK* de marzo, el inspector en jefe Miralles salió de su despacho para comunicarles lo que le había dicho.

—Moltó le había hecho chantaje tiempo atrás.

—Estaba cantado —murmuró Lallana.

—¿Recordáis que esta mujer hizo un día unas declaraciones en la prensa en que reconocía que, en sus inicios, hacía cine porno? Pues lo hizo porque Moltó estaba presionándola. La estuvo sangrando hasta que un día ella se hartó y lo explicó todo en una revista. De esta manera desactivó el chantaje y sabe que ya no puede hacerle ningún daño decirnos esto. Solo ha venido a avisarnos...

—Y a ver si vuelve a salir la noticia —continuaba protestando Lallana—. Seguro que cobró para proclamar a los cuatro vientos que había hecho cine porno.

Interrumpió la reunión la llegada siempre escandalosa de Mika Adalid.

—¿Qué me han dicho? ¿Que ha venido Elisa Deveraux en persona? ¿Y ya se ha ido? ¿Y nadie le ha pedido un autógrafo?

—Esta es capaz —comentó Huertas.

A cambio de ceder la casa de putas a Lallana y Huertas, Mika y Ribera (sobretodo Mika) se habían reservado la visita al restaurante Melilla, que según parece frecuentaba Moltó. El día 13 de marzo, el último de su vida, a las 12.20, había llamado para reservar una mesa para dos personas, por la noche. La inspectora volvía tan excitada como siempre, alborotando y saltando como si a cada paso se encontrara maravillosos tesoros enterrados. Según informó a todos los que accedieron a escucharla, el restaurante Melilla era fastuoso, elegante, distinguido y una serie de adjetivos similares. Había hablado con el propietario del local en persona, señor

Gutiérrez, y mientras tanto había podido ver a un par de famosos, pero famosos de verdad, que iban a comer y que "me han pasado a esta distancia, no te exagero, a esta distancia de mí". Y porque había ido por trabajo que, si no, hubiera podido reconocer a muchos más.

¿Qué les había dicho el señor Gutiérrez? Pues que Moltó le traía clientela y él a cambio le pagaba una comisión según lo que consumiera. Mika describía muy bien, e imitaba, la cara de compasión que ponía el restaurador cuando hablaba de Moltó. Pero la noticia, la noticia que se moría por contar Mika y que se guardaba para el final del relato, se refería al personal que el periodista llevaba al restaurante Melilla. El director de periódico Tomás Prat y el realizador de televisión Santowski eran dos de los que habían ido con él a aquel comedor. Moltó reservaba la mesa, ellos pagaban la cuenta y Moltó cobraba la comisión. Pero el nombre que había conmocionado a Mika era el del abogado Marcel Laguardia.

Y aquel nombre impresionó a todos los que la oían.

Hay abogados que marcan con el estigma de culpables a las personas que se proponen defender. Profesionales que trabajan exclusivamente para narcotraficantes, contrabandistas y estafadores, gente muy hábil, muy valorada por los malos, especialistas en chanchullos y martingalas.

Marcel Laguardia era uno de ellos.

E iba indisolublemente unido al nombre de la familia Laurel. Que quería decir negocio de cocaína. Pero no solo negocio de cocaína. Mika se impacientaba:

—¿Pero no sabéis lo que pasó, con los Laurel? ¿Que no veis la tele? —se explicaba—: Sí, hombre. Un chulito que salió en uno de estos programas del corazón presumiendo de que, cuando era adolescente, se había tirado a Juana de Dios, la *bailaora*, que era más puta que las gallinas cuando tenía quince o dieciséis años. Y resultó que le habían tendido una trampa, que en el mismo plató estaba Juana de Dios, y que la habían acompañado dos hermanos suyos, Adrián Laurel, al que también llamaban el Perro, y otro que no recuerdo como se llamaba. El fanfa se llamaba José Luis Liébana Matalón, ¿no os acordáis? —sí que se acordaban—. El pobre chulito no sabía que estaban allí la Juana y sus hermanos y permitieron que se extendiera tanto como quisiera. De repente, descorren una cortina y allí está la Juanita, pam, golpe de efecto, momento de máxima audiencia. Y ella, en vez de negarlo, se puso a llorar y a gritar que aquel Liébana y sus amigachos la habían violado, y entonces sus hermanos, el Perro y el otro, se lanzaron sobre el infeliz y hubo un follón considerable, mobiliario de la tele roto, un par de heridos, un descalabro descomunal. Y después, un par de días después, al José Luis Liébana le metieron dos puñaladas por la calle, que lo mataron. Detuvimos al Adrián Laurel, que ahora está cumpliendo condena, porque la Juana de Dios se llama Juana de Dios Laurel, del clan de los Laurel de toda la vida. Al Adrián Laurel lo defendió Marcel Laguardia. ¿Y quién era el director y presentador del programa en cuestión? Sí, señor, nuestro amigo Tiaguín Moltó. Y ahora, cuatro o cinco años después, lo encontramos comiendo con el abogado de los Laurel en el restaurante Melilla. ¿No os parece curioso?

(...)

Eduardo D'Assís volvió a entrar en el despacho donde le esperaban Lallana y Huertas con la misma expresión de asombro con la que había salido dos días antes. Antes de ayer parecía extrañarse porque le dejaban irse y hoy porque le habían vuelto a llamar, pero hacía exactamente la misma cara.

Hicieron que se sentara y los dos policías empezaron a pasear alrededor suyo de manera que él no sabía dónde mirar y las preguntas le llegaban de donde no se esperaba.

—El miércoles nos aseguró que Tiaguín Moltó era un buen profesional, un maestro, una referencia, etcétera...

—Y después nos hemos enterado de que las cosas no eran exactamente así. Era un chantajista, un manipulador sin escrúpulos...

—No, no, no —interrumpió el periodista, más con ánimo de defenderse a sí mismo que no de defender el buen nombre de Moltó—. Yo dije que era un buen profesional, y lo era. Sabía como obtener información. Ahora bien, lo que pudiera hacer con esta información es otra cosa. Yo diría que era un poco imprudente.

—¿Hacer chantaje sería una imprudencia?

—¡No hacía chantaje! —saltó el periodista—. Puede que usara la información para obtener más, eso sí. Esto es diferente. Si sabemos un secreto de una persona, es posible que esta persona, a cambio de que no lo divulgues, te dé una información mejor. Esto no es hacer chantaje, es una correcta administración de la información —se iba exaltando—. Es más, me atrevería a decir que el periodista que no difunde aquello que sabe está faltando a su deber, porque su trabajo consiste en informar, en decir la verdad. Si calla para obtener una información más jugosa, claro está. Entonces, se limita a hacer bien su trabajo. Yo a esto no le llamaría chantaje. Le llamo trabajo bien hecho.

Pausa.

—¿Y para hacer este trabajo bien hecho lo largaron de todas partes y lo arruinaron?

La pregunta fue precisa como un puñetazo en la nariz. Cogió a Eduardo D'Assís en caliente y provocó una reacción instintiva:

—¡Pues sí, señor! ¡Porque publicó aquello que no debía haber publicado nunca!

—¿Qué publicó? —como un desafío, una provocación.

—¡Un artículo contra el Opus Dei, publicó! —el periodista casi aullaba, como si dijera "¿qué os pensáis? ¿Que no tengo cojones para decirlo?"—. ¡Un artículo contra el Opus Dei, publicó! La relación entre las cuentas del Opus Dei y una estafa inmobiliaria, la de Finansa, ¿oyeron hablar de esto?, donde estaba liada gente de todos los partidos políticos. ¡Fue un escándalo espectacular! ¡Entonces sí que fue valiente, Tiaguín Moltó! ¡Con dos cojones! Cargó contra el Opus Dei, contra el PP que les daba trato de favor y contra aquellos de la oposición que lo sabían pero callaban porque también sacaban tajada. Y lo hundieron. Todos se unieron para hundirlo. Por hacer bien su trabajo, sí señor. Por eso lo hundieron.

—¿En qué revista salió este reportaje tan sensacional? —preguntó Huertas, cuaderno en mano.

Ni él, ni Lallana, ni nadie, se acordaba de aquel reportaje sensacional que había destruido la vida de un hombre.

—En *Todo Vale*, la revista que dirigía él. Debía de ser el año 2000 ó 2001...

—Hemos de encontrar esta revista. ¿Y a quién presionó para obtener esta información tan valiosa?

—Esto no lo sé. Un buen periodista no revelaría nunca sus fuentes.

—Mira por dónde —comentó Huertas, cuando Eduardo D'Assís hubo salido—, Tiaguín Moltó, el buen periodista.

—¿Qué quieres que te diga este pijo, si todo lo ha aprendido de él? A buen seguro que él hace el mismo. Y vive con la conciencia bien tranquila.

18

(La luz del final del túnel)

El día 6 de abril, viernes, por los pasillos de Jefatura el jefe de prensa se cruza con Pedro Miralles, o tal vez le sale al paso fingiendo casualidad.

—Pedro, que tendrás que ir a la tele.

A Miralles no le gusta ir a la tele y mucho menos en las actuales circunstancias. Por eso su exclamación suena a exabrupto:

—¡No jodas!

—Tengo el permiso de arriba.

—¿El permiso o la orden?

—El permiso y la orden.

—¿Pero a un programa de esos programas de escándalos? —cada sílaba es una recriminación y una opinión.

—No, hombre, no —sonríe el de prensa, que se llama Sagrera, qué cosas dices—. A una tertulia seria de la mañana.

—No hay tertulias serias en la tele.

—Sí las hay. El programa de María Teresa Olivares. Han pedido tu asistencia por el conducto reglamentario y arriba han dicho que sí, que conviene dar buena imagen de la policía en general y de ti en concreto.

—Buena imagen.

—Sí, Pedro, cojones. Este será un caso difícil. Como tardes una semana en resolverlo, todos se nos tirarán encima, se te tirará encima, la oposición lo utilizará para decir que no servimos para nada. Nos hemos de cubrir las espaldas.

—¿Pero por qué hemos de dar buena imagen de mí? A mí dejadme trabajar en paz.

—Porque todo el mundo está hablando de ti, Pedro, cojones, que no te enteras. Eres el jefe del grupo de Homicidios y toda la opinión pública sabe ya que el responsable directo del caso Moltó es Pedro Miralles. El superinspector Miralles ya es un hito en todos los televisores, en todas las casas…

—No jodas.

Le parece increíble que Luisa no se lo haya comentado. Se está enfadando mucho y Luisa está a punto de convertirse en la culpable de todo.

—Te guste o no, eres el representante de la policía de la ciudad. Cuestión de imagen, Pedro.

Está visto que no se podrá negar.

—¿De qué tengo que hablar? ¿Del caso?

—No, hombre, no. Eso está bajo secreto de sumario. Alarma social con los robos de pisos.

—Robos de pisos. Pero yo soy de Homicidios.

—Eres policía. El superpolicía. Se supone que sabes de todo. Si hablarais de homicidios, acabaríais hablando del caso Moltó.

—Y no queréis que se hable del caso Moltó —es para asegurarse, porque nunca se sabe.

Sagrera de Prensa se encoge de hombros.

—Torea como puedas y sepas.

Miralles dice sin maldad:

—Mira que eres cabrón.

19

De repente en la novela de Nuria Masclau aparece Nuria Masclau. Con otro nombre, claro está, igual que Miralles es Almirall y Tiaguín Moltó es Jaime Xai, pero inconfundible. Periodista criminóloga especialista en tribunales y policía, que tuvo un padre periodista admirable, Luis Masclau (en su novela, Ribot) y que se hizo famosa con un libro ("Bellísimas Personas") que recibió el premio Ateneo de Sevilla del 2000 y que relataba unos crímenes cometidos en 1978.

La autora habla de sí misma en tercera persona, se bautiza con otro nombre (Olga Ribot) y se enrolla con la teoría sobre el novelista que se enmascara con su propia novela. No está mal como filigrana. Yo la desenmascaro, naturalmente. "Reemplazar" en el ordenador y Nurita Masclau se llamará Nurita Masclau. Faltaría más.

20

(La luz del final del túnel)

(...) delante del ordenador, escribiendo un artículo sobre la relación existente entre urbanismo y seguridad ciudadana. Floren aparece en la puerta y atrae su atención con un carraspeo.

—La policía te reclama.

—¿?

—Uno del CNP.

No es tan raro. Nuria Masclau trabaja en la sección de tribunales y policía. Cada día habla con tres o cuatro ciudadanos relacionados con este mundo. Policías, jueces, abogados, funcionarios o chorizos.

En la sala de espera, a contraluz de un ventanal donde pega el sol de la tarde con todas sus fuerzas, la espera un hombre delgado, de sonrisa deslumbrante y ojos serenos. Debe tener el cuerpo perfecto de un maniquí porque el traje, a pesar de ser de confección, le sienta como hecho a medida.

—¿Nuria Masclau?

—La misma.

—Me llamo Miralles, Pedro Miralles.

Claro. No hacía falta que lo dijera. El inalcanzable Pedro Miralles, jefe de Homicidios. Toda la prensa habla de él y él ha elegido hablar con Nuria Masclau.

Bien.

—Ya, ya sé quién eres. ¿A qué debo tanto honor?

El policía no sabe por donde empezar. A Nuria Masclau le encantan los hombres tímidos.

—¿Puedo sentarme?

—Sí, Claro.

La sala de espera del periódico parece la sala de reuniones del consejo de administración. Una mesa larga y muchas sillas. Demasiado espacio vacío para dos personas solas. Es como una cita en una iglesia. El decorado incita al cuchicheo.

Miralles lleva una carpeta de cartón y, mientras empieza a exponer su caso, va soltando las gomas y, con manos pulcras y cuidadosas, extrae un paquete de folios mecanografiados.

—Asistí a la conferencia que diste en el, ¿te molesta que te tutee?

—No, claro que no.

—Yo te sigo desde hace tiempo. Ya seguía a tu padre, Luis Masclau, que era un hito en el periodismo de sucesos, y leí aquel libro que escribiste basado en un crimen real de la transición. Muy interesante porque se cometió precisamente cuando estaba a punto de votarse la Constitución y todo el mundo hablaba de la pena de muerte. Me pareció un estudio criminológico impecable.

Nuria Masclau se ruboriza.

—Entonces aún no era criminóloga. Pero, bueno, no sé qué decir. Gracias.

—No, lo decía porque sigo tus artículos. Me gustan mucho. Por eso fui a la conferencia que diste en el Colegio de Periodistas sobre el modo en que la ficción retrata la realidad o, mejor dicho, no la retrata.

—Sí que la retrata, sí —Nuria defiende la tesis de la conferencia, a ver si nos entendemos, aunque ahora no piensa perder el tiempo hablando de ello.

—Bueno, eso es. El caso es que me quedé con una cosa que dijiste y que ahora me parece oportuna. Dijiste que la novela es un disfraz del autor.

—Sí. Una máscara que el autor se pone para fingir que lo que él dice en realidad lo dicen unos personajes que nada tienen que ver con él.

—Exacto. Y las hay más transparentes.

Nuria le ayuda:

—Cuando un escritor soltero, ligón, discotequero, cocainómano y surrealista escribe una novela cuyo protagonista es un escritor soltero, ligón, discotequero, cocainómano y surrealista, la máscara no puede ser más transparente. Cuando habla de un astronauta perdido en la selva de Urano y luchando contra monstruos antediluvianos, la máscara es muy opaca. Aunque también está hablando de sí mismo.

—Eso es lo que dijiste. Que el autor siempre habla de sí mismo, de lo que le preocupa o angustia, o de lo que persigue o desea, o abomina —Nuria Masclau va asintiendo. Su ego encandilado y halagado va asintiendo con énfasis—. Dijiste también que un novelista es más sincero y más espontáneo cuanto más opaca es la máscara. Cuanto más evidente sea que habla de sí mismo, más procurará esconder sus defectos, angustias o miserias y ofrecer su aspecto más atractivo. Pero, si no se nota que habla de sí mismo.

Nuria le interrumpe:

—Si ni él mismo sabe que está hablando de sí mismo, será más impúdico, claro. Sin darse cuenta. Es como los sueños. Cuando soñamos, nos dejamos llevar por nuestros miedos, o angustias, o ilusiones, o esperanzas, o frustraciones. Y disfrazamos esos sentimientos con imágenes que nos los hagan ajenos.

—Sí —exclama el policía, eufórico—. Bueno, pues por eso te traigo esta —duda— novela.

—A ver.

Miralles todavía no se la deja ver. La retiene con las manos.

—La escribió Tiaguín Moltó antes de morir.

Nuria le mira incrédula. ¿Es posible que esto le esté pasando a ella?

—¿Y? —pregunta, emocionada.

—Me gustaría que te la leyeras. Pero, sobre todo, que leyeras entre líneas. Quiero saber qué nos está contando de sí mismo.

Ahora suelta los folios. Nuria los acepta como si fueran un talismán todopoderoso.

EL ENCUENTRO

Capítulo I

Soy un hijo de puta triangular.

Miralles continúa:

—Vivía muy aislado, no se comunicaba con nadie. No sabemos qué estaba ocurriendo en su vida. De pronto, se confía a alguien a quien no conoce demasiado. Le dijo "Me encontré con una persona y mi vida está a punto de cambiar. Haré un reportaje espléndido, ganaré mucho dinero. Veo la luz del final del túnel". Esto sucedía el 7 de marzo, y ese mismo día 7 ya estaba Moltó escribiendo el primer capítulo de esta novela, que se llama *El encuentro*.

—Vaya —dice Nuria, sin aliento—. De entrada, ya parece significativo que diga que va a escribir un reportaje y se ponga a escribir una novela. Porque esto no parece una autobiografía, ¿no?

—No. El personaje habla en primera persona pero dice llamarse Leo Pastor. Leandro Pastor y lo llaman Leo Pastor.

—Bien. Leo Pastor. Un león que cuida ovejas. Pues a lo mejor sí que está hablando en clave.

—Un león que cuida ovejas.

—Leo es un león. Leo Pastor.

—No lo había pensado desde este punto de vista.

—¿Me ayudarás?

Nuria decide hacerle sufrir un poco.

—Un reportaje sería contar la verdad. Una novela sería contar mentiras. O una verdad disfrazada, si quieres. Él opta por la verdad disfrazada. Se va a poner la máscara de Leo Pastor para que creamos que lo que dice él nos lo cuenta en realidad un león que pastorea ovejas.

—Un león que pastorea ovejas.

—A lo mejor es así como él se siente, ¿no te parece? Una persona muy agresiva entre gente muy dócil.

—¿Debo entender que quieres ayudarme?

Nuria mira con insistencia los folios que tiene entre las manos. Los hojea.

El sol amarillo, paradójico, pintaba el cielo de un azul intenso y sofocante y proyectaba mi sombra compacta y sólida contra el pavimento agrietado cuando, de pronto, eran dos las sombras que danzaban alrededor de mis zapatos cansados y polvorientos. Levanté la vista, maltratada por la luz del día, y descubrí que la segunda sombra correspondía a una de las mujeres más mujeres que había conocido en mi existencia. Era una mujer bella y abundante, de rostro lunar y papada hinchada, tetas alpinas y boca espeleológica. Estaba espléndida, con un vestido rojo de seda brillante ajustado a su cuerpo sinuoso, aquellos pechos esféricos desbordando el límite del escote, los ojos negros de vicio enmarcados por el negro del rimel, la boca roja sangre como un corte de navaja.

Hacía años que no nos veíamos, décadas sin auténtico sexo, es verdad, pero de una aceptable placidez, y he de decir que mi verga celebró el encuentro saltando, animada, fuera de los calzoncillos y llamando imperiosa a la cremallera de los pantalones, imaginando aventuras nunca vividas.

Charo de Félix.

—Leo —pronunció con estudiado fruncido de labios, aleteando las uñas púrpuras entre su nariz y la mía—. Leo Pastor, el hombre de mi vida, follador universal, inútil total en el arte de vivir. ¿De dónde has sacado tanto dinero para coger una trompa como la que llevas, piojoso?

Se me vino encima una montaña blanda de tetas pétreas y pezones perforadores, me ahogó el abrazo de la mujer insaciable que probé en tiempos pretéritos y me enseñó todo lo que de malo y peor se puede aprender sobre el catre. Charo de Félix, la insaciable, la que siempre quiere más y más.

—Charo —dije, tembloroso—. Mi canalla de burdel, la concubina egipcia de mis mejores tiempos. Deseaba empezar a correr hasta dejar atrás la ciudad y el país y perderme en la nada infinita del mapamundi, pero la mujer inmensa ya me estaba cogiendo por la nuca y me retenía susurrándome a la oreja la palabra mágica, el único ensalmo que podía retenerme:

—Di-nero.

Dinero.

DINERO.

—¿Qué dices? ¿Qué es esto? —le contesté, exaltado—. ¿Qué dices?

—¿No sabes qué quiere decir la palabra dinero? Pasta, moni, guita, morterada, cuartos, doblones. ¿No sabes qué son? ¿Euros, billetes, monedas, talones, cheques?

¿Tanto tiempo hace que no ves un duro?

—Nunca me lo habías pedido tan descaradamente, Charo. Creía que no eras de esta clase de personas.

—Te lo estoy ofreciendo, Leo. Ven conmigo, a mi hogar confortable, sagrado y dulce, y te haré ganar mucho dinero.

Yo reiteré, mientras braceaba como un loco para flotar y huir de la asfixia:

—Creía que no eras de esta clase de personas.

—Y no lo soy, chico —dijo ella mientras parpadeaba y parpadeaba tan deprisa que el aire levantado por sus pestañas me despeinaba—. Tú ven a casa, fóllame y te explicaré la verdad de la vida. No me pude resistir. La palabra dinero siempre ha tenido la virtud de galvanizarme, hipnotizarme y convertirme en un títere sin voluntad manejado por la persona que lo ha pronunciado.

—¿Que ya has empezado a ayudarme? —insiste Miralles. Nuria le mira a los ojos. Mantiene la mirada. Le intimida.

—Comprenderás —dice el policía— que todo esto es confidencial.

—Lo que comprendo —dice ella— es que me estás dando la exclusiva de la noticia. Soy periodista. Cuando sepas quién es el asesino, yo tengo que ser la primera en saberlo.

—Si todo va como espero, serás la primera en saberlo porque lo descubrirás tú.

Nuria Masclau dice "Lo dudo" con cara de pensar "Ojalá".

—Lo dudo. Ni siquiera conozco la lista de sospechosos. No sé nada de este mundo de las *marujas* y los famosos.

—¿Me ayudarás?

Nuria le mira y sonríe para demostrarle que le gustaría mucho ayudarle.

—A cambio de la exclusiva.

—Hecho.

Nuria piensa que Miralles tiene ojos luminosos.

21

(*Taquicardia*)

Ribera y Mika Adalid estaban demasiado enfurecidos para hacer las cosas bien. El inspector en jefe Miralles ya les había avisado:

—Dejad el caso Santowski a otro, que vosotros no tenéis clara la cabeza.

Ellos, sin embargo, no querían soltar la presa. Especialmente Ribera. No se puede tirar una botella de whisky a la cabeza de un policía impunemente.

Lo cierto, no obstante, era que no habían podido interrogar ni tomar declaración al argentino como les hubiera gustado. Vigilados muy de cerca por el abogado de pago y el médico forense (y la superioridad y la opinión pública) solo habían obtenido una información esquemática de las actividades de Santowski el día 13 de marzo. Ahora lo estaban comprobando, pero parecía que todo encajaba. Era un hombre sociable, estaba en una fiesta privada, en un restaurante, en una discoteca, haciéndose notar, siempre rodeado de amigos y conocidos dispuestos a declarar que no se había movido de su lado en toda la noche.

—La coartada demasiado perfecta es sospechosa —sentenciaba Ribera. Serafín Santowski compareció en presencia del juez por la muerte accidental del técnico de televisión. No había ninguna prueba ni indicio, ni que fuera circunstancial, que le atribuyera ninguna responsabilidad en el asesinato de Tiaguín Moltó. Y salió en libertad inmediatamente, sin fianza, pendiente de un juicio que se anunciaba ganado de antemano.

Ribera hablaba entre dientes, con la mandíbula rígida:

—Contrató a alguien. Estoy seguro de ello. Y lo demostraremos.

Mika también estaba enfadada. Y, cuando entró en Jefatura aquella especie de esperpento de los cabellos verdes, uñas pintadas de negro y vestido rojo y camisa fucsia, toparon frontalmente.

Mika se justificó después diciendo que Amadís Hernán, al fin y al cabo, no entraba como acusado sino como experto en Aurorita Linares. Lo sabía todo de ella, todo, desde las papillas que le daban cuando era pequeña hasta los concursos que ganó a los seis, siete y ocho años en los teatros parroquiales haciendo de ruiseñor superdotado, criatura disfrazada de Lola Flores y piando *Ay pena penita pena*. Dado que se sentía muy importante, y era un histérico y entró al despacho tan excitado, gritón y agresivo, a ella le pareció que pedirle un autógrafo podría calmarle.

Muy al contrario, lo que obtuvo fue un exabrupto en un tono agudo que espeluznaba.

—¿A ti te he de firmar un autógrafo? ¿Tú eres de la bofia, no? ¿A ti quieres que te firme un autógrafo? ¿A una pedorra torturadora como tú? ¡Un escupitajo te voy a dar! ¡Quizá te crees que estoy aquí por gusto, cara de rata!

Evidentemente buscaba el escándalo. Era su profesión. Para él, que se hubiera escapado una bofetada, un ojo amoratado o una noche en el calabozo habría sido una bendición. Su regreso a las pantallas habría sido glorioso, "¡mirad qué me ha hecho la policía!"

Mika no tendría que haber intervenido. Pero Mika era joven y tenía poca paciencia y se le contagiaba el cabreo de Ribera, y había un aspecto de su carácter que sus compañeros aún no conocían. Se le hinchó una vena en la frente:

—¿Cara de rata, me has llamado? Pedorra, me has llamado? ¿Torturadora?

Aquel día, en Jefatura, conocieron a la auténtica Mika. De su boca salieron sapos y escorpiones y rayos y truenos e insultos como puños demoledores. Tuvieron que sujetarla para que no arañara los ojos de Amadís en el más puro estilo de las folclóricas. Cómo sería su reacción que, cuando Amadís Hernán entró al despacho y se encontró las complexiones formidables de Lallana y Huertas, gimoteó como un niño y dijo "No me peguéis, que no he hecho nada".

La idea de citar a aquel payaso había sido de Mika pero, después del follón que se había organizado, pareció preferible que fueran Lallana y Huertas quienes le tomaran declaración. Y Lallana y Huertas no sabían qué tenían que preguntarle exactamente. A veces, pasa.

Empezó explicando que Tiaguín Moltó tenía muy poca relación con Aurora Linares, que era una santa incapaz de hacerle daño a nadie, dijeran lo que dijeran algunas lenguas venenosas, porque hay gente muy envidiosa y de muy mala fe por el mundo. Porque todo lo que se decía de Aurora Linares y su hermana, por ejemplo, era mentira.

Estaba deseando soltarlo todo. Aquella clase de gente, criados para la tele y educados en tertulias competitivas, no podían contener la necesidad de exponer todo lo que sabían, como si se sintieran llenos de alguna materia sucia y perniciosa y, de vez en cuando, el cuerpo les exigiera una buena vomitona depuradora.

—¿Qué es esto que dicen de su hermana? —huertas opinaba que todo lo que pueda decir un interrogado puede ser útil, aunque parezca que se aparta del tema principal.

—Que no le ayuda. Su hermana también quería ser cantante y fracasó, porque era una nulidad, porque no tenía voz ni decencia, promiscua y prostituta, y por todo esto fracasó, como es de justicia. Entonces dijo que Aurora le había robado todos los contratos, que es mentira, y que se le giró de espaldas, y que le negó la llave y el dinero, que dicen que incluso una vez negó que fueran hermanas. Que yo diría "Pues bien que hizo", porque yo también lo hubiera hecho, pero Aurora, ¿qué dice Aurorita? Pues dice que no es cierto. Que ella quiso ayudar a su hermana, pero su hermana era demasiado orgullosa para aceptar beneficencia, y todo esto, ¿ven?, lo encuentro bien, me parece que es una virtud, las cosas como son. Además, en aquella época coincidió que Aurora Linares no iba bien de dinero, porque el mundo de los artistas es así, va y viene y las cosas como son, aquella época era mala época, o sea que al final todo lo que dicen resulta que es mentira. Igual que aquello del aborto, que es mentira que ella abortara porque estaba embarazada de uno que no era su marido, porque ni se quedó embarazada, porque se hizo la ligadura de trompas hace ya tres años, y porque no tuvo nunca nada que ver con Alberto Genovés. Y ahora su hermana dice que saldrá por la tele en no sé qué programa de mierda, diciendo barbaridades, pero barbaridades que son mentira. ¿Qué más queréis saber?

Le preguntaron por los posibles enemigos de Tiaguín Moltó.

—¿Enemigos? Todos el del mundo y más. Mala bestia. Corrupto, baboso, mentiroso y manipulador, por este orden.

—¿Enemigos? Los Laureles, que por culpa de él mataron un tipo y ahora hay uno que todavía cumple condena. La que más odia a Tiaguín Moltó es la Juana de Dios, la *bailaora*, que por su culpa, que la dejó de puta pervertida ante millones de espectadores, que es como si le hubiera bajado las bragas ante de las cámaras. Y, de rebote, también le debía odiar el amante actual de la Juanita, Toñito el torero, que tiene muy malas pulgas. Y tanta y tanta gente a la que Tiaguín hacía chantaje, o si no ¿de qué os pensáis que vivía?

—¿Hacía chantaje a Aurora Linares?

—¡No, de ningún modo! Aurora Linares no tiene absolutamente nada que ocultar a nadie. No tiene secretos, o yo lo sabría.

Le mostraron el retrato robot que habían hecho a partir de la descripción que la camarera de la gasolinera les había proporcionado del hombre de la moto, el mono azul y las zapatillas Nike.

—¿Le reconoces?

—Este dibujo es una mierda. Podría ser cualquiera. Nadie que yo conozca. La gente que conozco tiene más glamur.

Ni siquiera le hicieron firmar la declaración. Le agradecieron la colaboración desinteresada, como buen

ciudadano que era, y se lo sacaron de encima con golpe-
citos en la espalda.

—Cómo te has puesto, chica —le comentó después
Huertas a Mika, riendo.

—Es que voy muy mal follada —respondió ella—. Es
mi problema, que voy muy mal follada y, a las malas, me
sale la mala leche.

Lo decía mirando fijamente a Lallana. O esto es lo
que comentó Huertas.

—Te miraba fijamente mientras lo decía.

—No digas chorradas.

—Te estaba mirando con intención. Decía "voy muy
mal follada" y te miraba con toda la intención.

Lallana movía la cabeza como aquel que no sabe
hasta dónde vamos a llegar.

22

(*La luz al final del túnel*)

Esta noche Miralles viene hablando desde la puerta del piso. Su voz se impone a la cháchara del televisor desde el mismo momento en que ha entrado. Habla mientras se saca la chaqueta y la cuelga en el armario, habla mientras mete la pistola en la consola, habla mientras camina y enciende las luces. ¿De qué habla?

De una periodista, una tía estupenda que ha conocido hoy, inteligente y sensible, que tiene una teoría literaria extraordinaria, muy interesante, que el policía piensa utilizar para resolver el caso de Tiaguín Moltó.

¿Por qué será que a Luisa le parece oír la acotación "no como otras" mientras mantiene la mirada clavada en la pantalla de plasma?

—¿Y quién es esa periodista? —pregunta, sin ganas.

Por una vez, a Pedro Miralles le importa más bien poco lo que estén diciendo los monstruos de la tele.

El marido de Aurora Linares asegura con énfasis exagerado que él mandó a su esposa Aurora Linares a la clínica de desintoxicación de Marbella y que se disponía a acompañarla cuando Tiaguín Moltó la secuestró. Alguien chilla "¡Así que la secuestró!", y el marido de Aurora Linares aúlla "¡Sí, señor, sí, la secuestró, la secuestró!".

Ni caso. Mentiras. Bla, bla, bla.

En casa se cuenta todo y ahora Miralles explica que Tiaguín Moltó escribía una novela y puede ser que en esa novela contara más cosas de su vida de las que él creía. Esta periodista puede ayudar a la policía a descubrir este subtexto, este mensaje oculto.

—¿Cómo se llama la periodista? —insiste Luisa, abducida ya de su mundo de bragas mojadas.

En la tele, una presentadora de cabello pajizo adopta actitud de interrogadora incisiva:

—¿Y con qué finalidad oculta supones que Tiaguín Moltó secuestró a Aurora? ¿A dónde crees que la llevó?

Da igual lo que digan. Miralles continúa hablando y hablando.

—¿Y quién dices que es la periodista? —vuelve a decir Luisa con una chispa de desasosiego.

Su marido hace una pausa imperceptible, solo dos puntos suspensivos pero significativos, una pausa dramática, un suspiro infinitesimal:

—Se llama Nuria Masclau.

23

(*Taquicardia*)

Una multitud de periodistas y fotógrafos y cámaras de televisión llenaban la acera de Jefatura y se añadía otra muchedumbre de curiosos que se detenían para ver qué pasaba. Los peatones que tenían más prisa que curiosidad tenían que bajar a la calzada y poner en peligro su vida si querían esquivar los empujones y los codazos.

En el interior algún pardillo preguntó si no habría sido mejor ir a tomar declaración al torero Toñito a su hotel.

—Nunca —le dijo un veterano—. Siempre debes traerlos a tu terreno, dónde seas tú quien controla la situación.

—¿Y toda la prensa...?

—La prensa se queda afuera.

Huertas y Lallana tenían muy claro que había dos mundos: el exterior, donde sucedían cosas absurdas y la gente tenía conductos incomprensibles y todo era un desbarajuste, y el interior de aquellos muros, que era donde se vivía seriamente y donde se ponía orden a la vida de los otros.

—Que pase, que aquí es un ciudadano como cualquier otro.

Por fin se dignaba a comparecer Antonio González, Toñito, que constaba en la agenda del móvil de Santiago Moltó con el nombre de Toño. Estaba lejos de la ciudad cuando le habían reclamado y se había personado en la comisaría más próxima para prestar declaración, pero los tiquismiquis de Lallana y Huertas no se conformaban con declaraciones tomadas por inexpertos y se emperraban en ver los ojos del torero cuando les respondiera. De forma que, tras mucho insistir, habían conseguido que compareciera acompañado de su abogado.

Avanzó por el pasillo más estirado y delgado y engominado que nunca, con la mirada que acostumbraba utilizar para desafiar al toro, para seducir a las admiradoras y mantener a distancia a los admiradores. Era como una estatua art decó, de mírame y no me toques.

—Mi cliente ya declaró y no entendemos por qué habéis vuelto a llamarle.

Los abogados en Jefatura siempre son un estorbo porque se piensan que viven en películas americanas.

–Su cliente no le necesita para nada porque aquí nadie le acusa de nada, todavía. Le hemos llamado para que nos ayude y él ha tenido la bondad de venir, y se lo agradecemos. Ahora, si quieren sentarse...

Dedicaron los primeros minutos a repasar y confirmar la primera declaración. Todo correcto. Ninguna contradicción, ninguna enmienda. Sin embargo:

—Hay algunos puntos oscuros...

—Los compañeros que le tomaron declaración no tenían toda la información que tenemos nosotros...

—¿Qué información?

—Veamos: el día que le mataron, Moltó llamó dos veces...

—Esto ya me lo dijeron. No es nuevo. Y yo les dije que quizá sí pero que no recuerdo de qué hablamos.

—Como que nosotros sí que lo sabemos —dijo Huertas, mirándole directamente a las pupilas y marcándose un buen farol—, intentaremos refrescarle la memoria. Moltó le llamó a las 10.55 de aquel día 13 de marzo y mantuvieron una conversación de ocho minutos. Dan para mucho ocho minutos, dan para más de lo que parece. Pero es que inmediatamente llamó a Yolanda Celeste, ¿la conoce?

—No... No lo sé... Me suena.

—Seguro que sí. Y le encargó dos chicas para aquella noche.

—¿Dos chicas? —como si cayera de la higuera.

—Una hora después volvió a llamarle a usted, a las 12.06, y estuvieron hablando durante doce minutos, que se dice rápido. Doce minutos. A continuación se comunica con el restaurante Melilla y encarga una mesa para dos —Huertas improvisó—: Y pide una mesa discreta porque piensa ir con una persona muy conocida. ¿Podría ser usted? —antes de que el torero respondiera, mientras consultaba a su abogado levantando las cejas, Huertas añadió—: ¿Quiere que continúe o hablamos seriamente?

Era otro farol. Huertas no disponía de más material para continuar. Claro que podía mentir disparando a ciegas pero le pareció que no haría falta porque ya había dado en la diana. El abogado dio permiso con la mirada y Toñito se resignó a la confesión.

—Sí, es verdad, ahora que lo menciona. Me llamó dos veces. Y me invitó a cenar aquella noche. No dijo nada de reservar dos señoritas, pero esto era muy propio de Moltó. Invitaba él pero pagaba yo y después te presentaba a unas amigas, como de casualidad. Lo que no sé es qué quería.

—Bien, algo le avanzaría por teléfono... —antes de que pudiera decir "No recuerdo", cuando empezaba a mover la cabeza en señal de negación—: Casi veinte minutos de conversación dan para mucho. No era un hola y adiós. ¿Qué le pedía? Recuerde. ¿Quizá algo relacionado con la familia Laurel?

—¿La familia Laurel? —sobresalto.

—¿Por qué no? Usted está vinculado a ella sentimentalmente —lo que hace leer las revistas del corazón— con una Laurel, la Juana de Dios. Sabemos que en los últimos tiempos Moltó intentaba aproximaciones con la familia Laurel pero no debía tenerlo fácil, debía necesitar intermediarios de peso desde que uno de ellos se encuentra en la trena por culpa suya... Lo intentó con el abogado Laguardia. Y no me extrañaría que también lo hubiera intentado con usted.

—Pues sí, ahora que lo dice, quería que yo le facilitara una entrevista con el viejo Laurel.

—¿Para hablar de qué?

—Esto sí que no lo sé.

—¿Está seguro?

—No lo sé.

—¿En qué le hacen pensar los Laurel, señor González? Además de en la Juana de Dios, claro está. ¿Qué es lo primero que le viene a la cabeza cuando le hablan de los Laurel?

—No lo sé.

—¿No lo sabe? Pues yo sí que lo sé.

Apresuradamente:

—Quizá quería hablar de cocaína, pero yo de este asunto no sé nada.

—Ah, quizá quería hablar de cocaína...

—Pero usted de este asunto no sabe nada.

—Permítame que le diga una cosa, señor González —dijo Huertas acercándosele tanto como le fue posible—. Si es verdad que usted no tiene nada que ver, es mejor que nos lo explique todo ahora mismo. Porque, sea lo que sea lo que Moltó se traía entre manos, al final lo sabremos. Hablamos con mucha gente, además de usted, ¿comprende? Y, si se trataba de algo delictivo, si nos esconde algo, quizá podríamos pensar que usted también estaba implicado en el delito, ¿verdad que me explico?

—Quería entrar en el negocio de la droga —escupió el torero, asqueado—. Que sabía de alguien que estaba buscando un buen cargamento. Quería pedir perdón a los Laurel y pedirles que entraran en el negocio. Pero era mentira...

—¿Mentira?

—Estaba desesperado. No tenía un duro, se lo había vendido todo, ya nadie le pedía dinero. Diría cualquier cosa para meterse en el *bisnes*. Y, además, yo no podía convencerle de que los Laurel no tenían nada que ver con la droga. Es una leyenda que les han colgado, no sé por qué.

—Una leyenda —dijo Huertas.

—Una leyenda urbana —dijo Lallana.

—Claro, claro.

24

En ninguna de las dos novelas se menciona que aquel viernes por la tarde, en el programa *Con toda el Alma*, la pánfila de Alma Cortinas invitó a Aurora Linares y hablaron y sacaron una fotografía de su hermana Isabel de Lorca.

Os diré que fue una tarde jodidamente triste. Supongo que la crisis estaba al acecho, no puedes pasarte mucho tiempo en plena felicidad sin que reaparezca el fantasma de la depresión.

Tendríais que haber visto la galantería, la elegancia, el desparpajo de Aurora Linares, tan bien peinada, tan bien maquillada, mucho más joven de lo que le marcaba el calendario, con aquel vestido blanco, estilo años 60, de Ralph Lauren, corto, para lucir las piernas enfundadas en medias plateadas y los zapatos de talón de aguja, también de plata.

Violento contraste con la otra mujer, la de la foto que llenaba el fondo del plató, Isabelita de Lorca, arrugada y gorda aunque era la más joven de las hermanas, privada de estiramientos y Botox porque era la fracasada y la pobre.

La hermana rica y la hermana pobre.

Se me hizo tan evidente la puta injusticia de la vida que me desasosegué y apagué la tele.

Pensé que odiaba a Aurorita Linares, pero tuve que aceptar al mismo tiempo que el odio derivaba de la envidia de lo que yo no tenía. Siempre he dicho que la envidia puede ser el sentimiento más destructivo pero también es el que hace que el mundo avance. Envidiamos y odiamos a los ricos, tanto que los mataríamos, pero queremos ser como ellos, queremos que los plebeyos nos odien tanto como nosotros odiamos. Para muchos, esta mezcla de animadversión, envidia y admiración es el estímulo esencial para progresar. Pero, cuando ves que ya no puedes avanzar más, cuando todo son barreras, cuando no te sobra ni te sobrará nunca jamás un duro para hacerte los pechos, o para comprarte ropa, o un coche descapotable, o para pagarte cuatro copas en la discoteca de moda, el estímulo se convierte en una presión insoportable que te ahoga y que cada día te recuerda la miseria de una vida sin marcha atrás.

Mirad el gesto de asco que deforma el rostro de Isabelita de Lorca, y entenderéis lo que quiero decir. Fijaos en la amargura definitiva de su mirada, tan vieja al lado de la de su hermana mayor.

Mirad bien este programa y decidme si el mundo no es injusto.

Tuve que huir al gimnasio para desfogarme.

Corrí kilómetros sobre la cinta, a toda velocidad, perseguido por una jauría de demonios babosos; pateé sobre los *steps* hasta que el instructor me dijo "Cuidado, Lucas, que te harás daño"; levanté pesas que me podrían haber chafado, pero nada me liberó de la ansiedad insoportable.

Me ahogaba. El médico decía que no era nada, que yo no era asmático, que era cosa de los nervios, pero de vez en cuando me ahogaba y me venían ganas de gritar como una bestia rabiosa, y entonces solo había una manera de calmarme.

Bueno, había dos maneras, pero aquel día no quería tomar pastillas porque bajo sus efectos no soy yo, pierdo mi personalidad. Ya sé que vivo en la cuerda floja, manteniendo un equilibrio precario entre la claridad de la razón y el abismo negro de la locura, pero he de ser yo mismo, ¿de qué me serviría vivir mi vida si no fuera yo mismo? ¿Y, si no soy yo, qué soy? Y, si soy yo, he de aceptar que soy como soy, y no de otra manera.

Cuando me pasaba esto no me quedaba más remedio que bajar al infierno del Delicias para comprobar que había quien vivía peor que yo. A veces es suficiente con contemplar la desgracia de los demás para valorar la propia vida con justicia y poner las cosas en el lugar que les corresponde.

El Delicias era un puticlub de las afueras de la ciudad, en una carretera secundaria que un día se convirtió en cruce de grandes autopistas. Por encima del edificio modesto se alzó sobre columnas de hormigón un complicado escaléxtric y el local acabó sepultado bajo el ruido, la contaminación, el tránsito y la indiferencia y, naturalmente, tuvieron que cerrar. Ahora es una ruina sucia y olvidada que todavía conserva el rótulo Delicias pero ningún neón. Dicen que allí se quedaron las camas que usaban las putas y que todavía se conservaba una sombra del perfume que las había impregnado noche tras noche. Al anochecer se formaba hacia allá una triste romería de almas en pena que arrastraban los pies y los carritos llenos de pertenencias rescatadas en las basuras.

Debo reconocer que la contemplación de aquel desfile de fantasmas miserables, sucios, resignados, definitivamente derrotados, hacia aquella clase de panteón de donde parecía que no habrían de salir nunca jamás, me llenaba de seguridad en mí mismo, incluso de orgullo de ser como era. Al fin y al cabo, mal que bien, pese a todas las contrariedades, yo había sido capaz de construirme una vida mucho más coherente y llena que la de ellos. A veces, solo de verles, lloraba de felicidad.

Pero otras veces no era suficiente con mirar. También tenía que tocar. Como aquella noche, por ejemplo. La noche que Alma Cortinas entrevistó a Aurorita Linares. No me lo podía sacar de la cabeza. Mirando fotos de Isabelita de Lorca. Estaba tras la columna de hormigón, bajo la autopista por donde circulaban furiosas motos, coches y camiones, tembloroso, llorando, ¿por qué no decirlo?, llorando, cuando pasó muy cerca de mí el hombre de la barba blanca manchada de amarillo nicotina y gris mierda de rata.

Se asustó cuando me vio salir de la nada, con aquel casco de moto negro donde debería verse reflejado. Dio un salto que casi me hizo reír. Lo cogí de la ropa. Fue una suerte que llevara guantes porque, si no, habría sido incapaz de tocar aquel desecho, aquel animal repugnante. No sé por qué le grité que no tenía derecho a vivir, no sé qué quería decir con aquello, no sé a qué me refería. "No tienes derecho a vivir, hijo de puta."

Le di un puñetazo en la nariz y en los morros cuatro veces exactamente, no más, uno, dos, tres, cuatro, hasta que vi el estallido de sangre y lágrimas, hostia, suerte que llevaba guantes, bien, si no hubiera llevado habría sido incapaz de hacerlo, claro, una dos tres cuatro hostias bien dadas para demostrar quién era el amo, allí, que aquel miserable era un ser inferior, que quedara bien claro, que no hubiera lugar para la duda ni para la confusión y después no sé por qué le grité "No te caigas al suelo, ¿eh? No se te ocurra caer al suelo porque entonces sí que te aplastaré como a un escarabajo, no te pongas de rodillas porque tú a mí no me la chuparás nunca, ¿me has oído?". No sé por qué le dije todo aquello, debe ser cosa de mi sentido del humor.

No sé qué gracia le encontré.

A veces hago cosas que no sé por qué las hago.

25

(La luz del final del túnel)

El sábado por la mañana se ha convocado una reunión de todos los policías del grupo de Homicidios y los procedentes de otros grupos de investigación que trabajan en el caso Moltó.

Mientras sube las escaleras, Miralles se dice que esperará a que haya terminado la reunión para telefonear a Nuria Masclau. Pero no puede contenerse. Está impaciente. Se convence pensando que tal vez Nuria Masclau haya obtenido algún dato interesante para comunicar a sus hombres.

Sin aminorar la marcha, ya por el pasillo, desenfunda el teléfono móvil y marca un número con el pulgar. Quienes le conocen podrían detectar su inquietud en el movimiento sincopado de las pupilas.

—¿Sí?
—¿Nuria Masclau?
—¿Sí?
—Soy Pedro Miralles.
—¡Ah! —prudente—: Un momento.

Miralles se detiene ante la puerta de la sala de reuniones. Se pone de espaldas a ella. Percibe como la periodista se disculpa y se desplaza hacia otro lugar donde varía el sonido ambiental, buscando intimidad, y le habla con voz conspiradora:

—Mi superpolicía preferido.

—¿Qué tal?

—Progresando.

—¿Te has leído eso?

—Sí.

—¿Y?

—Interesante. Muy interesante.

El policía pasea arriba y abajo del pasillo.

—¿Has llegado a alguna conclusión?

—Es muy difícil.

—¿Pero?

—No sé qué decirte. Habla de sentimientos primarios y él se movía en un mundo de sentimientos muy primarios. En la novela se declara amoral, aunque es evidente que se trata de una novela moral y moralista.

—¿Ah, sí? ¿Te lo parece?

—Ya lo creo. Empieza declarándose hijo de puta, y diciendo que su madre era una hija de puta, lo que significa malas personas. Si hay malas personas se supone que también las hay buenas, y eso es la moral, el hecho de dividir el mundo en buenos y malos. Tanto da que consideres buenos a los que otra gente considera malos, el caso es que se contempla el mundo desde esta óptica del bien y el mal. Dice "No hay más moral que el dinero", y pinta al personaje principal, se pinta a sí mismo, como pobre, sin un duro. Y se califica de amoral, o sea "sin dinero". Todo esto me parece interesante para conocer cómo era y qué pretendía. Él era de los malos y esto le hacía pobre.

Vienen por el pasillo dos de Homicidios rezagados. Les hace señas para que pasen y esperen, que en seguida termina.

—He estado pensando –dice– esto que dice de su madre. "MI madre era una hija de puta" y esas cosas. En su casa, Tiaguín Moltó solo tenía cinco fotos, todas de su madre.

—Vaya —dice Nuria Masclau, neutra—. Lo tendré en cuenta.

Miralles camina nervioso alejándose de la puerta de la sala de reuniones.

—¿Algo más?

—Culpabilidad. Me hace pensar en la culpabilidad. Una persona que se tacha de hijoputa, se declara mala y, por tanto, culpable de algo. ¿Por qué escribe una novela, que es ficción, mentira, un enmascaramiento, si quería escribir un reportaje, que es verdad y valentía descarada? Porque tiene cosas que ocultar, porque se avergüenza, se siente culpable. Se siente tan culpable que se castiga presentándose como un impresentable. ¿Qué te parece?

—Bien, bien, bien. Brillante. ¿Qué más?

—¿Te parece poco? Acabo de empezar.

—Ya.

Miralles consulta el reloj. Ha de colgar.

—Oye, ¿te parece que nos veamos? ¿Y leamos juntos la novela? A lo mejor, se me ocurre algo que podría ayudarnos, como eso de las fotos.

—Bueno. Sí. Ya te llamaré.

—No me llamarás.

—Sí, de verdad. Te llamaré. Cuando lo haya madurado un poco más, te llamo, te lo prometo.

—¿Me lo prometes?

—Te lo prometo.

Miralles se dirige decidido a la sala de reuniones. Entra bruscamente.

—Buenos días —dice.

26

(Taquicardia)

Domingo 8 de abril:

Era un barrio de edificios altos y anchos, impersonales, feos, construidos con materiales baratos y de mala calidad justo antes de unas elecciones en que el alcalde prometió que pondría fin al barraquismo y quería hacer una demostración de buena voluntad a los electores. Derribaron unos dos mil habitáculos hechos de adobe, fibrocemento, madera y cartón y ocultaron a los que vivían en estas colmenas de sesenta metros cuadrados. Entonces se explicaron anécdotas de inquilinos que se emperraron en subir al asno por las escaleras hasta el séptimo piso, porque siempre habían vivido con el animal y no pensaban abandonarlo por capricho del ayuntamiento; o aquellos otros que no sabían cómo funcionaba la cocina y encendieron una hoguera en mitad del comedor.

Era barrio de ropa tendida arriba y una cantidad incalculable de bares en los bajos, el césped que tenía que adornar las calles se había convertido en una serie de recuadros de barro con cercos de hierba amarilla, y gran parte de los ciudadanos que pululaban por las aceras estaban quietos y ociosos, oteando el horizonte.

Cuando el Seat Toledo se paró junto a la acera, detrás de dos coches abandonados desde hacía tiempo con los cristales rotos y sin ruedas, montados en pilas de tochos, unos cuantos niños y adolescentes se agolparon a su alrededor, curiosos, y aquellos adultos que no hacían nada, fumando los hombres o fingiendo que vendían ajos las mujeres, se movilizaron sacando el móvil y hablando rápida y brevemente con alguien. Casi antes de que Lallana y Huertas hubieran pisado el asfalto, en algún piso o sótano o trastienda se cerraban bruscamente puertas falsas, trampas que disimulaban almacenes de vete a saber qué, desaparecían personas que hasta aquel momento habían estado mirando la tele tan tranquilas, y se escamoteaban fajos de dinero, o armas de fuego, o paquetes de sustancias tóxicas.

Huertas, que siempre fue más partidario de la caricia que del garrote, dio diez euros a un chaval especialmente escogido, y le pidió que le vigilara el coche. Lallana protestó, claro.

—Diez euros. Más de mil quinientas de las antiguas pesetas. A una criatura.

—No es caro, si así nos ahorramos que destrocen el retrovisor o nos pinchen una rueda.

No tuvieron que llamar al portero automático porque un hombre de aspecto patibulario les abrió la puerta. Sorprendentemente, el ascensor funcionaba. En el quinto piso de aquel edificio les esperaba un mundo inesperado. Como aquellos bares clandestinos, ruidosos, llenos de música, humo y chicas con poca ropa, que salen en las películas de gangsters, escondidos tras la pared de madera de una funeraria.

Era un piso inmenso, de más de doscientos metros cuadrados, resultado sin duda de unir tres o cuatro viviendas a fuerza de derribar tabiques o colocar puertas nuevas. Hay tiendas de muebles y decoración donde se venden unos objetos carísimos que parece imposible que nadie tenga el suficiente estómago como para comprarlos. Tigres de porcelana de tamaño natural, mesas de patas retorcidas, muebles bar rellenos de espejos, arañas de lágrimas irisadas, luces con pantallas delirantes, cuadros que se ponen en movimiento si alguien aplaude cerca. Aquella madriguera contenía una mezcla espantosa de trastos de este estilo. Y, justo en medio, hundido en una butaca de cuero de búfalo teñido de azul, ante un televisor de plasma casi tan grande como una pantalla de cine profesional, se encontraba el viejo Laurel.

Pantuflas de felpa agujereadas por el dedo gordo y deformadas por décadas de maltrato, unos pantalones que habían sido negros y ahora griseaban por culpa de miles de lavados que nunca habían conseguido limpiarlos del todo, una camisa a rayas y un chaleco de traje de boda, todo coronado por una cabeza muy gorda, como una inmensa patata, un rostro deformado por los años, el alcohol y los golpes, y una mirada turbia y agria. Apoyado en sus piernas estevadas, incapaces ya de soportar una barriga excesiva, había un bastón antiguo con puño de marfil amarillento.

Las cinco personas que estaban en el aposento con él quedaban descoloridas y borrosas en contraste con su personalidad. Eran el abogado Laguardia, demasiado elegante, demasiado moderno y demasiado incómodo; la mujer del viejo, demasiado enjoyada; dos jovencitos musculosos, ominosos y cargados de oro, pendientes, cadenas, relojes, anillos, pulseras; y una chica muy joven, de cejas gruesas y vestida con un discreto vestido color tabaco, que sonrió a Lallana.

—¿Y ahora qué queréis? —exclamó el viejo—. No sé qué pasa que siempre que hay follón en la ciudad me venís a ver. Yo encantado de ayudaros, con mucho gusto, ya sabéis que, si alguien de mi familia ha hecho algo que no debía, os lo he entregado sin problemas, pero, en fin, no lo entiendo. ¿Qué os pasa, ahora?

—Es por el periodista este que han matado, Moltó.

—Ah, sí, sí, el hijo de puta. Di.

—Nos han dicho que últimamente quería hacer un bisnes de coca ...

—¡La coca, la coca!

Lallana se había quitado las gafas, en una extraordinaria exhibición impúdica de las manchas oscuras que le rodeaban los ojos y, de pronto, se estaba dirigiendo a la chica de las cejas gruesas para hablarle confidencialmente. Tenía un cigarrillo apagado entre los dedos. De lejos, cualquiera podía interpretar que le estaba preguntando si podía fumar o disponer de un cenicero. La chica se reía.

—¡La coca, la coca! —exclamaba el viejo Laurel—. ¡Siempre me venís con la coca! ¡Si yo no sé nada, de cocas! ¡Si no sé ni qué color tiene, la coca! —siempre decía esta frase—. Cuando pasa algo que tiene que ver con la coca, hale, vosotros vais a ver al Laurel, no sé qué os pasa.

—El señor Laurel —apuntó el abogado, de una manera mecánica— no tiene nada que ver, con la coca.

Sobre una mesa de cristal había un plato a medio comer de carne picada.

—¿Quieres un poco? —dijo el señor Laurel—. Berenjenas rellenas que hace mi mujer...

156

—No, gracias —dijo Huertas. No eran horas.

—¡Tú! Tráele una berenjena de las tuyas, que se chupará los dedos.

La mujer enjoyada se levantó de un salto, sonriendo por compromiso y corrió hacia la cocina como si se le estuviera quemando algo.

—No, si no hace falta... —murmuraba Huertas.

—Di, di. ¿Qué querías?

—Quizá —Huertas trató de recuperar el hilo. Buscaba la ayuda de Lallana, a su alrededor, pero no podía contar con ella. Ahora, la chica de las cejas gruesas, sin dejar de sonreír, indicaba a Lallana que la siguiera fuera de la sala. Visto de lejos cualquiera pensaría que el policía le había preguntado dónde estaba el servicio y ella se ofrecía para acompañarle. Todo muy inocente. Al parecer, ninguno de los presentes, excepto Huertas, se interesaba por qué pudiera hacer o no la chica de las cejas gruesas. Huertas se dirigía al abogado—. Quizá no tiene nada que ver, pero no me negará que, cuando Moltó estuvo hablando con usted en el restaurante Melilla, y quizá después lo llevó a conocer a alguna de las ninfas de Yolanda Celeste, Moltó se refirió a un negocio de cocaína y habló de los Laurel. Quizá se equivocaba pero fue así...

—Sí, es verdad, pero se equivocaba.

—Pues por eso estamos aquí. Moltó echaba el anzuelo y podría ser que alguien de la familia Laurel hubiera picado. Yo sé que el Tío juega a nuestro favor y, si sabe de alguno de sus sobrinos, o nietos, o yernos, que ha metido la pata, nos lo dirá. Porque, si no, corre el riesgo de convertirse en encubridor y, si sale a la luz...

De la cocina llegaba la mujer enjoyada con un plato humeante y un tenedor.

—Aquí está. Ya verá como le gusta.

—Ah, sí. Pruébalo, pruébalo que te gustará. Berenjenas rellenas de carne picada, carne de primera calidad, que picamos nosotros mismos. Hazme el favor.

Huertas cogió el plato y el tenedor y probó las berenjenas, que quemaban.

—Mmm —dijo.

—¿Buenas, eh?

—Quema.

—Come, come. Domingo, siempre me cocina lo mismo, esta. Y di, di. Estabas a punto de amenazarme. Corro el riesgo de convertirme en encubridor. Y, si sale a la luz…

Con la boca llena y escaldada, a Huertas le cuesta retomar el discurso. Cualquiera que le conozca, sabrá que está exasperado, al límite de la paciencia.

—Si sale a la luz algún negocio entre Moltó y un Laurel, sospecharemos que el Tío tiene algún interés, y la cosa se complicará porque hay un asesinato de por medio. Por eso estamos aquí. Para pedir ayuda.

Le faltó añadir "humildemente".

—¿Qué te parecen, las berenjenas?

—Buenas.

—¿No té las terminas?

—Es que he desayunado tarde. Pero están muy buenas.

—¿Un vaso de vino?

—No.

—¡Tú! ¡Tráele un vaso de vino! —la mujer enjoyada volvió a correr. El viejo Laurel se inclinó hacia los dos jóvenes cargados de oro. Solo dijo—: ¡Niños!

Uno se encogió de espaldas. El otro, indiferente, señaló al abogado con la barbilla. Laguardia reaccionó, confuso:

—Bueno, sí, Moltó me habló de un posible negocio pero yo no le hice ni caso.

—A ver un momento, Marcel, acércate.

El abogado se levantó de la silla y se acercó al viejo. Este, con un gesto le indicó más, que se acercara más, como si quisiera hacerle una confidencia que nadie podía oír. El abogado se inclinó más y entonces el viejo le cogió de la oreja y le hizo daño.

—¿Y por qué no me lo has dicho a mí, esto?

—Ay.

Aquel hombre viejo y vestido con harapos retorciendo la oreja del hombre elegante y digno, resultaba una imagen casi obscena.

—¿Y por qué no estoy informado, yo, de estas cosas?

La humillación abrió la boca de Marcel Laguardia.

—Porque era un bluf, una comedia sin ton ni son. ¡No tenía clientes, no tenía financiero, no tenía almacén, no tenía transporte, no tenía nada! Se hacía el misterioso, diciendo que no podía hablar, pero no tenía nada. Una puta comedia que hacía para entrar en contacto con la familia, porque le daba miedo teneros en contra o porque estaba desesperado y buscaba dinero y contactos donde fuera.

El viejo le soltó de un manotazo y el abogado dio un paso atrás, tambaleándose, muy ofendido pero conforme.

La señora llegó con el vaso de vino tinto.

—Prueba este vino. A ver qué te parece.

Huertas cogió el vaso y lo vació de golpe, para terminar de una vez.

—Muy bueno —dijo.

Lallana volvía acompañado de la chica de las cejas gruesas. Huertas frunció las cejas con ánimo interrogativo. Como respuesta, Lallana se puso las gafas oscuras con un gesto de dandi, casi femenino.

—No te ha gustado —dijo el viejo Laurel.

—¿Cómo?

—Que no te ha gustado el vino.

—Sí, sí que me ha gustado.

—No. La verdad es que lo hace un pariente mío y no le sale demasiado bien. Pero, como es un pariente... En fin, ahora ya sabes tanto como sé yo, de este caso. ¿Algo más?

—Solo que nos diga cualquier cosa que pueda averiguar a partir de este momento.

—Si sé algo, os lo diré, cojones, que sí.

(...)

—¿Qué coño hacías con aquella chica de los Laurel?

—Es la hermana de Juana de Dios.

—¿Pero qué hacías? ¿Dónde habéis ido?

—Le he preguntado si tenía entradas para el espectáculo que mañana estrena la Juanita en el teatro Arcadia.

—¿A ti te gusta el flamenco?

—Me encanta.

—¡Te la estabas ligando!

—Le he preguntado si en la familia hay alguien que todavía odie a Moltó por aquello que pasó. Y me ha hablado de su hermano pequeño, un tal Cosme. Dice que, de hecho, fue él quien se volvió loco en aquel programa de Moltó...

—¡Hostia, tú, mira que te las buscas difíciles!

—Casi me ha dado a entender que fue este Cosme quien apuñaló a aquel José Luis Liébana. No me cuadra demasiado porque, siendo menor este Cosme en la época, le habrían endilgado a él el tema, para que su hermano no cumpliera condena...

—Dices que no te gustan las chicas fáciles y ahora te entiendo, Toni. ¡Te gustan dificilísimas!

—Pero, vaya, según esta chica, que se llama Florita y habla más que Fidel Castro, quien nos tiene que dar miedo es el pequeño Cosme. Dice la Florita...

—¡Florita!

—... que, de hecho, este Cosme estaba enamoradísimo de Juana...

–Una Laurel, ¡te buscas precisamente una de las hijas del rey de la coca de la ciudad! ¡Cojonudo, Toni, tú sí que sabes!

—Y se ve que es una calentorra y una calientapollas de aúpa...

—Debe de ser cosa de familia.

—Vete a saber si no se había liado con sus hermanos, de pequeños, aquello que pasa, juegos de niños. Y el estallido aquel en la tele, y las puñaladas al Liébana fueron una manifestación de celos...

—¿Pero no ves que te metes en un lío con esta chica?

—El caso es que este Cosme odiaba a Moltó con todo su corazón, lo hacía culpable de la desgracia de toda la familia, el hermano que tiene en la prisión, la Juana expuesta como una puta ante de todo el mundo, incluso le hace culpable de que Juanita se haya liado con Toñito el torero, que al parecer es un estirado que reniega de la familia Laurel...

—Su hermano apuñaló a un tipo sin parpadear, y ahora me dices que su hermano pequeño es otro psicópata...

—Tú lo has dicho. Un psicópata. Florita no se cansa de decir que quien nos debe dar miedo es este Cosme.

¿Y dónde está este Cosme? En el cuerpo de baile de Juana de Dios, en el espectáculo que presentan mañana por la noche en el Arcadia. Y Florita me ha dado dos entradas de platea.

—¿Irás?

—No lo sé.

—O sea, que estabas ligando descaradamente.

(...)

Aquella tarde de domingo, Mika Adalid llamó al móvil de Lallana y al de Huertas, primero al uno y después al otro, porque no sabía que estaban juntos, pasando la tarde en un bar, tomando unos gintonics y hablando de los viejos tiempos, de las mujeres en general y de la Florita Laurel en particular.

—¿Tienes una tele a mano? Pon el programa *Amores y amoríos*. Está hablando la hermana de Aurorita Linares.

Por pudor comprensible no fueron capaces de pedir al dueño del bar que cambiara la información deportiva para poner un programa del corazón, pero sabían que en Jefatura el inspector en jefe Miralles había dado orden de grabar todos los programas de este tipo que se transmitieran y cogieron un taxi hacia allá para ver la cinta.

Los dos, niños grandes, aguerridos y asqueados de vivir, alelados ante la pantalla, contemplando a una pandilla de hombres y mujeres feroces que sometían a una especie de juicio a una pobre mujer maltratada por la vida. Quizá se identificaban un poco con ella. No pertenecía al mundo de los otros, que la consideraban una intrusa y la recibían con manifiesta hostilidad.

Isabel de Lorca, vestida con el mejor modelito que había encontrado en el armario, que no era gran cosa y se veía pasado de moda, maquillada por un experto en remarcar la edad, la fealdad y el fracaso que definían a la perfección el papel que tenía la desgraciada en el drama, estaba sentada en una silla pequeña e incómoda, y hacía lo posible por defenderse de las acometidas malintencionadas de los cinco periodistas que la acorralaban desde sus poltronas.

—A ver, Isabelita de Lorca, guapa, la última vez que hiciste declaraciones a la prensa, debe hacer ahora unos diez años, dijiste "Yo no tengo hermana". ¿Cuáles son, actualmente, tus relaciones con tu hermana Aurora Linares? ¿O todavía no tienes hermana?

—Yo no he venido aquí para hablar de mi hermana. Yo he venido a hablar de Tiaguín Moltó, porque ahora que ha muerto todo el mundo va diciendo que si era tan buena persona y tan buen periodista y la verdad es que a mí me hizo mucho daño y también es de justicia decirlo y hacerlo constar. Porque no era tan bueno.

—¿Es verdad que se interpuso entre tú y tu hermana?

—No.

—¿Que él estaba enrollado con tu hermana y tú te metiste por medio y de aquí viene todo el mal rollo?

—¡De ninguna manera!

—¿Qué te hizo, pues, el Moltó?

—Pues me dejó caer —se disponía a explicar su drama—. Primero me ayudó mucho, me apoyó, me llevó a la cima, y después se olvidó de mí...

Había una vibración de angustia en su voz. De pronto quedaba claro que no tenía nada que decir.

—No tiene nada que decir —constató Lallana.

Asistieron a una ceremonia perversa donde se desollaba a la víctima propiciatoria, una pobre mujer medio analfabeta, sin recursos, lo bastante desesperada para lanzarse a los leones con la esperanza de sobrevivir y ganarse así una nueva vida, mejor remunerada que la que llevaba. No sería una vida mejor, ni más digna, ni más tranquila, ni más placentera, ni más sensata. Quien se mete en este circo solo puede estar pensando en el dinero que le pagarán cada vez que desnude el alma ante el público morboso, exhibiendo todas las varices y los michelines, y las cartucheras, y las arrugas, y los forúnculos y los pliegues llenos de suciedad pestilente.

—Pobre mujer —comentaba Lallana con un tono compasivo que no le iba para nada.

—Hay un incidente entre Tiaguín Moltó y tu hermana. Una relación sexual que acabó mal, ¿no es verdad?

—No, no es verdad. Tiaguín Moltó tuvo una relación sexual conmigo, una sola, y salió mal...

—¿Qué quiere decir que salió mal?

—Pues que salió mal.

—¿Quizá quieres decir que el niño que tuviste era hijo de Santiago Moltó?

—¡No! —gran disparate—. No puede ser. Por edad. ¡Cuando yo conocí a Tiaguín Moltó el niño tenía ya siete años!

—¿Seguro?

—¿Sabes qué me parece, guapa? Que te has metido en un follón. Tú has querido utilizar la tele para volver a la fama pero así has abierto la caja de los truenos, porque ahora se investigará tu vida y saldrá a la luz todo lo que tienes escondido...

—¡No tengo nada escondido! ¡Siempre he sido honrada, y he trabajado, y me he sacrificado por Lucas, y todo lo que he hecho ha sido por Lucas!

—¿Lucas es tu hijo?

—¡Sí!

—¿Te has sacrificado mucho por tu hijo? ¿Tú ahora en qué trabajas, qué haces?

—¡Limpio casas, y a mucha honra!

—¿Es verdad que llegaste a prostituirte?

—Yo no he venido aquí para hablar de mí ni a dar pena a nadie.

—Sí que has venido a dar pena —la corregió Huertas—. Has venido a hacer lo que sea para ganarte los euros que te pagan.

—Pero no se los está ganando —se lamentaba Lallana.

No tiene bastante empuje, le falta discurso, no tiene nada que decir, no sabe defenderse ni mucho menos atacar. Está perdida.

—¿Es verdad o no que te prostituiste?

—¡Sí, señor! ¡He hecho de todo por subir a Lucas!

—No te canses —comentó Huertas—. Declarar en uno de estos programas que un día te prostituiste ya no es noticia.

—¿Quieres mucho, a tu hijo, no?

—¡No he venido aquí para hablar de Lucas!

—¿Por qué no dices mi hijo? ¿Por qué siempre le llamas Lucas?

—¡Porque me da la gana!

—¿Se puede saber por qué has venido al programa?¿Por qué pediste que te trajéramos?

—Pues...

—Muy bien, ahora ya sabemos que lo has pasado muy mal y que no has tenido una vida fácil, como si abrirse de piernas fuera tan difícil. ¿Cuánto has cobrado por venir aquí?

—¡Y a ti qué te importa!

—¿Y tú crees que te estás ganando lo que te pagan?

—¡Pues igual que tú! ¡Igual que todo el mundo!

—Pero quizá no tienes nada que decir. No quieres hablar de tu hermana, no quieres hablar de Moltó...

—¡Es que no me dejáis hablar! —se le escapó una especie de sollozo que la convertía automáticamente en la derrotada del combate. Aquello era equivalente a caerse en la lona.

—¡Pues habla, venga! ¿Qué te hizo Moltó para que cayeras tan bajo como has caído?

—No me ayudó —dijo con una voz estrangulada.

—¿Tenía la obligación de ayudarte?

—¡Perdona, guapa, pero tú te caíste porque tienes voz de cuervo. ¡Oc, oc!

—¿Quizá fue él quien hizo aquellas fotos que salieron en la revista *A que no*?

—¡No! Aquellas fotos...

—Estas fotos que podemos ver ahora mismo en la pantalla...

—¿Las hemos de ver? —imploró la víctima.

—Donde se te veía en la cama con un jovencito...

Fotos en blanco y negro que representaban a una Isabel de Lorca muy joven, muy guapa, muy pícara, en una cama de sábanas revueltas, en compañía de un niño de unos siete años. El niño, a cuatro patas, miraba hacia la cámara con ojos de ilusión y sonrisa de susto. Ella iba con una prenda de ropa muy corta y muy escotada.

—¡No era un jovencito! ¡No era lo que queréis insinuar! ¡Era mi hijo! ¡Y todo fue manipulado! ¡Y aquello no lo sacó Tiaguín Moltó, lo sacó Eduardo D'Assís! Un reportaje con muy mala leche, con un pie de foto que insinuaba lo que no era! ¡Pero aquello lo hizo el Edu D'Assís, no lo hizo el Moltó, no tiene nada que ver con nada...

—¿Entonces, qué te hizo, el Moltó? ¿Cuál es este perjuicio tan grande que te hizo?

—¡Yo te diré lo que te hizo! ¡No te hizo nada! Tú aprovechas la muerte del pobre Moltó para venir aquí y ganarte unos cuántos euros fácilmente...

—No, no, no.

—¿Por qué sales, pues, a la luz, tras tantos años de anonimato?

—¿Todavía no has digerido el fracaso?

—¡Tú sales a sacar pelas a costa de Tiaguín!

—¿No es verdad que tu hermana negó que era tu hermana?

Isabel de Lorca ya no devolvía los golpes. Se mordía el labio, iba de un lado al otro del ring tambaleándose, sonada, le flaqueaban las piernas, estaba a punto del *knockout*.

—¿No es verdad que tu hermana te dio la espalda cuando le pediste dinero para la escuela de tu hijo?

—¿Es verdad que Amparito te llamaba la Muerta de Hambre?

—Sí que es verdad, yo se lo oí más de una vez, pero lo decía con afecto.

—¿Tú quien crees que ha asesinado a Tiaguín Moltó?

—¿Qué tenía tu hermana contra Tiaguín Moltó?

Lallana se levantó, cabreado.

—Esto ya está visto. La han hecho añicos.

—Ella se lo ha buscado —dijo Huertas.

Apagaron la tele.

—No sé qué quería que viéramos, la Mika.

—Vaya comida que se da, en este zoológico. No es de extrañar que alguien haya matado a un periodista de esta clase. Nada extraño.

27

(*La luz del final del túnel*)

El domingo por la noche no hay programas telebasura en la familia Miralles. Ha sido una aburrida tarde de cine olvidable y ahora han improvisado una cena ligera en casa antes de ir a dormir temprano. Ensalada de rúcula y parmesano, escalopa y fruta.

El móvil interrumpe cualquier cosa que Miralles estuviera diciendo y fuerza un gesto de fastidio ritual. Luisa parpadea. "¿Quién será a estas horas?".

—¿Sí?

—¿Superpolicía?

Es Nuria Masclau.

Miralles se excusa con un movimiento de cejas, deja la servilleta a un lado, se levanta, se aleja. Luisa frunce el ceño. Pregunta con un gesto "¿Quién es?". Él niega con la cabeza, "Nada importante".

—Sí, di, di.

—¿Te pillo en mal momento?

—No, no, di. —Señas con la cabeza a Luisa: "Come, come, sigue comiendo"—. ¿Alguna novedad?

—Estoy dándole vueltas a las referencias que hace Moltó a su madre, y aquellas fotos que dijiste que había en su casa. En las primeras líneas dice que su madre lo maltrataba. Su madre era "una auténtica hija de puta que atormentaba al chiquillo que era yo sometiéndome a vejaciones eternas porque no tenían principio ni fin". Y, luego, en el segundo capítulo, insiste en ello...

Trece minutos y veintisiete segundos después, ya estábamos entre las sábanas usadas de casa de la Charo, y la Charo me cogía el pene como si fuera un pezón de vaca y lo exprimía hasta la última gota y todavía quería más y más.

Nadie que no lo haya vivido se puede imaginar cómo es Charo de Félix en la cama. El sueño de un adolescente, la pesadilla de un fraile, el terror de un crápula experimentado como yo que a lo largo de su puta vida ya ha dado de sí todo lo que podía dar. Cinco orgasmos y aún me pedía más. Voluminosa, como un alud de carne agobiante, como un tsunami de lascivia, como el vampiro de la grasa, cayó sobre mí y tuve que forcejear para evitar la muerte por agotamiento.

La sujeté por las muñecas y la mantuve a duras penas a distancia prudencial de la punta de la polla. Era un combate a muerte, una trifulca de rugidos y berridos encarnizada, echando fuego por los ojos. Yo le exigía "resístete, resístete, no permitas que te lo haga porque te quiero violar", porque quería sentir que lo hacía sin su consentimiento, porque me enojaba que lo reclamara con tanta ansia, porque era demasiado evidente que solo me dejaría entrar si ella quería, y yo quería demostrarme que podía entrar porque lo imponía mi autoridad.

Nuestros encuentros siempre acababan igual. Una pelea sanguinaria por todo el piso, sillas rotas, mesas derribadas, luces que explotaban en mil pedazos, mordiscos, puñetazos, "¡resístete, puta barata, no te dejes penetrar por el primero que llega!".

Y ella, como una ballena, se reía con la boca muy abierta, muy y muy y muy abierta, y me mordía la nuca, y después la cabeza, el cráneo, y me iba chupando, me iba tragando, hasta que sus labios me llegaban a las cejas, me tapaban los ojos, me asfixiaban la nariz, hasta que yo tenía que abrir mi boca para no ahogarme y para pedir socorro, pero ella también llegaba hasta mi boca en aquella especie de beso monstruoso, y me cubría la boca con la suya, de tal modo que yo ya no podía respirar, ni replicarle, ni vomitar, y me dominaba la oscuridad.

La oscuridad me dominaba y yo salía disparado, volando hacia la infancia de aquella mazmorra donde me encerraban cuando me portaba mal, la oscuridad abominable más sólida que los muros, donde las ratas, los escarabajos y los monstruos viscosos eran mucho más feroces que a la luz del día, y los perros me perseguían, aquellos perros de colmillos sucios y ojos asesinos, que se te comen, que se te comen.

—"...que se te comen, que se te comen". ¿Sabemos si Tiaguín Moltó sufrió malos tratos de pequeño? ¿Cómo fue su infancia?

Miralles se muestra desolado.

—No. No creo. No hemos, no sé si hemos investigado eso, pero ya te diré algo. ¿Qué crees que significaría eso?

—No lo sé, pero parece que para él es muy importante. Si es importante para él, también puede serlo para nosotros.

—Te lo averiguo y te llamo.

Miralles corta la comunicación y en seguida marca otro número con el pulgar. Luisa está pendiente de él. Al policía le gustaría que su mujer se dedicara a sus cosas, a comer, a ver la tele, lo que sea. Se siente observado.

Contesta el veterano Lallana.

—¿Lallana? Hazme un favor. Había unos parientes de Moltó, ¿verdad? Habla con ellos, pregúntales si sufrió malos tratos de pequeño.

—¿Malos tratos?

—Si su madre le encerraba en un sótano. Si una vez le echó los perros gritando "Que te comen, que te comen".

—No jodas, Miralles. ¿Ahora de qué vamos? ¿De psicoanalistas?

—Tú míralo.

—¿De qué coño nos va a ayudar esto? Moltó es la víctima, no el culpable.

—Tú déjate y mírame eso y mañana me dices algo.

—No me jodas.

—¿Tanto te cuesta?

—No, hombre, no, pero ahora de qué vamos.

Miralles pulsa el botón rojo. Regresa a su vida cotidiana, Luisa, la cena, la tele que ahora está encendida.

Está desconcertado.

¿De qué estaban hablando?

(...)

El día siguiente, lunes 9 de abril, se encuentra a Lallana junto a la máquina de café.

—Lallana —le saluda.

No pregunta "¿Me has averiguado eso?" porque le parece que es temprano todavía y Lallana no tenía ganas de investigar lo que le pidió. Es el otro quien aborda el tema por propia iniciativa.

—Según dice su hermana, Santiago Moltó nunca recibió malos tratos cuando era pequeño. Muy al contrario, se ve que era el niño mimado de su madre. Pero muy mimado. El padre pasaba de él, pero no le pegaba. Lo consideraba un imbécil y un nenaza, nunca se llevaron bien padre e hijo. Pero no le pegaba. Y la madre le daba todos los caprichos. La hermana menospreciaba a Moltó, o sea que no creo que tuviera ningún inconveniente en decir que le habían maltratado, si fuera verdad.

Miralles se lo agradece de todo corazón, con palmada en la espalda y mueca de reconocimiento:

—Muchas gracias, Lallana. Sabía que podía confiar en ti.

—De qué vamos, Miralles, de qué vamos.

(...)

A las once llega Miralles a los estudios de televisión. Sentado en las sillas de espera que hay junto al mostrador de acreditaciones y del arco detector de metales, se encuentra Pepe Baza, conocido periodista de sucesos y tribunales, que se levanta muy contento de verle.

Pepe Baza tiene pelo, cejas y bigote espesos y negros, teñidos, y una mandíbula que se cubre de pelo demasiado oscuro al final del día y de una palidez enfermiza cuando está recién rasurado. Solo tiene grises los matorrales pilosos que asoman por sus orejas. Sabe alzar solo una ceja para pasar por inquisidor incisivo y solo sonríe por una comisura de los labios en una mueca sarcástica de superioridad. Es de complexión atlético-panzuda y viste cazadora de cuero negro, camiseta negra con la inscripción *Tiger Army Never Die* en letra gótica, vaqueros elásticos muy ajustados a sus piernas delgadas y arqueadas y botas militares.

—Inspector Miralles —dice, neutro, burlón—. ¿Un cafelito? —están junto a la máquina de café—. Encantado de saludarte, Pepe Baza.

Le tiende la mano y Miralles se la estrecha.

—A ver qué nos preparan —murmura.

—Los periodistas, ya se sabe —bromea el periodista. Miralles se concentra en sacar un café de la máquina. La moneda, el botón preciso. Pepe Baza carraspea—: Bah, nada, que te quieren ver la cara. María Teresa Olivares es una estúpida, no tiene ni puta idea, ya lo verás. Te preguntará si la cocaína se come con cuchillo y tenedor o con las manos, cosas así, ya lo verás. Tú no le hagas caso.

—Mientras solo me pregunte eso.

—Dije que te llamaran a ti porque la opinión pública ya sabe que eres el responsable directo del caso Moltó y hay que dignificar la imagen de la policía. Todos los medios de comunicación están en guardia, esperando que la caguéis o que os retraséis mucho en la solución del caso, y entonces se echarán sobre vosotros, la oposición dirá que no servís para nada. Tenéis que cubriros las espaldas —utiliza las mismas palabras que Sagrera de Prensa y lo hace con la convicción de quien las pronunció primero—. Hoy tienes que decir que el caso es difícil, que la opinión pública y los medios de comunicación pueden ser un estorbo y hacerlo más difícil todavía. Pero con aplomo, seguro de ti mismo, imponiendo autoridad. Que te dejen trabajar tranquilo.

—Vale. Gracias por el consejo.

Se sientan en las sillas de espera. Miralles mira alrededor buscando una escapatoria. Consulta el reloj.

—Oye, a mí me interesaría —Pepe Baza es de esas personas que se acerca demasiado cuando te habla, de las que invaden tu espacio vital—, estaba pensando, ¿cómo te iría que comiéramos juntos, no sé, este mediodía, por ejemplo? ¿Tienes algún compromiso? Es urgente que hablemos. Me gustaría que me contaras como está el caso Moltó.

—Está bajo secreto de sumario.

—Pero algo me podrás contar.

—Te puedo contar que está bajo secreto de sumario.

—Venga, coño, enróllate, que en el diario me piden media página y no voy a poner lo que pone todo el mundo.

—Invéntatelo —sonríe el policía. Es broma, claro.

—No me jodas —ja, ja—. No, oye, en serio, vamos a comer y hablamos, ya se te ocurrirá algo que explicarme. Oye, en serio, no puedes dejar el caso en manos de la prensa rosa. No tienen ni puta idea. La prensa rosa te lo destrozará, te destrozará el caso y te destrozará a ti. No saben nada. No saben si tú eres comisario, inspector, detective, intendente, sargento, no saben nada y les da igual. Son unos ineptos, lo verás en cuanto entres ahí dentro. Yo siempre he respetado a la policía, pregunta a cualquiera del cuerpo, siempre os he respetado y sé de qué hablo.

—Bien, muy bien —dice Miralles mirando hacia otra parte.

Localiza una papelera y se levanta para echar el vaso de café.

Salva la situación la llegada del tercer contertuliano, presidente de la asociación de vecinos de una urbanización que ha organizado patrullas nocturnas para neutralizar los robos. Pepe Baza lo recibe con muestras de afecto y lo presenta a Miralles. Al oír la palabra inspector, el recién llegado reacciona con visible sobresalto. Se llama Torralba y esquiva los ojos del policía porque le da miedo que le riñan sin una cámara que grabe la bronca. Es una de aquellas personas que se crece en público y se encoge en privado.

En seguida va a buscarles una becaria de producción que les hace pasar los controles, les consigue una tarjeta que deben colgarse de la solapa, pero solo un momento porque no ha de salir por pantalla, y los lleva a la sala de maquillaje. Miralles y Torralba parecen incómodos mientras les pintan, como si temieran que alguien llegara a pensar lo que no es. Pepe Baza, en cambio, demuestra desenvoltura con los chistes de siempre.

—A mí no me maquillan: me caracterizan. Sacan lo mejor que hay en mí, y así no me conoce ni mi madre. No me pintes los labios, que se me ve la pluma.

Las maquilladoras se ríen por compromiso, qué van a hacer.

Luego, les recibe uno de los guionistas del programa, se alegra mucho de saludarles, les dice que hablarán de los robos en urbanizaciones externas al perímetro urbano y les indica dónde deben sentarse.

Por fin pueden acercarse a María Teresa Olivares. Pepe Baza continúa ejerciendo de distendido habitual de los medios y avanza en primer término dando voces y abriendo los brazos:

—Querida Maritere. Guapísima como siempre —se dan besos, se estrechan manos—. Hoy te he traído a un superpolicía, para que te luzcas, ¿qué te parece?

María Teresa Olivares luce la sonrisa propia de los detenidos culpables que saben que saldrán libres en seguida, porque se han montado una buena coartada o porque tienen abogado de pago. Una de esas sonrisas que a Miralles le gustaría poder borrar de un manotazo.

Se sientan en círculo, todos frente a la encantadora María Teresa Olivares de pupilas amenazadoras.

Cuando se encienden luces rojas en las cámaras y ha sonado ya la sintonía, la directora del programa presenta a sus invitados y cede la palabra a Pepe Baza para que introduzca el tema como experto que es. Pepe Baza habla de la oleada de robos que se está produciendo en las urbanizaciones del extrarradio de las grandes ciudades. Da números, porcentajes, se refiere a bandas procedentes del Este que se han formado en el ejército y que actúan como comandos en guerra y, por fin, aventura que la proliferación de viviendas de lujo en zonas rurales favorece lo que en otro tiempo se denominaba robo en descampado.

Torralba, presidente de la asociación de vecinos, emprende un discurso airado en que defiende la teoría de que la policía no hace nada, los políticos no destinan suficientes recursos económicos a la seguridad ciudadana, la justicia tiene manga demasiado ancha con los delincuentes y esto no puede ser de ninguna manera.

Miralles asegura, lacónico, que la policía hace todo lo que puede.

María Teresa Olivares toma la palabra para ir al grano.

—Si no me equivoco, la persona que mató a Tiaguín Moltó, por hablar del crimen más famoso en estos momentos, entró por la ventana de su casa y de noche, ¿verdad? —Miralles se remueve en su asiento. Mira a Pepe Baza, que le responde con un gesto de exasperación, "ya te he dicho que era una hija de puta"—. ¿Podríamos sospechar entonces que el asesino de Moltó era uno de estos ladrones de casas?

—El caso de Santiago Moltó está bajo secreto de sumario.

—Sí, sí, claro, y no queremos que nos revele ningún secreto que no podamos saber...

—Entonces, cambiemos de tema.

—...Pero, para tener una referencia, ¿el modus operandi de los asaltantes nocturnos sería parecido al del asesino de Tiaguín Moltó?

Miralles cede un poco:

—Los ladrones nocturnos no suelen romper cristales de las ventanas porque hoy en día las ventanas tienen cristales muy difíciles de romper. Más bien fuerzan la cerradura de una puerta o entran por ventanas abiertas en noches de calor.

—¿Son peligrosos? ¿Puede ser que Tiaguín Moltó sorprendiera a unos invasores de su casa y se enfrentara a ellos y por eso lo mataran?

—No es probable —dice Miralles, relajado—, porque el primer golpe se lo dieron en la nuca, por la espalda y puede incluso que ese fuera el golpe mortal. Aún no se sabe seguro porque el cuerpo se encontraba en avanzado estado de descomposición y es muy complicado llegar a conclusiones exactas. El forense todavía está trabajando en ello. Y no diré ni una palabra más sobre el caso de Santiago Moltó porque ya he hablado demasiado.

—Solo otra pregunta.

—Si me hace otra pregunta me levanto y me voy. He venido aquí con la condición de que no me preguntarais sobre el caso Moltó y ya os estáis pasando.

Risas, confusión, "cómo sois, los policías, cómo sois", "esto es un tipo duro", y ya no hay más preguntas sobre el caso Moltó.

Más tarde, cuando abandonan el plató, Pepe Baza vuelve a pegarse a Miralles:

—¿Has visto como no puedes fiarte de esta gentuza? Ya te he dicho que has de ponerte en mis manos. Coño, eso que has contado ahí dentro me lo podrías haber contado a mí. Eso era lo que te pedía, un detalle, algo poco conocido. Me dices a mí que no, que si secreto de sumario y pollas, y luego sueltas lo del golpe en la nuca delante de millones de bocazas.

Han llegado al vestíbulo. Miralles se detiene y Pepe Baza casi tropieza con él.

—Está bien, me has convencido. Vamos a comer.

Le ha hecho feliz.

—Así me gusta.

—A las dos en el Tangerina.

—A las dos en el Tangerina.

Salen al exterior donde les esperan los taxis que han de llevarlos a casa o a su lugar de trabajo.

Miralles sube al taxi, pide que le lleven a Jefatura y sonríe.

Pepe Baza se va más contento que unas castañuelas.

28

(*Taquicardia*)

El lunes, 9 de abril, les llegó más trabajo a Jefatura.

Eladio Ribera, con el chichón del botellazo todavía bien visible, entró en el despacho del inspector en jefe Miralles aquella mañana y dijo:

—Santowski juega al golf.

Sobre la mesa del jefe de Homicidios había un periódico abierto por la página de artículos de opinión donde destacaba un titular: "Brutalidad policial". Seguro que hablaba de la detención de Serafín Santowski, durante la que había muerto un hombre.

—¿Y? —dijo Miralles.

—Mataron a Moltó con un palo de golf. El arma del crimen siempre es significativa.

—¿Y qué? —insistió Miralles.

—Pues todavía nada pero iré a investigar al club del que Santowski era socio.

—¿Y Mika qué hace?

—No para de ver la tele. Está como hipnotizada. Poco después se produjo la visita de un viejo escritor de fama Venerable, distinguido, mesurado, cabellos blancos y manos largas y finas que aleteaban como blancas palomas de la paz. Articulaba y escogía cada palabra con una pedantería difícil de soportar para quienes no caían subyugados desde el primer momento.

Le tomó declaración Huertas.

—Santiago Moltó me mantenía sometido a un vil chantaje –dijo—. Hace unos años, cuando por razones obvias yo ocultaba mi condición de homosexual. Y me consta que yo no era el único inmolado. No me sacaba grandes cantidades de dinero, pero me reservaba como su banco de auxilio para los momentos de compromiso. Me telefoneaba y me decía que "necesitaba que le hiciera un préstamo", y ya nos entendíamos. O venía a verme y me preguntaba por otra gente de mi círculo. Chismorreos. Siempre me protegió, quiero decir que nadie de mi entorno supo que era yo quien divulgaba algunos secretos, pero el caso es que lo hacía.

"¿Por qué he venido aquí? Porque he recibido en casa la ficha y las pruebas con qué Moltó me tenía extorsionado. Un envío anónimo, hecho hace poco, después de la fecha en que se supone que Moltó fue asesinado. Les corresponde a ustedes sacar conclusiones.

Se fue tan aristocrático como cuando había llegado.

La llamada anónima remachó el clavo.

—No les diré mi nombre pero yo era una víctima de Moltó, me hacía chantaje. Hoy he encontrado en el buzón un sobre con aquellas fotos que me comprometían. No sé quien me lo ha enviado, pero se lo agradezco. Eso sí: me ha parecido que ustedes tenían que saberlo.

Las conclusiones eran elementales.

—El asesino está haciendo justicia.

—La medida de la ficha que nos ha traído el escritor nos hace pensar que podría caber en una caja de las dimensiones de aquel objeto rectangular que faltaba en el habitáculo de Moltó.

—Una caja de zapatos llena de fichas, fotografías, papeles con los cuales iba sacando dinero a un montón de gente.

—Un tesoro para un chantajista.

—Pero el asesino, en vez de utilizarlo para lucrarse, devolvió el material a las víctimas.

—El asesino hace justicia.

El escritor había llevado el sobre y el contenido y ambas cosas fueron enviadas a la Científica para que buscara huellas dactilares y otras pistas.

Alguien dijo:

—El pijo Eduardo D'Assís, el que encontró el cuerpo, quizá sabía que estas fichas existían. Y no nos ha hablado de ellas.

—Él entró en el lugar del crimen y tuvo que notar que la caja faltaba . O se la quedó para usarla él.

—O para devolver las pruebas del chantaje a sus propietarios.

—Esto no ha quedado nunca demasiado claro.

—Quizá no mató a Moltó, pero sí que cogió la caja de las fichas. Un periodista no se habría podido resistir.

—Llamad a Eduardo D'Assís otra vez. Quiero preguntarle por esta caja.

—¿Qué más? —preguntó el inspector en jefe Miralles.

—¿Le parece poco? —masculló Lallana cuando creyó que el jefe no le podía oír.

Pero hubo más cosas. En aquel caso no dejaban de pasar cosas.

—Declaraciones incendiarias de Juana de Dios —anunció la inspectora Mika Adalid.

29

(La luz del final del túnel)

El Tangerina es un restaurante moderno, administrado por jóvenes imaginativos, de menú etnicoexótico servido por muchachas bonitas y simpáticas. Se encuentra en un rincón de la ciudad donde nunca nadie iría a buscar al jefe de Homicidios en el momento de contar secretos a un periodista más listo que una zorra.

Mientras leen la carta, Pepe Baza puntualiza que esta factura la pagará el periódico, e insiste en pedir un buen vino, el mejor vino que tengan, aunque duda de que en un restaurante como este sepan lo que es un buen vino.

En seguida entra en materia.

—Has dicho que le atacaron por la espalda.

—Todavía no estamos seguros pero parece que sí. Por la posición del cuerpo. No me han llegado aún los informes definitivos de la autopsia, que es muy enrevesada. Encontramos el cuerpo veinte días después de la muerte. Desaparecen los hematomas, se cae la piel, el cuerpo se cubre de gusanos. Es primavera y la casa está en medio de un bosque, de modo que ya puedes imaginarte la cantidad de insectos que había invitados al banquete.

—¿Pero es verdad que le rompieron las piernas? Parecería un acto de venganza.

—Se las rompieron pero puede ser que, para entonces, ya estuviera muerto.

—¿Y quién? —la gran pregunta, formulada con los ojos brillantes e inquisidores clavados en las pupilas indiferentes del policía—. ¿De quién sospecháis? ¿A quién apuntáis?

—De momento, un sicario.

Pepe Baza hace un gesto de sorpresa y decepción. Miralles continúa:

—Un asesino a sueldo. ¿Pero a sueldo de quién? Eso es más difícil de saber. Pero el autor material ha dejado muchas pistas y por él llegaremos a quien le pagó por hacerlo.

—¿Pistas?

—Huellas de unas zapatillas muy concretas por todas partes, unas zapatillas de deporte de marca. Y una huella dactilar.

—Un sicario.

—La pregunta es "¿quién le pagó?".

—¿Quién le pagó? ¿No tenéis ni idea?

—Nos vamos acercando. Alguien de mucha pasta, claro.

Deriva la conversación hacia cualquier tema y Pepe Baza no deja de llenar una y otra vez la copa de vino del policía de una manera demasiado evidente. (

—Mira —dice de pronto el periodista con determinación agresiva, como quien se tira al fin a la piscina, y se juega el todo por el todo, y se quita la careta—: Mira, Miralles, yo te voy a pedir la exclusiva de esta noticia. Ya te he dicho antes por qué. Porque yo conozco el percal, porque yo siempre os he respetado, conozco a la policía y sé lo que necesita, y sé lo que le gusta al público de los sucesos. Eso sobre todo. Pero también porque hay mucha pasta a ganar. No nos engañemos. Mucha pasta a ganar. Estoy hablando de un millón de euros.

Miralles procura mantenerse inexpresivo. Gesto impertérrito de "carajo, sí que es un buen pellizco".

—Ya he hablado con una cadena de televisión, con la producción de un programa de máxima audiencia. Está apalabrado: si yo les llevo al asesino de Tiaguín Moltó, me pagan un millón de euros, ciento sesenta millones de pesetas. Más lo que pueda venir luego de revistas, reportajes, programas de televisión y el libro, si es que escribimos un libro.

—¿Escribimos? —pregunta Miralles.

—Mitad y mitad.

Se lo ha soltado. Están hablando de un negocio de más de medio millón de euros por cabeza.

Bravo.

—Te digo cómo iría. En cuanto tú sepas seguro quién pagó al asesino de Moltó, me lo dices. Pongamos que es el señor Tal. Yo paso el nombre de Tal a la cadena de televisión y lo invitan al programa de máxima audiencia que hacen cada día por la noche. Ya me han dicho que desplazarán a quien sea para poner lo nuestro. Yo preparo una batería de preguntas a los presentadores del programa para que vayan interrogando al señor Tal, y lo vayan acorralando, acorralando, acorralando, hasta que delante de las cámaras, en vivo y en directo, ante una audiencia de millones de espectadores, el señor Tal confiesa el crimen, "¡Sí, sí, sí, yo maté a Tiaguín Moltó, no me presionéis más!", como el protagonista de *El Corazón Delator*. Éxito indescriptible. ¿Qué te parece?

—Brillante —dice Miralles con la sonrisa condescendiente con que se premia a los niños—. Brillante.

—Estamos hablando de un millón de euros, Miralles. No es cosa de broma.

—No, no, claro que no, si no me río.

30

(*Taquicardia*)

Seis o siete inspectores de la Judicial, duros y chapuceros, mirando con atención la grabación del programa *Háblame de ti*.

La periodista, Lucila Fuentes, había convocado a la *bailaora* Juana de Dios por anunciar *Arrebato*, el espectáculo que presentaban aquella misma noche en el teatro Arcadia con tres guitarristas de primera fila y un cuerpo de baile de diez bailarines y bailarinas para lucimiento personal de la estrella, Juana de Dios.

En principio, Santiago Moltó no tenía nada que ver con todo aquello. Lucila Fuentes, sin embargo, no pudo dejar de sacar el tema:

—¿Y crees que te podrás concentrar en el baile pese a tus evidentes vinculaciones con este caso que nos tiene a todos tan nerviosos?

Los policías no veían que las vinculaciones de la *bailaora* con el caso fueran tan evidentes, pero la invitada no protestó por este motivo. Debía suponer que, si los periodistas consideraban que estaba muy implicada en un caso de asesinato, hablarían mucho más de ella y esto debía redundar favorablemente en el espectáculo.

—¿El caso Moltó? –dijo—. No, ningún problema. Yo, los problemas, los causo fuera de la compañía.

—¿Es por eso que despediste a tu hermano Cosme? ¿Tenía que bailar contigo y ya no lo hará, ¿cierto?

—No. No lo hará.

—Pero tomaste la decisión ayer mismo, dos días antes del estreno.

—Mira: el Cosme no estaba en el espectáculo por ser un buen bailarín, sino por ser mi hermano. De hecho, estaba allí de comparsa. Yo garantizo a mis espectadores que no lo echarán de menos.

—¿Es verdad que pediste permiso a tu padre, antes de despedirlo?

—Sí, señora. En mi familia, todo se hace en el nombre del padre.

—¿Y por qué lo despediste? ¿discutisteis o...?

—Está muy excitado, el pobrecillo. No se podía concentrar en el baile. Nunca ha acabado de asimilar que nuestro hermano Adrián esté en la cárcel. Últimamente está fuera de sí. A mí me da miedo que no sea él quien mató a Santiago Moltó.

—¿Cómo? —exclama Lucila Fuentes, estupefacta, sin poderse creer lo que acaba de oír, sin poderse creer tanta suerte—. ¿Podrías repetir lo que acabas de decir?

—Yo no digo que Cosme matara a Tiaguín Moltó. Yo digo que me da miedo que no lo haya hecho.

—¿Pero tienes pruebas de lo que estás diciendo?

—No, no. Solo que Cosme odiaba a Moltó de todo corazón.

—Qué cabrones —exclamó Ribera desde el fondo de la sala—. Seguro que esta dice esto porque se lo ha aconsejado su mánager. Para hacer follón antes del espectáculo. Cuanto más escándalo, más público. Venga. Seguro que este Cosme también está dentro del montaje.

—Mira que no se haga daño, ahora, esta —comentó Lallana.

—¿Qué se haga daño? —huertas manifestaba su escepticismo—. No. No jugaría tan fuerte.

—Es la amante de un torero, la hermana de un asesino y la hija del rey de la coca de esta ciudad —se obcecó Lallana—. ¿En esta escuela, quieres decir que no debe haber aprendido ya a jugar fuerte?

Después, Huertas le diría:

—Lo que pasa es que tú tenías ganas de ir al concierto y hacerte el héroe.

(...)

Al inspector Antonio Lallana, en aquel caso de Santiago Moltó, le importaba un bledo completamente quien fuera el culpable. Me lo confesó unos meses después, cuando yo estaba preparando estas notas, una noche que, después de una buena cena, relajados por el vino, paseábamos por los barrios bajos. Me dijo que le caía tan antipático el muerto como cualquiera de los que pudieran haberlo asesinado. Se dedicó a ello con todas sus fuerzas y su experiencia y curró sábados y domingos como habría hecho en cualquier otro caso pero, si lo recordaba y creía que valía la pena escribir un libro, solo era por la aventura que vivió aquel lunes por la noche en el teatro Arcadia.

Una de aquellas noches que recuerdas el resto de tu vida, y casi se puede decir que le dan sentido. Si alguna vez le preguntan a Antonio Lallana por qué demonios nació, seguro que responderá "para vivir aquella noche del nueve de abril" y considera que ya se puede morir tranquilo. Así es como me lo explicaba él.

Más tarde he oído como la relataba un par o tres de veces y siempre sigue el mismo orden y, más o menos, utiliza las mismas palabras.

Dice que, en la soledad de su piso de soltero, se puso el traje de domingo, con camisa blanca y corbata, y se miró al espejo y pensó que no estaba tan gordo después de todo, que todos los hombres de su edad tenían un poco de barriga y tenían menos musculatura y que aquello, con un poco de gimnasio y dieta, y si dejaba el alcohol una temporada, mejoraría mucho, que se le veía más fuerte que gordo y que las manchas de los ojos siempre habían estado allí, que de jovencito ya le llamaban Panda y que, de todas maneras, con aquellas manchas había enamorado a un buen puñado de mujeres guapas que le habían soportado bastante tiempo. Con estos ánimos se presentó en el teatro Arcadia, con una de las entradas que le había dado Florita, la chica de las cejas gruesas. Y estaba fuera, solo y aislado, perdido entre la multitud de intelectuales que reprimían risas y comentarios y hacían esfuerzos colosales por ser encantadores, cuando le sonó el móvil.

Era Florita.

—¿Vendrás? —preguntó.

Dice Lallana que se le fundió el corazón.

—Ya estoy aquí.

—¿Aquí, dónde?

—En la puerta del teatro.

—Ah, qué bien. Es mejor que vengas aquí detrás porque tengo miedo de que ocurra algo.

—¿Qué ha de pasar?

—Que ha venido el Cosme.

—Hostia.

—¿Has visto la tele, esta mañana? ¿Lo que ha dicho la Juanita?

—Sí.

—Lo ha despedido.

—Ya, ya lo sé.

—Y casi lo ha acusado de matar a Moltó.

—Sí, ya lo sé, ya lo sé.

—Pues ha venido.

—¿Dónde estáis?

—Entre bastidores. Ya te indicarán.

Toni Lallana enseñó la entrada para acceder al teatro y preguntó la manera de llegar detrás del escenario. Se lo indicaron y recorrió un pasillo de columnas doradas y forrado de terciopelo rojo que pasaba por detrás de los palcos y desembocaba en una puerta en la que estaba prohibido el paso. Un hombre antipático le preguntó donde se pensaba que iba y Lallana le mostró la placa.

Volvió a encontrarse solo como un náufrago entre mujeres con vestidos de gitana, *mantillas y peinetas,* y hombres de pantalones ajustados y chaquetas cortas, algunos circulando con guitarras, y tramoyistas, y directores de escena, y regidores y maquilladores, todos ajetreados y nerviosos, con la atención puesta en el telón como si tuvieran miedo de que se pudiera alzar de repente sin ningún aviso.

Por fin, entre los colorines, Lallana distinguió un vestido verde oscuro, unos hombros maravillosos, y reconoció a Florita. Estaba hablando con su hermana Juanita y dos hombres muy bien vestidos y los cuatro parecían bastante preocupados.

Lallana se les aproximó.

—Florita.

La chica giró la cabeza hacia él y dijo "¡Toni!" con voz de heroína de cine mudo y le miró con los ojos llenos de alegría pero también de sorpresa, como si no esperara verle allá. Y dice Lallana que, de pronto, se olió que las cosas no iban como él esperaba.

Florita se le colgó del brazo y se alejó de Juanita y de los dos hombres que le miraban cejijuntos. Dijo:

—¿El Cosme está allá, lo ves? Ha venido borracho y con ganas de bronca, enfurecido. La Juanita está muerta de miedo. Ahora está conspirando con sus amigos, ¿lo ves?

Cosme era el único que llevaba cazadora y tejanos entre cinco jóvenes disfrazados para la función. Resultó que era uno de los dos musculosos cargados de oro que estaban con el Tío Laurel el domingo por la mañana, uno de cabellos engominados y de punta, como un erizo, el que había mostrado una indiferencia insolente a una pregunta del viejo. Lallana no notó ninguna descarga eléctrica entre este grupo y el grupo de Juana de Dios, como si los dos no tuvieran nada que ver.

—Es igual —dijo Florita—. No los mires. Ahora ya estoy mucho más tranquila. Ahora que estás tú aquí —él no sabía qué decir—. ¿Me invitarás después del espectáculo a tomar una copa? Si todo ha ido bien y sin problemas.

—Claro.

Colgada de su brazo y muy pegada a él, para llenar el silencio, la muchacha de las cejas gruesas iba parloteando, indicándole quien era quien. El famoso guitarrista, el famoso director de escena, el famoso decorador, el famoso *cantaor*.

—¡Eh, tú! ¿Se puede saber qué coño haces con mi hermana?

Lallana supo inmediatamente que el grito iba dirigido a él y que Florita lo había atraído hasta allí para ponerle en aquella situación. Curiosamente, aquello no hizo enfadar al policía sino que lo enardeció con la más profunda demostración de amor y deseo, como si le hubieran nombrado caballero de una orden muy selecta, a él entre mil, para salvar a la princesa del dragón. Aquí tenéis a la princesa, allá tenéis el dragón, ya sabéis lo que tenéis que hacer.

—¡Sí, tú! Ya vi que el otro día la mirabas mucho! ¿Se puede saber qué quieres?

Así era como lo explicaba Lallana, lleno de entusiasmo. Se sintió eufórico, joven, atractivo, deseado y fuerte, dispuesto a todo, convocado a un combate singular como hacía tiempo que no le convocaban.

—¡Eh, tú, macarra de mierda, suéltala! Florita le obligaba a dar la espalda al camorrista y lo alejaba hacia la puerta que daba al teatro.

—No le hagas caso. Ven.

—¡Que sueltes a mi hermana, cabrón!

Cosme arrancó a correr y cubrió la distancia que les separaba en tres zancadas largas, como si estuviera practicando el triple salto. Una, dos y Lallana reaccionó al sentir la tercera muy cerca, justo cuando las manos del chaval iban a tocarle.

Dice que se giró violentamente hacia la izquierda, con el brazo izquierdo estirado y rígido, como el aspa de un molino, al mismo tiempo que convertía la mano derecha en puño y la levantaba por encima de la cabeza.

El aspa de molino rompió el movimiento y las intenciones del agresor, que se vio frenado en seco, con una mano agarrando la espalda del policía y otra el cuello de la chaqueta y, antes de que sus pies recuperasen el contacto con el suelo, el puño de Lallana, descomunal, impactó contra su sien izquierda y lo tiró al suelo, brutalmente, como un atillo de trapos estrujados. Al estruendo de mil demonios se añadió el chillido breve, instantáneo, como un chirrido, de la Florita, el murmullo indignado de los artistas, artesanos y visitantes presentes y el bramido rabioso de un Cosme que se puso de pie pataleando y braceando y salió disparado contra el policía como una bala de cañón, con la cabeza por delante.

Explica el policía que en aquel momento tuvo la seguridad de que no podría esquivarle y la fantasía que, si el joven conseguía hacerlo caer, sus amigos se abalanzarían sobre él y le darían una paliza mortal, de manera que afianzó los pies en el suelo y encajó el impacto con la consistencia de una estatua de bronce.

Al llegar a este punto de la narración, Toni Lallana siempre ríe y exclama "me cago en Dios, y recibí, ya lo creo que recibí, y solo reculé un poco, solo un paso atrás". Y añade, inevitablemente "el mocoso no tenía un plan B, hacía las cosas de una en una, había pensado que me haría caer y después improvisaría y por eso, como no caí, no supo qué hacer. En el segundo siguiente, yo ya le estaba agarrando la nuca con la izquierda y con la derecha le mandé una serie de ganchos rápidos, como un pistón a toda velocidad, ta-ta-ta-ta, al estómago, al hígado, al bajo vientre. No eran puñetazos mortales de necesidad, eran cortos y chapuceros, escogí la cantidad por delante de la calidad, pero insistí hasta que noté que se le aflojaban los músculos. Todo en un par de segundos, visto y no visto. Fue tan rápido y los golpes dados tan de cerca, que el resto de gente no fue consciente del daño que le hacía a Cosme hasta que lo solté, rechazándolo con gesto de asco, y el chulín quedó acurrucado en el suelo, gimiendo y jadeando .

Dice que entonces el primer impulso le empujaba a sacar el arma y la placa y ponerse a gritar para mantener al personal alejado con autoridad de policía, pero supo comprender que estaba ante un público amante de los toros y los toreros, que valoraban el coraje y la fanfarronada por encima de todo y se limitó a levantar un poco la barbilla, jactancioso, como quien pregunta "¿Quién es el siguiente ahora?".

Lallana asegura que hacía mucho años que no se sentía tan bien, con el corazón latiéndole con fuerza y la adrenalina circulando a toda velocidad, y le creo.

Los dos hombres que habían estado hablando con Juana de Dios se pararon muy cerca, mirándole con ojos asesinos. Un poco más allá, estaba Juana de Dios con ojos de espanto. ¿Y Florita? ¿Dónde estaba Florita?

Vistos de cerca, los dos hombres, investidos de una potestad y severidad que sugería que eran los productores y dueños del espectáculo, se parecían mucho al viejo Laurel y era casi seguro que compartían apellido. Uno de ellos dijo:

—Gracias —exactamente, "gracias", como si Lallana estuviera allá para cumplir una misión bien concreta y ya la hubiera cumplido correctamente, tal y como ellos esperaban, y ahora ya pudieran prescindir de sus servicios–. Gracias, pero ahora será mejor que se vaya. Tenemos que empezar la función. Ya nos encargaremos nosotros.

Lallana buscaba a Florita con la vista, y no la encontraba, ni a derecha ni a izquierda, ni delante ni atrás.

Tuvo que decir la última palabra, claro está, cuestión de amor propio, "vigilad a este chaval, que acabará mal", e hizo mutis hacia la sala de actos.

Florita le esperaba al otro lado de la puerta, en el pasillo de columnas doradas y terciopelo rojo. En sus ojos (dice Lallana) había un fervor tan incondicional que el policía supo enseguida que había pasado la prueba con nota y que recibiría la recompensa inmediatamente, que aquella noche aún no había terminado.

Y dice que la noche fue muy larga en su piso. La muchacha de las cejas gruesas fue muy generosa con él, le enseñó todo lo que sabía hacer y se mostró más que satisfecha con todo lo que Lallana le supo dar.

Asegura Toni Lallana que no recuerda haber vivido nunca una noche como aquella, que lo sacó de la apatía, de la autocompasión y que hizo subir notablemente la opinión que tenía de sí mismo.

Al día siguiente, cuando tuvo que ir a Jefatura, no dejó a la chica sola en el piso, claro. Con buenos modales le dijo que se vistiera y bajaron a desayunar al bar de abajo y después la metió en un taxi deseando no volverla a ver nunca más. Lallana siempre acaba la narración diciendo que, llegado a una edad, no se ha de abusar de las emociones fuertes.

31

(La luz del final del túnel)

El día 10 de abril, martes, el reportaje de Pepe Baza está sobre el escritorio del despacho del jefe de la Judicial.

"El asesino de Moltó es un sicario pagado por una persona rica y famosa".

"Fuentes fidedignas de la policía nos cuentan que Santiago Moltó fue atacado por la espalda por un profesional del crimen pagado por alguien muy conocido en las revistas del corazón".

"El primer golpe que recibió en la nuca fue preciso y mortal de necesidad y el resto de golpes que descargó el asesino cayeron ya sobre un cuerpo muerto al que rompió los huesos de las piernas y los brazos llevado por una furia homicida..."

La mirada del jefe de la Judicial choca contra la indiferencia insolente de Miralles.

—¿Y esto?

—No podemos llevar este caso sin tener en cuenta a la prensa. Vamos a tener prensa por todas partes, norte, sur, este y oeste, nos van a tocar los cojones desde la mañana a la noche.

—Y tú te has decidido a jugar con la prensa.

—He decidido jugar teniendo en cuenta que la prensa está ahí, tanto si nos gusta como si no.

—Es muy peligroso.

—Pero la prensa está ahí. Si la ignoramos, todavía será más peligrosa. Prefiero torearla y tenerla controlada que ignorarla y esperar un golpe en la nuca.

—¿De dónde sale esto del golpe en la nuca?

—Aún no tenemos el informe de la autopsia. Después de veinte días de muerto, todo es posible. Desaparecen los hematomas...

—... Y la piel se despega y bla, bla, bla. Lo dice aquí. ¿Puedo pensar que esto forma parte de una estrategia, Miralles?

—Llamémoslo así. Digamos que los perros me están mordiendo el culo y yo les echo migajas de pan para que se entretengan.

—Migajas de pan, chuletas...

—Lo que tengo a mano.

—No dejes que cunda el pánico. A ver si, para que no te muerdan, les vas a echar uno de tus dedos. O una mano.

—No tengas miedo.

—Porque esos comen de todo.

—Tranquilo.

—Los periodistas, cuanto más lejos, mejor.

—Vale.

32

(Taquicardia)

La mañana del martes, Ribera entró en el despacho del inspector en jefe Miralles diciendo que ya lo tenía, que ya lo tenía.

—¿Qué es lo que tienes?

—Al asesino. El hombre que Santowski contrató para que matara a Moltó.

—Santowski compraba coca a un cadi del club de golf, llamado Farrás, Vicente Farrás.

Lo había investigado: salido de un barrio periférico, de familia humilde, padre empleado de una empresa de desguace de coches, madre muerta cinco años atrás. Vicente era muy inteligente, muy buenas notas en la escuela, y ambicioso, vecinos del barrio decían que tenía "delirios de grandeza". Había entrado a trabajar en el Club de Golf, pero sus gastos estaban muy por encima de su sueldo. Vendía coca a muchos de los socios, entre ellos a Serafín Santowski.

Por el momento, le habían detenido por tenencia y tráfico de drogas, delito contra la salud pública, que era lo que había propiciado que el juez autorizara el registro de su casa, pero además el tal Vicente tenía antecedentes de violencia bajo los efectos de la droga y del alcohol, sabía utilizar un palo de golf y no disponía de ninguna coartada para la noche del 13 de marzo. Sencillamente, no recordaba qué había hecho. Ah, y en su casa le habían encontrado una gran cantidad de euros cuya procedencia no podía justificar. Él decía que eran los beneficios de la venta de coca pero también podía ser la cantidad que Santowski le había pagado para que matara a Tiaguín Moltó.

Tenía moto, casco integral y unas zapatillas Nike como las que llevaba el asesino.

Mientras tanto, el inspector Antonio Lallana llegaba tarde al despacho del Grupo de Homicidios, con las piernas cansadas y una expresión ausente que miraba al mundo desde una cierta distancia, como el forastero que todavía no se ha adaptado al mundo que acaba de descubrir.

Huertas salió a recibirlo.

—Eh, Toni.

—Eh, Paco.

—¿Todo bien?

—Todo bien.

—¿Te pasa algo?

—No, no. Todo bien.

En los despachos parecía que todo estuviera más desorganizado y caótico que otros días. Todos hablaban a la vez, todos miraban pantallas de televisión y exigían reacciones inmediatas, circulaban documentos y revistas, fotos, se reclamaban presencias imprescindibles y la gente se cabreaba con facilidad.

Huertas no podía apartar la mirada de Lallana.

—¿Estás bien? ¿Seguro?

—Sí. Que sí.

Avanzaban hacia sus mesas.

—¿Cómo fue ayer, en el concierto?

—¿El concierto?

—¿Fuiste a ver a Juana de Dios, no?

—Ah, sí. Uf.

—¿Uf? No jodas. No jodas, Toni, que follaste.

—Uf.

En las pantallas de televisión aparecía el inspector en jefe Miralles, en un programa del día anterior donde había hablado demasiado y había acabado montando el número.

Había revelado secretos de la autopsia que ni siquiera los inspectores del grupo conocían.

Que a Tiaguín Moltó le habían dado un palazo de golf en la nuca. Por detrás.

—¿Pero qué dice? No le pegaron en la cabeza, ¿a que no le pegaron en la cabeza?

El inspectores en jefe Miralles acabó poniendo a la presentadora en su lugar:

—Si continúa haciéndome preguntas sobre el tema, me levanto y me voy. Tengo la sensación de que me habéis preparado una trampa.

Una actitud tan digna resultaba ridícula después de haber contado todo lo que había contado.

Los ojos de Huertas chispeaban ante la sonrisa embobada de su compañero Lallana.

—Suelta, suéltalo todo, que ya lo imagino.

—De hecho, fui al concierto, pero no asistí al concierto.

—¿Por...?

—Porque me encontré a aquella chica, la Florita, la hermana de Juana.

—¡Hostia, hostia, hostia, chaval, tú estás loco!

—Quien está loco es su hermano Cosme. Tuve que romperle la cara.

—Lallana hablaba como un adolescente después de ganar la primera pelea.

Los papeles que circulaban venían del Departamento de la Científica y decían que no habían encontrado huellas dactilares en el sobre ni en el contenido del mensaje que había recibido el insigne escritor. El hecho que, por lo que parecía, fuera liberando víctimas del chantaje de Moltó, inducía a elaborar nuevas tesis sobre la personalidad del asesino. Se suponía que él también podría haber sido víctima del chantaje, que se solidarizaba con quienes habían sufrido como él y, tal vez, había matado a Moltó en nombre de todos. Todo el mundo consideraba que era de vital importancia elaborar una lista completa de los extorsionados por el periodista.

Se exigía la presencia inmediata de Eduardo D'Assís, decían que era el único que podía aclararles qué había pasado con los archivos de Moltó (en aquellos momentos ya se hablaba de los Archivos de Moltó con mayúscula).

—¿Qué coño pasa con este Eduardo D'Assís? —se cabreaba alguien—. ¿No lo habéis citado?

—Dice su mujer que ha salido de viaje.

—¿Nadie le dijo que no podía abandonar la ciudad? ¿Es que no ha ido nadie nunca al cine, aquí?

—¡Que vuelva inmediatamente!

—¿Le rompiste la cara al hermano de Juana de Dios?

—Me atacó.

—¿Y después te tiraste a la hermana de Juana?

—Bueno, sí. Digamos que te hice caso.

—¡Tú estás loco!

—¿Y quieres que te diga una cosa? Tenías toda la razón. Era justo lo que necesitaba.

—¡Lo que necesitabas! ¿Meterte con toda la familia Laurel? ¿Pero tú sabes lo que has hecho?

—Soy feliz, Paco —sonreía Lallana con cara de haberse fumado un porro. O dos.

Otra cosa que circulaba por el despacho, en manos de Mika Adalid, era el nuevo ejemplar de la revista *OK*. En la portada fotografía de Isabel de Lorca, bien maquillada y bien vestida, con gafas de diseño y mirada altiva, "El culpable de mis males fue el productor Jorge Valdemar. Valdemar y yo fuimos amantes. Tiaguín no tuvo nada que ver en mi caída".

En el interior, un amplio reportaje con fotos de la cantante fracasada antes y después de la caída, y reproducción de aquellas donde jugaba en la cama con su hijo. La colección completa, incluida aquella instantánea en que el niño le tocaba el pecho a la madre.

—Algo demasiado mayor para tocar pecho, ya.

—Demasiado mayor para tocar pecho de madre y demasiado pequeño para tocar ningún pecho. Aquí había tomate, seguro.

—No jodas —Huertas estaba más excitado que el mismo Lallana—. Explica. Explica, pero explícamelo con todo detalle. ¿Cómo fue?

Supongo que entonces fue cuando el inspector Toni Lallana elaboró por primera vez el relato de lo que le había pasado aquella noche gloriosa. Desde que se puso el traje nuevo, camisa y corbata y se miró en el espejo.

—Pensé que no estoy tan gordo después de todo, todos los hombres de mi edad tienen algo de barriga, ¿no es cierto? Y no tienen tanta musculatura...

Ribera y Miralles pasaban por su lado. Ribera decía:

—Con todo esto no tenemos suficiente para procesarle pero si volvemos a verle, y volvemos a hablar con él, y hacemos cuatro preguntas por su barrio, tarde o temprano caerá, ya te lo digo yo que caerá.

Miralles no estaba tan seguro.

Lallana continuaba la gran narración ante un Huertas embobado. Un buen amigo es aquel que sabe escuchar embobado y envidioso las proezas ajenas.

—Me presenté en el teatro Arcadia con aquella entrada que me había dado Florita. Y, chico, estaba fuera, solo y perdido en medio de un montón de intelectuales estirados, cuando sonó el móvil. Era Florita. Dice: "¿Vendrás?". ¡Hostia, tío, "vendrás", qué voz...!

—¿Y el retrato robot? —preguntaba alguien que pasaba ajetreado.

—Ya está distribuido. Ya lo está viendo todo el mundo.

La pelea con Cosme ("me cago en Dios, y recibí, ya lo creo que recibí, y solo reculé un poco, solo un paso atrás, y el chulín no tenía un plan B...") y la noche espléndida que pasé con la Florita ("me demostró todo lo que sabía hacer"). Con todo detalle.

—Hostia, tío, tú estás loco —repetía Huertas—. Hostia, tío, tú estás loco, tú no sabes lo que has hecho.

Se moría de envidia. Y Lallana, encantado de la vida.

—¿Qué quieres que te diga? No me gustan las mujeres fáciles.

—¡No hace falta que lo digas! ¡Hostia, tío, no sabes dónde te has metido!

—Pero ha valido la pena, Paco. Te lo juro. No te lo cambio por las mejores putas de tu colección. Pase lo que pase a partir de ahora, habrá valido la pena.

33

(La luz del final del túnel)

Martes, 10, es el día del contraste.

Miralles está cerrando la carpeta de los informes que le han pasado sus hombres, después de leerlos, y cuando se dispone ya a apagar el luz del escritorio y a levantarse de la butaca giratoria, suena el teléfono y está a punto de no responder, pero responde, y le dicen que tiene una visita.

—La señorita Nuria Masclau.

—Que suba.

Entra Nuria envuelta en un vestido verde escotado y sencillo, y en una feliz serenidad, como si no entendiera qué hace aquí, y como si no hubiera visto nunca las mesas, los ordenadores, las luces del grupo de Homicidios y del despacho de su jefe.

Trae buenas noticias.

—¿Hemos progresado?

—Algo. No lo sé. Todo muy inconcreto. No sé si te servirá de algo, pero me parece un juego divertido. Quizá si hablamos de ello saldrá algo que te servirá.

Se sienta. Contempla a Miralles encantada de estar aquí.

—Bueno. Venga —la anima el policía, relajado y tan encantado como ella.

—Quizá sea una tontería pero pienso que Tiaguín Moltó se sentía culpable de algo muy concreto que hizo en el pasado, algo que no quería que se supiera de ningún modo...

—Sí, esto ya lo sabemos, pero no acaba de aclarar qué es. Cuando habla de su secreto, no lo concreta.

—Cuando la Charo de Félix habla del polígrafo.

Charo de Félix ya había agotado toda la fuente de vida que había en mí. Mi pene era cóncavo, huía despavorido hacia el interior de mi vientre. Me hacía tanto daño como si me lo hubiera enganchado en un engranaje (que era exactamente lo que había sucedido) pero entre el pecho y el cuello me había dejado el latido eufórico de un amor maravillosamente venal, un buen grosor de felicidad material.

Entonces, Charo de Félix me lanzó sobre la barriga una teta grávida, más cargada de leche que mis testículos, y dijo, mientras me acariciaba la mejilla, los labios, la barbilla barbuda, el pecho peludo:

—¿Qué te parecería someterte al polígrafo, en mi programa de televisión, y mentir?

Charo de Félix era la puta más puta que paseaba el culo por la pantalla de los televisores. Tenía un programa que se llamaba *Polígrafo* y se follaba a todo aquel que asistía con más fogosidad e inclemencia de como me había jodido a mí. Ir a su programa era equivalente a atarse uno mismo a la pira purificadora y encender el fuego con el dedo gordo del pie.

—¿De qué se supone que hablaríamos? —pregunté—. ¿Qué tendría decir?

—No hablaríamos de tus preferencias en la cama, no te preocupes. Harás el ridículo pero de otra manera y yo necesito llenar un programa de más de media hora —respondió ella despiadada.

—¿Entonces...?

—Y ya está. Aquí se interrumpe la novela. No dice nada más.

—Quizá nunca lo habría dicho. A mí me parece que no se atreve. Por eso escoge la novela y no el reportaje. Y por eso no lo acaba de decir.

—¿Pero qué podía querer ocultar un hombre de quien lo sabemos todo? —aduce Miralles—. Presumía de haberse tirado a todas las mujeres que habían pasado por sus manos, presumía de infiel, se sabe que chantajeaba, se sabe que provocó un asesinato... ¿Qué más podía esconder peor que todo esto?

—No lo sabemos. No lo dice. Quizá para él era mucho peor que todo esto. Quizá interrumpió la novela porque ya no podía continuar. El último escrito es de fecha 9 de marzo. Se calcula que lo mataron el día 13, ¿no?

—Sí, más o menos.

—O sea, que escribió tres capítulos de una tirada, en tres días, y después se paró y ya no escribió nada más en los cuatro días que pasaron hasta su muerte. Se bloqueó. No pudo continuar.

—Me estás diciendo que no terminó de contar nada. Fue incapaz de llegar adonde quería llegar.

Nuria Masclau sonríe radiante:

—Quizá no —Miralles espera que se explique—. Si para él era tan importante hablar del tema, es posible que este tema impregnara el texto desde el principio. Quizá ya nos había dicho desde el primer momento qué era lo que le preocupaba.

La chica está jugando. Miralles se impacienta.

—Venga, suéltalo.

—Es muy poco concreto, una suposición...

—Venga, suéltalo.

—Charo de Félix, la mujer insaciable. Antes, fíjate qué le dice Félix. Félix es un felino, Leo el León es otro felino. Ambos pertenecen a la familia de los felinos. Los dos de la misma familia.

—Vaya.

—¿Cuela o no cuela?

—Bueno, continúa.

—¿Cómo describe a Charo de Félix? Mujer inmensa, pechos que caen sobre él como aludes, y él mordiendo el pezón con voracidad. Si tenemos en cuenta el tamaño de Tiaguín Moltó, que no era pequeño, podríamos decir que está describiendo a una mujer gigantesca. Como un niño describiría a su madre. Enorme, con pechos enormes, a los cuales un niño se amorraría con voracidad, con hambre.

Miralles busca en el cajón superior del escritorio y saca las cinco fotografías enmarcadas que decoraban el habitáculo de Moltó. La mujer voluminosa, de rostro lunar y papada que abrazaba a Tiaguín Moltó amorosa y posesiva; más joven con sombrero años sesenta; con el marido; con la nena en el regazo; sin marido. Las deposita delante de Nuria. Ella se inclina y el escote verde se abre para mostrar más de lo que a ella le gustaría.

Miralles no aparta la vista. No puede.

—"Voluminosa, de rostro lunar y papada." —Nuria no disimula su satisfacción—. A Charo de Félix la describe con los rasgos de su madre.

—¿Entonces, qué quieres decir? ¿Estamos hablando de incesto?

—¿No decían que era un niño mimado de su mamaíta, y que el padre siempre estaba ausente? Esto encajaría. Y sería un buen motivo para avergonzarse, por no atreverse a manifestarlo con claridad. Se sentía culpable y quizá los supuestos e inexistentes maltratos solo eran los castigos que él creía merecerse. El sótano oscuro, quien sabe si se lo montaba con su madre a oscuras; los perros devoradores, a saber qué significan estos perros, "que se te comen, que se te comen ". A saber qué le comían.

Subtexto, sobreentendidos, tal vez insinuaciones. Miralles piensa que Nuria es muy atractiva.

—Pero él decía que se haría rico con el reportaje. ¿Qué quería decir? ¿Un reportaje que hablaría de su vida? ¿De su incesto?

Nuria no tiene respuestas para esto.

Miralles niega con la cabeza.

—No. Tiaguín Moltó no pensaría que podía sacar demasiado dinero de un reportaje sobre él mismo. Se encontró con alguien. La novela se llama *El encuentro*. Se encontró con alguien que le trajo recuerdos, material de escándalo. Pero, de un modo u otro, él salía salpicado de este escándalo. Contar la historia de otra persona le implicaba tanto que sería como someterse al polígrafo y podía representar su fracaso. Un fracaso bien remunerado.

—¿No es esto lo que hacen los famosos de la prensa del corazón? ¿Reconocer sus fracasos a cambio de dinero?

—Entonces tendríamos que investigar a su familia. Tenía una hermana. Quizá ella pueda decirnos algo.

—A ver qué te dice.

De pronto, Nuria Masclau se pone de pie. Se ha acabado la visita. Miralles no sabe reaccionar.

—¿Ya te vas?

—Continuaré con mi *brainstorming*. Esto empieza a gustarme.

—¿Crees que todavía puedes descubrir más cosas?

—Lo intentaré.

—Espera, te acompaño a la salida.

A Miralles no se le ocurre nada que decir en el recorrido hasta la salida. Va pensando que se ha equivocado, que tendría que haberse puesto la chaqueta y haber dicho "Salgo contigo, que yo también me voy". Una vez en la calle, podría haberla invitada a tomar una copa, quizá a cenar, porque es un poco tarde. Quizá. Pero ha dejado pasar la oportunidad.

—Bueno. Mañana te llamaré. Cuando haya hablado con la hermana de Moltó.

—De acuerdo.

También ha perdido la ocasión de despedirse con un beso, o dos, uno en cada mejilla, adiós, un abrazo, la proximidad, el olor de su cuerpo, la mano en la cintura de la chica que ahora se va, se aleja con un gracioso meneo de caderas. El vestido verde se ajusta a las nalgas que hoy a Miralles le parecen sublimes.

Hoy es el día del contraste.

Cuando llega a casa, encendiendo luces desde el recibidor hasta el salón, navegando hacia al faro multicolor y gritón, encuentra a Luisa dormida, como muerta, con un hilillo de baba resbalándole hacia la barbilla. La bata entreabierta, zapatillas roídas, pelo alborotado, como un estropajo. Miralles no puede sacarse de la cabeza a una Nuria Masclau de vestido verde ajustado a las caderas.

El televisor le parece lleno de perros que ladran, mujeronas que insultan a su invitada, una zorra descarada que reconoce que se tragaba diamantes.

—¿Que se tragaba diamantes?

—Iba a joyerías de amigos suyos y, cuando le enseñaban la colección de diamantes, aprovechaba un descuido para coger uno y tragárselo.

—¿Y ahora, como que te han pillado, te haces llamar cleptómana, no, reina? Dado que es una enfermedad, no te dará ninguna vergüenza reconocer que eres una mangui.

Miralles coge el mando a distancia de los dedos inertes de Luisa y reprime las ganas de lanzarlo contra la pantalla para apagar el televisor.

Se limita a pulsar el botón correspondiente.

Callan los perros y Luisa abre los ojos.

34

Lo que me da rabia de las dos novelas que se escribieron sobre el caso Moltó, lo que hace necesaria esta amalgama literaria y mi intervención ocasional para suplir las carencias, es que se desarrollan de espalda al fenómeno televisivo. Como si tanto Pepe Baza como Nuria Masclau se consideraran muy por encima del mundo minúsculo y proletario de la pequeña pantalla. Y así ambos se saltan el momento en qué una putarra llamada Clarisa Oscos, famosilla de mierda, procedente, como dice Pepe Baza, de un "concurso de máxima audiencia que premiaba la impudicia", reveló en el programa Mérito de Luis Bermúdez que ella era la asesina.

¿Cómo has dicho?

Lo que oís.

Esto es exactamente lo que preguntó Luis Bermúdez, haciéndose el sorprendido, cuando seguramente todo estaba pactado en el guión.

Lo que has oído, insistió Clarisa Oscos, satisfecha, "ahora sí que os he dejado de piedra".. Que yo soy la asesina de

Tiaguín Moltó. Y lo quiero declarar aquí, delante de todo el mundo, porque me siento muy orgullosa y porque quiero que todos conozcan mis motivos... Mis nervios no están bien, ya lo sé. Tengo épocas, y ya había pasado demasiado tiempo desde la última crisis. Demasiado tiempo delante de la tele, obcecado con lo que podría haber sido y no soy, demasiado tiempo de consumo obsesivo de programas de teleporquería . Llega un momento en que ya no puedes más y has de decir lo que piensas, has de saltar de la butaca y gritar basta. Lo hice e insulté a la putamierda de Clarisa Oscos igual que ella insultaba a sus compañeros de concurso en aquellos días de gloria que tuvo y que ahora quería prolongar aunque fuera ofreciendo el cuello al verdugo. Hija de puta. Me pregunto hasta dónde puede llegar en su afán de ser famosa.

—Entré por la ventana trasera del habitáculo rompiendo el cristal, y le esperé allá dentro...

—¿Pero qué dices? —repetía Luis Bermúdez, en una magnífica interpretación de conductor de programa de tele que está perdiendo el control.

—¡Porque quería hundir mi carrera! —gritaba ella, como si le hubieran preguntado por los motivos del crimen—. ¡Me lo dijo en la cara! Quería follar conmigo... —Clarisa era de las que salen en la televisión por poder escupir impunemente la palabra follar a la audiencia— y le dije que no me metería nunca en la cama con una foca como él, y se puso rojo como un tomate y me dijo —estas imágenes fueron repetidas en casi todas las cadenas, incluso en un programa de humor que simulaba que las palabras de Moltó eran una especie de revelación de ultratumba y le ponían ecos de interior de panteón—: "Pues no volverás a levantar nunca jamás la cabeza, nadie te invitará a ningún programa de tele, nadie te hará ninguna entrevista para ninguna revista, nadie se interesará por lo que haces o dejas de hacer", y cumplió su palabra, lo hizo, ¡me ignora todo el mundo!

Bla, bla, bla, ya veis por dónde iba. ¿Os parece que este es un buen motivo para matar? ¿Esta imbécil pretendía hacernos creer que había matado a una persona por una tontería como esta? Lo único que sabía de la muerte aquella estúpida era lo que había aprendido en las películas, o en las series de televisión. Es muy fácil matar en el cine. No hay personas, solo imágenes, no hay emoción, solo acción, los golpes no duelen, los disparos son de fogueo, banalizan la muerte para que no nos dé miedo pero hablan de una muerte tan falsa que la de verdad acaba pareciendo insoportable.

Y dice:

No dejé huellas dactilares porque llevaba guantes, y llevaba un chándal negro, muy guapo, muy ajustado, bien sexy, vestida para matar, y allá dentro, que era una especie de trastero, encontré un palo de golf, y esperé, esperé, hasta que llegó Tiaguín Moltó, borracho perdido, apestando a alcohol, hecho una piltrafa, que no sabía ni donde estaba su mano derecha, y dice "Hola, Clarisa, qué haces aquí, cómo has entrado?" y, cuando se gira, para hacer no sé qué, le di un palazo de golf en la nuca, así...

"Palazo de golf en la nuca", dijo la imbécil. Se había quedado con la falacia que publicó Pepe Baza en su periódico sin hacer ninguna comprobación, así, tragándoselo todo, y lo repetía sin manías, como un loro. Tiago Moltó no recibió ningún golpe en la cabeza, hija de puta. El primer viaje lo recibió en el tobillo. Trataba de correr hacia la puerta y, zas, el palo de golf le rompió el tobillo. Entonces el cerdo cayó al suelo. Lo dicen los fragmentos del informe de la autopsia que incluyen Nuria Masclau y Pepe Baza en sus novelas. "Superficie craneal sin alteraciones significativas [...] Impacto claro en el tobillo con una lesión de hundimiento de la cortical del maléolo tibial..." Y los siguientes golpes fueron a las piernas, rodillas, la tibia y el peroné, muchos golpes "abundantes lesiones de impacto que se sitúan desde los tobillos hasta más arriba de las rodillas... Dos bloques de lesiones ubicados en ambas piernas...", y después en los brazos cuando intentaba detener la lluvia de golpes con la mano. Hasta que, en el furor del castigo, un bastonazo fue a parar a los cojones, pam, aquel sí que hizo daño, imaginaos el alarido, "estallido del testículo izquierdo, que ha comportado una hemorragia capsular y la formación de un hematoma en el parénquima por lo que sabemos que se trata de un hematoma por impacto" y entonces los golpes subieron hacia el pecho, pam y pam y pam y pam, "fracturas costales múltiples [...] Anatómicamente se evidencia fractura de segunda, tercera, cuarta, séptima, octava y décima costillas derechas y de tercera, cuarta, quinta, novena y décima izquierdas [...] Se aprecian infiltrados hemorrágicos en la musculatura intercostal...". Y una de las costillas rotas se le debió clavar en el pulmón, zas, "cuadro de muerte por hipoventilación [...] el fracaso ventilatorio se explicaría por las múltiples fracturas costales [...] incapacidad de la caja torácica para realizar una ventilación correcta". Quizá fue una muerte muy lenta. Quizá tardó horas en morir.

Y yo feliz.

¿Queréis que os diga la verdad?

Yo feliz como una criatura.

35

(*Taquicardia*)

Habían terminado de comer en uno de sus restaurantes preferidos, económico pero bueno, con vino de marca y regado con café, cigarro y whisky del bueno de verdad. Lallana estaba diciendo que era la última comida con vino y whisky que hacía, que se retiraba del alcohol por una temporada. Huertas le preguntaba por qué y él decía "por una cuestión de autoestima" y entonces sonó el móvil.

Lallana leyó el número de la pantalla, no lo reconoció y frunció las cejas.

Huertas rió y dijo, con sorna: "¡Florita!"

—¿Sí?

Un grito sincopado, medio cortado por sollozos de terror.

—Toni, por favor, Toni, por favor...

Era Florita.

—¡Toni, por favor! ¡Le he matado, al hijo de puta! ¡Me ha atacado, el hijo de puta! ¡Me quería violar, el hijo de puta! ¡Le he matado, le he matado! ¡Toni, por favor!

Se cortó la comunicación.

Lallana se levantó de un salto, empezó a correr hacia la puerta, Huertas le siguió alarmado.

—¿Qué pasa, Toni, qué pasa? —al dueño del local—: ¡Apúntalo a la cuenta!

No era la primera vez que interrumpían bruscamente una sobremesa, obligados por una emergencia.

—¿Qué pasa, Toni, qué ha pasado?

Lallana no respondió hasta que estuvieron en el interior del Seat Toledo y salieron del aparcamiento. Fue muy breve, esquemático. Florita, aquel hijo de puta del Cosme, la ha atacado, dice que la quería violar, dice que lo ha matado. Después, calló.

Llegaron al barrio feo donde vivían los Laurel. No había coches Z, ni ambulancias, ni las carreras que provoca un homicidio.

Dejaron el coche en cualquier lugar y de cualquier manera y corrieron hacia la casa que habían visitado dos días antes. Si se hubieran fijado, habrían detectado descargas de nervios entre los hombres y las mujeres que llenaban la acera fingiendo que no hacían nada. El hombre de aspecto patibulario que el domingo les había abierto la puerta ahora quería cerrarles el paso.

—¿Eh, dónde vais?

—¡Policía!

—¿Pero dónde vais?

—¡Déjame pasar, cojones!

No había quien parara a Lallana y a Huertas.

Mientras subían con el ascensor, Lallana hizo un resumen en voz alta de lo que se esperaba encontrar.

Más para prepararse a sí mismo que para ilustrar a su compañero.

—El hijo de puta de Cosme ha querido violar a Florita. Está loco. Era un loco. Incestuosos ellos y calientapollas ellas, la madre que los parió. Loco de celos porque sabía que ella y yo nos habíamos encamado. Y ella misma debe haberse encargado de decírselo . Todos locos, a qué cojones juegan. Y la ha atacado. Y ella debe haberle clavado un cuchillo, o algo así.

Los dos hombres que parecían productores de teatro y miembros de la familia Laurel les recibieron en el rellano de la escalera. Uno de ellos iba en mangas de camisa, la corbata aflojada.

—¿Dónde van?

—¿Qué ha pasado? —exigió Lallana.

—¿Qué ha pasado? —replicó uno de los hombres, en el mismo tono.

—¡Déjeme pasar!

—¿Traen una orden del juez?

—¡Vengo a ver a la Florita! ¿Dónde está la Florita?

Los hombres enseguida comprendieron que no les podrían parar, que no era cuestión de organizar una reyerta en el rellano de la escalera.

—Florita no se encuentra bien.

—No puede salir.

—Quiero verla. ¿Qué ha pasado?

—¡Nada, ha pasado!

Pero los dos hombres se apartaron, y los policías pudieron entrar en aquel piso de grotesca decoración.

Había tres mujeres en el corredor, una de ellas aquella enjoyada de las berenjenas rellenas, y las tres miraban en la misma dirección, hacia el interior de una habitación. Era un dormitorio con muebles rosas y empapelado de florecitas. Florita estaba sentada en el suelo, acurrucada, envuelta en una chaqueta de hombre, la del que iba en mangas de camisa. Tenía la cara hinchada y roja, y los ojos se le deshacían en lágrimas.

Lallana solo tenía ojos para la chica. Se agachó a su lado. La muchacha temblaba y él no se atrevía a tocarla.

—¿Qué ha pasado?

Y ella:

—Nada. Vete.

Huertas miraba alrededor y buscaba sangre o señales de lucha. La cama no tenía sábanas, ni almohada, ni colchón. No se veían objetos rotos ni tirados. El suelo estaba limpio. Ninguna gota roja, ninguna salpicadura. No era normal la chaqueta de hombre que cubría a Florita. La chica no llevaba ninguna pieza de ropa, aquello era evidente. Si se hubiera manchado el pijama o el camisón era muy probable que se lo hubieran sacado y la hubieran tapado con lo primero que habrían encontrado a mano. La chaqueta

—¿Cómo que nada? —se exaltaba Lallana—. ¿Qué ha pasado? ¿Qué me has dicho por teléfono?

—Tenía un ataque de nervios —dijo uno de los hombres desde la puerta.

—Tenía un ataque de nervios —repitió Florita, entre sollozos.

—No sabía lo que decía —una de las mujeres.

Y ella:

—No sabía lo que decía.

No obtuvieron nada más. No estaban autorizados a hacer un registro de la casa. Y Lallana no lo hubiera querido hacer, tampoco, y Huertas lo sabía.

Un último intento, para que no se dijera:

—Quiero hablar con el Cosme.

—El Cosme no está.

—¿Dónde está?

—Se ha ido.

Huertas tocó el brazo de Lallana.

—Vámonos.

Eran cosas de la familia Laurel. Ellos sabrían qué hacer con sus parientes. Un día aparecería Cosme y les informaría de todo lo que había pasado, o algún testigo acabaría revelando aquello que todos se temían, o se descubriría un fosa común llena de huesos en algún huerto del vecindario y siempre estarían a tiempo de hacer pruebas de ADN. O nada de todo esto.

Lallana, que estaba agachado junto a la mujer destrozada, se puso en pie y estiró la mano, tímidamente, para acariciarle la mejilla o quizá secarle una lágrima. Expelió aire por la nariz, como si quisiera expulsar del cuerpo malos sentimientos y malos humores, y salió el primero, bruscamente, del cuarto y del piso, abriéndose paso a codazos, seguido de un diligente Huertas que le hacía de guardaespaldas.

Después, en el ascensor, Lallana dijo, amargo:

—Hostia, qué poco duran los buenos momentos. Mejor que disfrutemos, porque duran bien poco.

36

Las declaraciones que había hecho por la mañana Clarisa Oscos me habían aturdido mucho, pero mucho. No tenía pastillas ni alcohol en casa y no quería comprar, no quería comprar no sé por qué pero no quería comprar y recuerdo que paseaba arriba y abajo del comedor, que me costaba respirar, como en un ataque de asma, o de ansia, o como si estuviera a punto de ponerme a llorar y no pudiera arrancar las lágrimas.

¿Llovía, os acordáis? Era un día lluvioso, y a mí los días lluviosos, de baja presión, me afectan mucho, me deprimen, me vienen ganas de romperlo todo. Pero no era entonces. Ya hacía días que me encontraba mal. Hacía días que liberaba mi locura en el gimnasio hasta que no podía más, y corría a hacer mi trabajo de vigilancia, pero ya no me podía hipnotizar con la tele, esto sí que no. El efecto lenitivo de los programas del corazón se evaporaba. Naufragaba en un estado febril que, poco a poco, me iba alejando de la realidad, si entendéis lo que quiero decir.

Ya solo me faltaba enterarme de que Aurorita Linares acudiría aquella tarde al programa de Alma Cortinas para encontrarse con Isabel de Lorca. Ya solo me faltaba esto. Renuncié a verlo y fui a desfogarme al Delicias sin dejar el vídeo grabando ni nada.

Si supe de qué hablaron Aurora e Isabel aquella tarde es porque después lo pasaron muchas veces, pero da igual, no me interesa. No quiero pensar en ello.

Reencuentro de la puta triunfadora y la pobre fracasada. ¿Isabel habló del encuentro que tuvo Tiaguín Moltó aquel día de primeros de marzo? No lo sé, no lo sé, no tuve que haberlo dicho nunca.

Dijo Isabel de Lorca: "Yo fui amante de Tiaguín y del productor Jorge Valdemar al mismo tiempo y Tiaguín me arruinó la vida explicándole todo a Valdemar". Mentira, mentira, ¿por qué tenía que decir esta mentira? La gente va a la tele y, delante de las cámaras, no dice la verdad, dice cualquier cosa que piensa que puede deslumbrar a los espectadores, dice lo que cree que la gente espera que diga. ¿Quién espera encontrar la verdad en la pantalla de un televisor? Todos dicen cualquier cosa, todos inventan, todos manipulan. Lo único que interesa a los directores de la tele es que te quedes mirando su cadena, que no te vayas, y para conseguirlo nunca te dirán la verdad porque la verdad ahuyenta a la gente.

Y bebí como antes, rompiendo la abstinencia de casi un mes, cubata, cubata, cubata, cubata, aunque ya sabía donde me podía llevar aquello, ya lo sabía, claro que lo sabía, pero no podía hacer nada. Y volví a casa arrastrándome por el suelo, renegando del mundo y de la especie humana, con el alma amargada por mi propia miseria. Y cuando hablo de miseria, quiero decir miseria, si queréis entenderme.

Dios mío, cada vez que pienso lo que yo hubiera podido llegar a ser y no soy, cada vez que miro a mi alrededor esta mierda de piso, esta mierda de ropa que llevo, esta mierda de vida, la hostia, que no me digan que no hay motivos para coger una pistola, una ametralladora, y subir al edificio más céntrico de la ciudad y empezar a liquidar a la puta humanidad, no me digáis que no hay motivos, pero matar de verdad, no como en las películas, no como mata Clarisa Oscos.

Matar de verdad.

37

(La luz del final del túnel)

Todo el día dedicado a Nuria Masclau.

Pensando en ella, Miralles ha ido a ver al inspector Lallana y le ha preguntado por la hermana de Santiago Moltó.

—Y dale con la hermana. ¿Ahora qué quieres saber? ¿Si fue un hijo deseado? ¿Si fue adoptado?

—No. Solo quiero saber si follaba con su madre.

Lallana se ríe. En este caso irracional, ya está dispuesto a encajar cualquier delirio.

Pensando en Nuria, Miralles se hace acompañar a casa de la hermana de Tiaguín Moltó.

Por el camino, el veterano Lallana explica a Miralles que ya tienen un retrato robot del sospechoso de la moto bastante aceptable y que hace un día que trabajan en ello. Lo han comparado con las fotos de todos los que salen en las revistas del corazón, y con las fotos de delincuentes fichados, nacionales y extranjeros. Lo han mostrado a todos los confidentes y lo han enviado a Interpol, por si se tratara de un sicario conocido.

Ahora mismo se lo enseña a Miralles por si acaso puede reconocer al individuo. Miralles no lo reconoce.

—De momento no se lo hemos dado a la prensa, ni a la del corazón ni a la de sucesos, para que no trascienda, pero ¿qué te parece si...?

—Sería una locura —dice el jefe de Homicidios—. Aquí todo el mundo quiere tomar protagonismo, tanto los lectores como los famosos como los periodistas. Y están dispuestos a decir cualquier cosa con tal de salir en los papeles. Resérvatelo de momento. Necesitamos discreción.

—Casi lo tenemos —protesta Lallana, contrariado—. Seguro que alguien puede reconocerlo.

—Este del dibujo es el asesino a sueldo —replica Miralles—. Puede ser cualquiera. No tiene por qué tener antecedentes penales. Cualquier delincuente inmigrante, del Este, o de América del Sur, o de África, un muerto de hambre dispuesto a ganarse unas pelas haciendo cualquier cosa. Yo quiero encontrar a la persona que le pagó.

Les interrumpe el sonido del teléfono de Miralles. Como va conduciendo Lallana, el jefe de Homicidios puede responder.

—¿Sí?

—Miralles, soy Pepe Baza, ¿eh? —el hombre que habla deprisa y claro—. ¿Qué pasa con esta que dice que ha matado a Tiaguín Moltó?

—¿Una que dice que ha matado a Tiaguín Moltó? —se sorprende Miralles, derivando la pregunta hacia Lallana. Este hace un movimiento de cabeza que quiere decir "No hagas caso".

—¿No lo sabes? Una tía, ayer por la noche, se declaró la asesina de Moltó, en la tele. Una que se hace llamar Clarissa Oscos.

—No hagas caso.

—¿Pero es o no es ella? —exige Pepe Baza, muy nervioso porque tiene un negocio de un millón de euros en juego.

—No lo sé, Pepe —suspira Miralles—. No descartamos nada. Quizá la interrogaremos y ya veremos qué nos dice.

—Miralles: te recuerdo lo que te dije el otro día. Para mí la oferta todavía está en pie, ¿eh? Medio millón de euros pata ti si podemos llevar a la tele a la culpable. Pero, si es esta, ya nos ha pisado el negocio.

—Pues qué le haremos. Si es esta, se nos ha adelantado incluso a nosotros. Qué mierda.

Cuelga con brusquedad.

—¿Qué sabes de una tal Clarissa Oscos? —le pregunta a Lallana.

—Que dice que lo mató de un golpe en la nuca.

Miralles hace una mueca, encoge los hombros y mira al frente.

Sorprenden a Amparo Moltó cuando salía con el carro de la compra de un piso modesto, de los de protección oficial de la época franquista, en un rellano de la escalera que necesita una restauración urgente. Hay manchas de humedad, desgarrones en las paredes, han desaparecido algunas piezas de madera de la barandilla, hay mucho jaleo procedente de la calle y de otros pisos, y olor de comida barata. La mujer es alta, voluminosa, tetuda, de mejillas carnosas y mandíbula cuadrada. Lleva el pelo recogido en una castaña alborotada, usa vestido estampado de flores descoloridas y zapatos de monja, y les recibe con un grito:

—¿Otro vez!

Se resigna a invitarles a pasar a un habitáculo incómodo, demasiado pequeño para ella y aún más para los tres juntos, con pasillo estrecho de ángulos rectos y habitaciones repletas de muebles, trastos y recuerdos.

—Y qué queréis, ahora?

Miralles se sienta en la punta de la silla, apoyado en la mesa, como a punto de empezar a correr. Lallana pasea por la habitación ajeno a todo aquello, y se entretiene mirando cada detalle ornamental. El recuerdo de Vigo, las copas de cristal, la jarra de cerveza con la bandera norteamericana. No se ha quitado las gafas oscuras y su presencia aliña la entrevista con una chispa de amenaza.

—¿Qué relación tenía su hermano Santiago con su madre? —pregunta Miralles.

—Jaime. Le llamábamos Jaime. Y ya se lo dije a su compañero. Era el niño consentido. Todo era para él, todo lo que él hacía estaba bien, aunque pasara de ella y la tuviera abandonada como un trapo sucio. Él vivía como un rey en la parte alta, con un cochazo como de aquí a allá, y la madre murió aquí, en este piso, en esta miseria.

—¿Y usted, se llevaba bien, con la madre?

—Las hijas no se llevan casi nunca bien con las madres. Yo era la chacha. Mientras yo ponía mesa y fregaba los platos y hacía las camas, Jaimito jugaba con los Madelman. Hacía vestiditos para los Madelman.

—¿Vestiditos?

—¡Yo qué sé a qué jugaba!

Amparo Moltó tiene un hablar monótono, indiferente y resignado. La muerte de la madre y el hermano parecen haberla transportada a una nueva vida alejada de todo aquello, una especie de paz hecha de furia reprimida, desde donde puede contemplar el pasado sin que le haga daño.

—El caso es que usted y su madre no se entendían, y Jaime sí que se entendía. Pero al final, usted la cuidó y él se desentendió.

—Cosas que pasan. Durante el tiempo en que estuvo enferma mi madre, Jaimito no vino ni un día a verla. Ahora bien, ella siempre encontraba una disculpa para su hijito. "Que tiene mucho trabajo, que ya sabes cómo es..." Las madres son así.

—¿Y usted qué le decía?

—Que Jaimito había llamado, que tenía mucho trabajo, que había enviado dinero. Las hermanas somos así de imbéciles.

—Pero parece ser que le quería. Al menos hablaba bien de él.

—¿Yo? Quererlo. Era un hijo de puta. Si hablaba bien era para hacerla feliz a ella. Mamá era una santa, pero él era un hijo de puta.

—¿Cuando fue la última vez que vio a su hermano?

—¿En persona? Porque en la tele le veía a menudo. En persona, quizá el día que vino a pedirme dinero. Hijo de puta. Se lo había reventado todo. Le habían echado de la universidad, de la tele, de la revista.

—¿Por qué?

Amparo Moltó responde con fatiga, chasquea la lengua, mira a un lado y otro, con ganas de terminar lo antes posible.

—¿Por qué? Porque era una mala persona. Para rehacerse del desastre económico, no se le ocurrió otra cosa que jugar. El póquer. Jugar y beber y beber y jugar. Se lo pulió todo. La ruina total. Y un día no se le ocurre nada más que venir a verme, borracho perdido, para pedirme dinero.

—Y no le dio, claro.

—¿Darle? Me cagué en la madre que lo parió.

Se abre la puerta de la calle y entra una joven adolescente de ojos feroces que hacen creer a Miralles que pertenece a la familia de Leo Pastor y Charo de Félix. Mirada felina y cautelosa. Viste un chándal ancho que disimula unas formas ya voluptuosas y carga una bolsa de deporte. Las letras chinas que decoran el chándal sugieren artes marciales.

—Estos señores son policías —le dice Amparo.

—¿Otra vez?

—Estábamos hablando de tu tío —interviene Miralles.

—Un hijo de puta.

—Y de tu abuela.

—Una víctima —encoge los hombros—. Una víctima idiota que se hacía la víctima.

—¿Por qué dices que era un hijo de puta?

—Porque nunca nos ayudó. Ni cuando era rico ni cuando era pobre.

Miralles se gira hacia Amparo Moltó:

—¿Y el padre de Jaime, quiero decir, vuestro padre?

—Un cero a la izquierda. Otro cobarde que huyó.

En el camino de vuelta, el veterano Lallana es quien conduce el coche y, sin apartar la vista de la calle, murmura un poco electrizado:

—¿Te parece que es esta la que contrató al asesino a sueldo?

Miralles no contesta. Lallana continúa su murmullo impertinente:

—Este es un rodeo innecesario. Si pillamos al sicario él nos dirá quién le pagó.

Miralles le deja hablar. Casi no le escucha. Él está pensando en Nuria Masclau.

(...)

El jueves 12 de abril se alarga.

Cuando Miralles se disponía ya a terminar el trabajo, va a buscarle el jefe de la Judicial y los dos han tenido que subir a ver al jefe superior.

Ha seguido una reunión insoportable llena de esto no puede ser, se está alargando demasiado, hemos de decir algo a la prensa, recibimos presiones de todas partes, estamos en las portadas de las revistas más vendidas y más leídas del país, se multiplican las especulaciones, se hacen apuestas.

Miralles replicaría "y a mí qué me explica, dejadme en paz" pero, en vez de esto, expone unos cuantos de los pasos que han dado hasta ahora y los resultados obtenidos, no todos, claro está, porque sabe que es más fácil que haya filtraciones en la prensa cuando los altos cargos están informados de todo. Habla del sospechoso de la moto y del retrato robot que han obtenido, pero no dice nada de la novela que escribía Santiago Moltó ni del análisis que le ayuda a hacer Nuria Masclau. Pero el jefe superior no cesa de preguntar y la reunión se alarga hasta bien avanzada la noche.

Cuando acaban, ya en la calle, Miralles llama a Nuria Masclau.

—Tengo muchas cosas que explicarte. Hemos ido a hablar con la hermana de Moltó.

—Yo también he hecho algún progreso. Tengo otra idea divertida.

—¿Qué te parece si voy a tu casa ahora?

—Claro. Ven.

—Pero es muy tarde.

—Da lo mismo. Ven. ¿Has cenado?

—No.

—Yo tampoco. Prepararé algo.

Más tarde, mientras conduce, Miralles utiliza el manos libres para comunicarse con Luisa.

—Estoy en Jefatura. Esto se está alargando demasiado. Llegaré tarde. O quizá me quedaré a dormir aquí, en el sofá del despacho.

—No estás en Jefatura, Pedro.

Se produce un silencio breve pero profundo como el pozo que lleva hasta el centro de la tierra. El momento que Miralles siempre temió sin saberlo. Aquí era donde jamás quisiera haber llegado. Luisa la pasiva, Luisa la embobada ante la tele, se planta y habla con voz firme y alta.

—He telefoneado a tu despacho al ver que te retrasabas. He hablado con Berengueras y me ha dicho que habíais tenido una reunión, pero que ya habíais acabado, que venías para casa y que no podías tardar.

Miralles aspira aire por la nariz y llena los pulmones de mala leche.

—No voy a casa porque tengo otras cosas que hacer –responde—. Me están presionando. En esta reunión el jefe superior me ha presionado mucho. Estamos en las portadas de las revistas más vendidas y más leídas del país, se multiplican las especulaciones, se hacen apuestas. Esta noche aún he de hacer otra visita.

—¿A quién? ¿A la periodista que te ayuda?

Es tan insólito que Luisa hable así, tan inesperado y ofensivo, que Miralles se queda sin palabras. En un pronto de furia, cuelga y, enseguida, desconecta el móvil.

Nuria Masclau le abre la puerta a un piso luminoso, risueño e ingenuo, decorado con carteles de publicidad antiguos, Netol, Chocolates Suchard, Norit el Borreguito. Cuatro tablones entre dos escaleras abiertas forman unos estantes llenos de libros leídos. El comedor es de Ikea. Los papeles y los libros que rodean el ordenador, en la mesa de trabajo, están ordenados con pulcritud. No hay televisión. Un niño de siete años con un pijama que parece un traje de presidiario de película de Charlot está sentado en un sofá amarillo y lee un libro ilustrado.

—Él es Roger —Nuria hace las presentaciones—. Él es Pedro.

—¿Eres el policía? —pregunta Roger—. ¿Llevas pistola? ¿Puedo verla?

—Ahora no —interviene Nuria—. Ahora tienes que irte a dormir.

El niño, bien educado, acata la orden sin resistirse. Se despide de Miralles estrechándole la mano y Nuria lo acompaña a su cuarto. Miralles siente que ha llegado a un hogar feliz. Justo el refugio que necesitaba.

Mientras Nuria se entretiene con su hijo, quizá explicándole un cuento, Miralles da una vuelta por la sala. Mira los lomos de los libros que llenan los estantes, *Los cínicos no sirven para este trabajo: sobre el buen periodismo* de Ryszard Kapuscinski, *La canción del verdugo* de Norman Mailer, *La post-televisión: multimedia, Internet y globalización económica* de Ignacio Ramonet. Se entretiene en las fotografías de Roger haciéndose mayor. Bebé, los primeros pasos, riéndose con Nuria en el columpio. En una fotografía se ve a Nuria con un hombre mayor, calvo y con gafas, de torso atlético, que debía ser su padre. Los dos tan felices de estar juntos.

Nuria vuelve. Ha pasado por la cocina y pone sobre la mesa unas alcachofas salteadas con jamón, un par de lenguados a la plancha, fruta, vino y agua.

Aunque se siente lastrado por la inquietud de lo que debe estar esperándole en casa, Miralles come bien y se explica con desparpajo. Demora el tema que le ha llevado hasta allá porque teme que, si va al grano, la velada se acabe enseguida y se verá expulsado a la calle y tendrá que ir a casa y enfrentarse con Luisa. Por eso inicia la conversación diciendo que está cansado, que vaya mierda de caso, que vaya mierda de programas hacen en la tele.

Se sorprende hablando mal de los periodistas, diciendo periodistas así, en general, carroñeros que disfrutan aireando la mierda de la gente, hasta que cae en que Nuria es periodista y le está saliendo al paso con una sonrisa sarcástica.

—Bueno, perdona, claro que no todos los periodistas sois iguales.

—Del mismo modo que todos los policías no sois iguales —acepta ella—. Hay corruptos, torturadores, ladrones y asesinos, pero por suerte la mayoría sois de la otra especie. No somos solo los periodistas, Pedro. Son los tiempos que corren. Son los cirujanos que hacen operaciones innecesarias para cobrar una millonada, y los que se niegan a hacer operaciones necesarias porque han de irse de vacaciones, y el odontólogo que hace ortodoncias en bocas que ya son ortodoxas, y los arquitectos que diseñan casas donde ellos no vivirían nunca, y los constructores que hacen castillos de naipes que se hunden cuando soplas, y jueces que no saben lo que es justicia. Son los tiempos que corren, Pedro. Tiempos en que un solo fin, el de ganar dinero, tanto dinero como puedas, justifica cualquier medio.

Se apoya en el respaldo de la silla, cansada por el esfuerzo efectuado, consciente de que se ha enrollado.

—¿Qué te parecen las alcachofas?

—Deliciosas. El vino es más dulce cuando se mezclan los sabores. Pero continúa, por favor. Me gusta escucharte.

—No, no, que soy muy charlatana y, si me dejas, te endiño un mitin.

—Por favor.

—No, no. Hablemos de tu caso.

—Hay tiempo. Te quedan cosas en el tintero.

Ella suspira. Acepta.

—No, si está todo dicho. Son las leyes del mercado. Este es un gran mercado de sentimientos elementales. Hay gente que los quiere consumir, por lo que sea, para sentirse superiores, para encontrar sentido a su vida, para conformarse con su manera de vivir, para reírse de los ricos, por lo que sea, hay un público que lo demanda, y hay un montón de gente que decide vender aquello que los otros necesitan.

—Mientras haya puteros, habrá prostitutas —apunta Miralles.

—Exacto. Y quien no se quiere prostituir, no se prostituye. Mira Serrat, mira Sabina, mira Ana Belén, y tantos otros. No se meten en este mercado, no entran al juego, se hacen respetar y los respetan. Todo el mundo sabe a qué se expone si entra en este baile. Pero es dinero fácil y muchos famosos y famosas, que no están tan seguros de merecer la fama, creen que la única manera de mantenerse en el candelero es vendiendo el alma a la prensa. Y una vez has caído ya no te dejan salir. Con el diablo solo se firma un contrato, que no podrás rescindir nunca jamás. ¿Te gusta el lenguado?

—Riquísimo.

—No tiene ningún secreto. Lo hago a la plancha, con un pellizco de sal y le añado aceite hirviendo en el que he freído un ajo.

—Riquísimo.

Miralles sonríe para demostrarle que está muy a gusto. Le gusta que sea charlatana y que haga mítines. Le gustan las mujeres con convicción y empuje, entusiastas de sus propias ideas.

—Hay redacciones de revistas —retoma ella, para complacerle— que se han llamado en algún momento "el banco de los famosos". Cuando algún famoso o famosa necesita dinero, va allí y les vende lo que sea, su boda, el bautizo del hijo, el desnudo de la hija, a veces sin el consentimiento de la hija, su intimidad, su divorcio, sus fechorías. Es igual si son falsas. Es igual si la boda se deshace unos días después, porque así podrán vender el divorcio y aún ganarán más dinero. A veces venden todo el paquete: el noviazgo, el matrimonio, la infidelidad, el divorcio, la reconciliación. Puede durar tanto como quieras. Seis mil euros cada aparición en la tele, si ya eres famoso. Tres mil si eres un aspirante. Las que salen desnudas en las portadas de las revistas a veces cobran estos mismos precios a cualquiera que les quiera echar un polvo. Solo debes saber encontrar la madame que las representa en Internet. Todos sabemos como es este mundo. Si no quieres polvo, no te metas en esta era pero, si te metes, de ahora en adelante tendrás que convivir con fotógrafos y cámaras y los insultos y las críticas crueles de periodistas salvajes que se divierten con estas cosas. Hay muchos infiernos y muchas clases de demonios.

—En todas partes —afirma Miralles.

Ya están sentados en el sofá, él con un vaso de whisky en la mano y ya es momento de abordar el tema que se supone que le ha traído hasta aquí. La conversación con la hermana de Moltó. La relación de Moltó con la madre.

—Es curioso, pobre mujer, que todos los que la compadecen y la quieren defender, acaban llenándola de mierda. La misma Amparo dice que Jaime Moltó era un hijo de puta, sin darse cuenta de que está hablando de su propia madre. A continuación, para acabarlo de rematar, Amparo se caga en la madre que lo parió. Otra vez. La madre cubierta de mierda. Después viene la nieta que hace taekwondo y dice que la abuela es una víctima imbécil que se hacía la víctima. La han dejado como un trapo sucio.

Nuria ríe. Trata de ponerse seria y mueve la cabeza. "Sí, sí, así son las cosas."

—¿Y tú? ¿Qué más has sacado de la novela?

—Ah, una idea muy divertida, que me ha animado —Nuria hace una pausa con sonrisa brillante que anuncia un buen rato—. Tiaguín Moltó nos habla de una ninfómana, de una mujer insaciable. "Charo de Félix, la insaciable, la que siempre quiere más y más. Me cogía el pene como si fuera un pezón de vaca y lo exprimía hasta la última gota y aún quería más y más."

—Sí, sí, lo recuerdo.

—Me he preguntado: ¿qué es una mujer insaciable? ¿Qué es una ninfómana? Es una mujer insatisfecha, no satisfecha, una mujer que no tiene lo que quería —Miralles piensa que Nuria parece una mujer que tiene todo lo que quiere—. Si lo miramos desde la óptica del hombre, tenemos una mujer que pide demasiado. Pero, si lo miras desde el punto de vista de la mujer, quizá tenemos a un hombre que no es capaz de dar todo lo que debiera dar.

Miralles asiente. Se esconde tras el vaso, algo incómodo.

—O sea —resume la periodista—. Un hombre que no funciona en la cama.

Miralles abre la boca, suspira, afirma con la cabeza. Sí, suena bien. Pero se siente un poco desasosegado.

—Pero —opone enseguida— alguien dijo que Tiaguín Moltó funcionaba muy bien en la cama.

—Seguro que lo decía él.

—No, no —Miralles está recordando algo que confirma la teoría de Nuria—. Alguien salió en la tele, déjame recordar, que dijo que un día Moltó tuvo un gatillazo con una mujer. Que la mujer lo pregonó por revistas y televisión. ¿Quién era?

—No lo sé —Nuria espera la solución—. Yo no sé nada de este mundo.

—Lo encontraré. O la encontraré.

De pronto, llegados a este punto, Nuria consulta el reloj y Miralles comprende que acaba de perder todos los trenes.

—Estoy muy cansada —dice ella, y él piensa que, si lo hubiera dicho de otra manera, tal vez podría intentar algo. "Se ha hecho tarde" podría relativizarse, el tiempo es relativo. "Estoy muy cansada", pero, es absoluto y definitivo. Si está muy cansada, no hay nada a hacer.

—No me espera nadie —dice el inspector.

Cualquiera diría que quiere dar pena.

No da pena.

—¿Y el anillo?

Miralles se toca la alianza y la hace rodar en un intento de sacársela.

—El anillo está naufragando.

—Si no ha naufragado del todo, quizá todavía estés a tiempo de salvar a las mujeres y a las niños. O los muebles, por lo menos.

Esto es un no. Esto es un no. Vete.

Miralles se pone en pie.

—Bueno —dice.

Ella no le retiene. Se levanta para acompañarlo hasta la puerta. No hay oportunidad de contacto físico, no se despiden con un beso. Su relación es solo profesional.

—Hasta la vista.

—¿Tenme informada, eh? Que la exclusiva es mía.

—Claro.

Miralles se encuentra en la calle, solo y sin lugar adonde ir.

Acaba en su despacho, buscando el sueño en el sofá donde acaban las largas noches de guardia. Le gustaría pensar en Nuria, porque está convencido de que siempre es más sano mirar hacia el futuro, pero no puede sacarse a Luisa de la cabeza.

(...)

A la mañana siguiente, cuando llama a Luisa, al otro lado del teléfono, Miralles se encuentra con un vacío oscuro y tormentoso hecho de pausas vertiginosas.

—Ayer estaba nervioso. Quizá no nos entendimos.

—¿Ya hablaremos, eh? —dice Luisa.

—¿Cómo estás?

Ella tarda en contestar. El silencio significa "¿Cómo quieres que esté? ¿Qué quieres oír? ¿A qué juegas?". Y dice, vocalizando con mucho cuidado:

—¿Vendrás a dormir?

Gran pregunta.

—Claro que vendré a dormir.

—Bueno, entonces ya hablaremos.

Y ahora tendría que colgar, pero no cuelga. Quiere que sea él quien lo haga, porque ha sido él quien ha provocado esta situación abominable.

—Nuria —dice Miralles. Quería decir "Luisa". Cierra los ojos, ahora querría fundirse. Querría improvisar una excusa pero sabe que, si lo hace, todavía agravará más las cosas. Acaba, sin aliento—: Ya hablaremos esta noche.

Y cuelga.

Cuelga él. No ella. Que quede claro.

Se encierra en el despacho y se pone a ver en la tele los programas del corazón que hacen por la mañana.

En el programa *Mérito* de Luis Bermúdez se preguntan por qué nadie ha detenido a una tal Clarissa Oscos, que ayer declaró en vivo y en directo que era la asesina de Tiaguín Moltó, que ella en persona le había dado el golpe mortal con el palo de golf en la nuca.

—Nadie hace nada —dicen indignados—. ¿Por qué? ¿Por qué ni la policía ni los jueces actúan contra la culpable? ¿Quién protege a Clarisa Oscos desde las alturas?

El inspector Miralles embobado delante del televisor.

Lo mismo que Luisa.

A lo largo de la mañana, reconocerá al individuo de cabellos azules que berrea. Le llaman Amadís Hernán. Él fue quien habló del gatillazo de Tiaguín Moltó.

Solo mueve el brazo y la mano y las pupilas para coger el móvil y llamar a Lallana. Sin apartar los ojos de la pantalla ni cambiar de expresión, le dice que quiere hablar con aquel personaje tan pronto como sea posible.

38

Jueves, día 12 de abril, yo ya tenía todos los datos que necesitaba y la necesidad frenética de saltar de la butaca y lanzarme a la calle para hacer justicia de una puta vez, la polla en la mano para metérsela en la boca de quien se lo mereciera, y ya estaba saturado de la porquería que me echaba encima el televisor. Sentado en el sofá, ahogándome en mierda, exasperado por las mentiras y los absurdos grotescos que decía todo el mundo en aquella puta competición de despropósitos hipnotizadores, burla y humillación de los espíritus cándidos que les contemplaban atrapados para siempre en un infierno de feliz estupidez donde ya no hacía falta pensar ni preguntarse porqués. Allí estaba el bobo de Luis Bermúdez lamentándose de que todavía no hubieran detenido a Clarissa Oscos. ¿No se había declarado culpable de asesinato? ¿Por qué no se movilizaba la policía inmediatamente para detenerla? Quizá contaba con que los inspectores que llevaban el caso se plantarían automáticamente en la puerta del plató con las esposas preparadas para pillar a la asesina en vivo y en directo. No lo habían hecho. En el coloquio posterior de Mérito los tertulianos y tertulianas proyectaban preguntas suspicaces con una ceja más levantada que la otra:

—¿Por qué nadie detiene a la culpable?

—¿Qué oscuros intereses se esconden detrás de este caso Moltó?

—¿A quién no le interesa que se resuelva?

Recurrieron al asunto Santowski.

—¿Qué hay detrás del asedio injustificado a Serafín Santowski?

—¿Por qué la policía mató a un hombre durante la detención de Santowski? ¿Qué pasó aquel día?

Una trabajadora de la cadena de televisión, testigo de la detención de Santowski, declaraba:

—Aquello fue muy extraño. Estábamos trabajando tranquilamente, en plena realización del programa del día. Nos habíamos parado un momento para preparar la siguiente entrevista, cuando llegó la policía. Dos, fuertes y con cara de mala leche. Entrar ellos y estallar la violencia fue todo uno. De pronto nadie entendió nada. Los policías habían llegado hasta la sala donde trabajábamos sin provocar ningún motivo de alarma, educados y bien, pero de pronto se lanzaron sobre Serafín Santowski. Entonces se produjeron carreras y nadie entendía qué pasaba, Santowski se alarmó mucho, y el pobre Germán, aquel técnico, se puso en medio para separarlos. Pero estaban ciegos y no había quien los parara y, mira, el pobre hombre salió rebotado. Le dieron un empujón sin ningún miramiento y cayó por la escalera. No lo hicieron expresamente, ¿eh?, yo no digo que lo hicieran expresamente, pero iban acelerados, no miraban dónde pisaban.

Técnicamente no había ninguna mentira en aquella declaración. Nadie podía reprocharle nada a la chica. Solo era una versión de la verdad. Una demostración de que la historia puede escribirse de muchas maneras y resulta muy difícil no falsearla.

Era una alegre contribución a la teoría de la conspiración necesaria para maravillar al público idiota y aumentar la audiencia.

La exasperación se me llevaba. Ni Luis Bermúdez ni nadie de su equipo tenía derecho a la vida, paseando la polla-micrófono entre las amas de casa que formaban el público incauto, violándolas cada vez que se la acercaban a la boca. Diga, diga, chupe, chupe, mámemela bien mamada sin perder su sonrisa infantil y boba.

Clarissa Oscos, ofendida porque nadie quería enchironarla, abundaba en la mentira diciendo que Aurorita Linares siempre fue la amante de Tiaguín Moltó (¡mentira!) y que ella había tolerado y había bendecido las relaciones que él tenía con otras mujeres (¡mentira!), que ella espiaba estas relaciones desde la habitación de al lado (¡mentira!) o mirando después los vídeos que él grababa (¡mentira!), lo sabía seguro (¡decía la puta furcia pelandrusca feladora profesional!) porque él mismo se lo dijo cuando quería ligársela e incluso le propuso hacer un trío con Aurorita (¡mentira!) porque decía que Aurorita estaba enamorada de ella. Me encontré pegando puñetazos a la vitrina, gritando "¡Mentira, mentira, mentira!" mientras me ensordecía con el estruendo que hacían las copas y los platos del interior del mueble al romperse. Hija de puta mentirosa, hija de puta feladora de mierda, hijo de puta el presentador que lo permitía.

¿Y yo qué hacía? ¿Qué debía hacer?

Más tarde, en el programa *Palabra de honor* de Kiko Plencia, el productor Jorge Valdemar se sometía al detector de mentiras "Ni soy del Opus ni fui amante de Isabelita de Lorca."

Y yo, en casa, le clavaba el palo de la escoba en el corazón, como se mata a los vampiros, se lo clavaba en el culo, babeando de rabia, sacando fuego por los ojos, mentirosos, mentirosos, el polígrafo está trucado, todo está trucado, todo está comprado, cabrones, os mantenéis en vuestro puto mundo de ricachones de mierda a fuerza de mentiras y trampas, jugáis haciendo trampas.

Jugáis haciendo trampas, cojones.

39

(La luz del final del túnel)

Por la noche Miralles entra en el piso y le sorprende que las luces estén encendidas, como si él ya hubiera llegado. Le sorprende que al final del corredor no le esté esperando el televisor escandaloso. Le resulta tan desconcertante que no se quita la chaqueta ni deja la pistola en el cajón de la consola. Solo avanza hacia adentro estirando el cuello como si una multitud se interpusiera y por fin se topa con una Luisa atareada con una caja de cartón, bloques de porexpan, cables, una pantalla de televisor de plasma y un manual de instrucciones.

—¿Has comprado una tele?

—Se nos ha estropeado la que teníamos —dice ella sin mirarlo.

—¿Y ya está? ¿Se estropea y la tiramos y compramos otra?

—Sí.

—¿Y dónde está la otra?

—Se la han llevada los que han traído esta.

—Pero valdrá mucha pasta...

—Estaba de oferta.

—Pero las cosas no se pueden hacer así. Se estropea la tele, pues la tiramos y compramos una nueva. ¿Es que somos millonarios? ¿No había posibilidad de arreglarla?

Luisa se le enfrenta. Muy enfadada.

—No, no se podía arreglar, ya no se puede arreglar nada. Porque le he dado una patada y la he tirada al suelo y se ha roto en pedazos...

—¡Entonces has sido tú...!

—Y no me da la gana quedarme sin tele, porque me hace mucha compañía...

—¡Es culpa tuya!

—¿Lo has entendido? Me hace mucha compañía y la necesito. Ahora más que nunca. ¡Y si te parece que el principal problema que tenemos es la tele que me he comprado, es que no entiendes nada!

Miralles se queda sin palabras y Luisa, que tiene tantas cosas por decir, baja el tono de voz:

—Preferiría que no durmieras más en esta casa hasta que no arreglemos las cosas.

—¿Qué?

—Que preferiría que no durmieras más en esta casa hasta que no arreglemos las cosas.

—¿Y dónde cojones quieres que duerma?

—En la misma cama donde dormiste ayer.

—No dormí en la cama de... —Miralles se queda con la boca abierta. Se siente idiota—. Ayer dormí en el despacho.

—Y una mierda. Y yo voy y me lo creo.

Miralles se siente vacío como una muñeca hinchable. Es incapaz de ligar una respuesta coherente y contundente y, cuando da media vuelta y se va por el pasillo, parece que es otra persona quien lo mueve, parece una marioneta sin voluntad.

Tres cuartos de hora después se encuentra llamando a la puerta de Nuria Masclau y no sabe cómo ha llegado allí.

Abre la puerta aquel hombre grande, calvo, con gafas que había en la foto con Nuria.

—¿Sí?

Anoche Miralles pensó que se trataba de su padre pero está claro que no lo era, Don Luis Masclau no era tan alto, él había visto su foto más de una vez y no se le parecía en nada. Ayer Miralles no quiso entender la realidad. Este hombre vive en esta casa.

—¿A quién busca? ¿A Nuria?

—Ah, claro, sí, a Nuria —el hombre aún espera—. Ah, soy Pedro Miralles.

—¡Ah! —el hombre grita hacia el interior—: ¡Nuria!, ¡Miralles! —y a él—: Pasa, pasa.

Llega Nuria por el pasillo, con camiseta blanca muy ajustada que le marca los pechos y los pezones, pantalones tejanos que marcan su cintura mínima, descalza.

—Pedro.

El hombre le ofrece la mano abierta.

—Me parece fantástico este experimento de la investigación a través de la novela. No sé si servirá de nada, pero resulta imaginativo y, no lo sé, original.

Miralles le estrecha la mano. Pero no pasa. Ninguno de los tres se atreve a moverse.

—Pasa, pasa, por favor. Nuria dice que vais haciendo progresos. Ayer estuvisteis trabajando hasta tarde, ¿no? Yo estaba de viaje. Lástima, porque me habría gustado participar de... ¿Tienes novedades?

Miralles no se libera del vacío interior, como creía que pasaría al ver a Nuria. Confiaba que, al encontrarse de nuevo con ella, volvería a tocar con los pies en el suelo, se sentiría tridimensional, animoso, vivo. Y no es así. La presencia del hombre calvo con gafas es una poderosa interferencia.

—Es mi compañero —aclara Nuria, aunque no hace falta-, Martín.

Miralles querría irse de aquí pero no sabe como hacerlo.

—Pasa, pasa.

Ya no puede hacerlo. Está atrapado. Nuria ha cerrado la puerta y le acompañan, casi le empujan, hacia el interior del piso luminoso, risueño, ingenuo y decorado con carteles de publicidad antiguos, hasta el salón sin televisor donde ayer se hizo ilusiones.

Roger está sentado en la butaca amarilla.

—¿Hay novedades? —pregunta Nuria.

A Miralles le cuesta responder.

—Oh, sí, bien —improvisa—: Tenemos el retrato robot del asesino. Y estoy dudando si mostrarlo a la prensa o no...

Martín se disculpa:

—Perdonadme. He de estar por Roger. Vosotros id tirando. Toma algo.

Martín y Roger les dejan solos.

Entonces cambian las expresiones de los rostros. Nuria lo ha entendido todo.

—Lo siento. Quizá hubo un equívoco ayer.

—No, no. Bueno, sí... —el equívoco en casa con Luisa.

—¿Quieres tomar algo?

—Sí.

Le trae un vaso con whisky y hielo. Miralles se sienta en una silla porque no quiere quedar repantingado, porque no se siente cómodo, porque no se quiere sentir cómodo, y explica lo que sucedió, con toda sinceridad.

—¿Pero a ti qué te pasa con Luisa? —pregunta Nuria, ingenua.

Las preguntas ingenuas a menudo son las más difíciles de responder.

—Algo se ha echado a perder.

—Y ya está. Y la tiras. Como el televisor. ¿Le has dado una patada y la has enviado a paseo?

—No, no, no es eso.

—Ni se te ocurre que pueda repararse. Tienes la sensación de que algo se ha echado a perder y ya está, la tiras y té compras otra. ¿No piensas que las relaciones, todas las relaciones, no solo la tuya, se están volviendo de usar y tirar, como un pañuelo de papel? Y está usado y ya está, hala, te desprendes de ella y te compras otra.

—¿Para eso existe el divorcio, no?

—Tú no me has dicho que con Luisa seáis del todo incompatibles, no me has dicho que ya no la quieres. No me has dicho que habéis agotado los intentos de convivir. No has hecho nada. Tienes la sensación de que las cosas no son como eran y terminas, te vas, la mandas a la mierda, supongo que la haces culpable de todo porque ni siquiera le dices nada, no le comentas nada. Si no os entendéis, dejadlo correr, pero antes tendréis que hablar para ver si os entendéis o no, ¿no te parece? Tendréis que hablar, ver qué piensa el otro, ¿no te parece?

—No es tan fácil —dice él.

Nuria, después de una pausa, reflexiona sobre sus palabras y está dispuesta a reconocer el error.

—Es verdad, no es tan fácil, perdona. Yo qué sé. Estaba haciendo como esta gente de las revistas del corazón, ¿no? Quedarme con lo más elemental, lo más primitivo. Como los libros de autoayuda. Cuatro obviedades que te han de salvar la vida. Si el codo te duele cuando te lo tocas, no te lo toques y listos.

Miralles asiente y bebe.

—La vida —continúa ella, pensativa, enzarzándose en uno de sus mítines— es muy y muy complicada, y hay quienes tratan de convencernos de que es muy sencilla. Como hacía yo hace un momento. "Si no quieres esto, no lo cojas; si quieres ir por aquel camino, ve; si no quieres vivir con esta persona, no vivas, eres libre de hacer lo que quieras, y lo que haces lo haces porque quieres." Y no es tan fácil. No somos tan libres. La vida no se puede resumir en un eslogan elemental de autoayuda ni en un titular de diario que enseguida está entendido. Vivimos inmersos en paradojas, contradicciones, ambigüedades, dudas, ensayos y errores y, en cambio, cada día que pasa, se impone más el discurso plano y sencillo y lineal de los idiotas, incluso en aquellas personas que tendrían que ser las más sabias. Los políticos, los economistas, los científicos, todos hablan como idiotas con eslóganes y titulares de cinco palabras como máximo. Los políticos prometen imposibles, y lo saben, y lo sabemos todos, mienten y acusan al rival de mentir basándose en el principio infantil del "¡Y tú más!". Las teorías económicas que hoy triunfan se basan en sofismas banales y chapuceros. Si se llevan una fábrica a otro país, si despiden a todos los obreros que quieren, si han de organizar una guerra, si han de corromper a quien sea como sea, hemos de aceptar que todo esto se hace por el progreso del país y de la sociedad, y punto. Tú imagínate lo que ha de hacer el propietario de una fábrica de armamento para vender el máximo de armas posible. Tú imagínate lo que pueden hacer y hacen los laboratorios farmacéuticos para ganar cada vez más dinero y más y más. Solo es necesario tener un poco de imaginación.

—Nuria —dice Miralles.

—El otro día un médico en la tele dijo que ahora, con las pantallas de ordenador en las consultas, todo va mejor porque así el médico se ahorra mirar a los enfermos a los ojos.

Miralles la está mirando a los ojos.

—Nuria –pausa—. ¿Qué dices?

Ella sonríe y baja la vista, como avergonzada.

—Perdona. Es que no sé qué decir. Miralles también sonríe, a disgusto. Deja el vaso sobre la mesa. Se levanta.

—Me voy.

—¿Me tendrás informada del caso?

—Claro. Tú tienes la exclusiva.

Esta noche Miralles volverá a dormir en el sofá del despacho. O se quedará allá, estirado y dándole vueltas al mitin de Nuria, que cada vez le parece más sabio y oportuno.

40

(*Taquicardia*)

El Toni Lallana que entró en el despacho del Grupo aquel viernes 13 era una figura funesta, encorvado y con la cabeza hundida entre los hombros, con la ropa arrugada y apestando a sudor, como si hubiera dormido vestido.

Huertas le conocía lo suficiente como para saber que llevaba una resaca de aquellas insoportables. Lo mejor que podría hacer era volver a casa y dormir. No había otro remedio.

—Eh, Toni.

—Hostia, me duele todo. ¿Qué tenemos hoy?

—Nada en particular. Creía que habías dejado el vino y el whisky.

—De vez en cuando se me olvida.

—¿Y la autoestima?

—También se me olvida.

—¿Quieres que te diga lo que necesitas, tú?

Lallana le miró y quizá se disponía a contestar "no ni me importa" o "no me lo digas" pero el inspector en jefe Miralles había salido del despacho y reclamaba la atención de todo el mundo porque tenía novedades del caso Santowski. Le acompañaba Eladio Ribera.

—Santowski se ha esfumado. Y acabamos de encontrar a su mujer muerta, en casa. Él hace tres días que no va por el trabajo y por el estado del cadáver de la mujer se calcula que está muerta desde hace tres días. El juez ha dictado orden de busca y captura. Estamos buscando al argentino en estaciones y aeropuertos.

Después de la campanada, mientras la gente abandonaba el trabajo y se expandían los murmullos y las preguntas ansiosas, el inspector en jefe Miralles se acercó a Lallana y Huertas y les interrumpió.

—Hemos de atender a una que viene —les anunció asqueado. Cuando le miraron, él desvió las pupilas hacia el cielo, como si pensara que no sabía si podría soportar muchas payasadas más—. Una que dice que ha matado a Moltó. Lo dijo ayer en la tele y hoy nos lo viene a comunicar en persona.

—¿Pero —protestó Lallana— parece que el caso está cerrado o a punto de cerrarse, no?

—No creas —respondió el jefe de Homicidios, desanimado—. Según el forense, hay muchas posibilidades de que la mujer de Santowski se haya suicidado. Era una neurótica depresiva que había hecho muchos intentos. De hecho, si Santowski tenía tanto miedo de que ella se enterara de sus visitas a la *madame* Yolanda, era porque temía que la mujer se le suicidara. Por lo que sabemos, es probable que él encontrara el cuerpo de la mujer y, alarmado, cogiera el equipaje y se largara. Ya sabéis que él tampoco está nada centrado.

—Pero una cosa no quita la otra —razonó Huertas—. ¿No había un cadi del Club de Golf que tenía todos los números de ser el culpable?

El inspector en jefe Miralles negaba con la cabeza.

—Nada. Tenía moto pero no era Montesa Impala, el casco integral no era como el que habían visto las vecinas de Moltó ni la camarera de la gasolinera, y no tenía ningún mono azul ni de ningún otro color, y no respondía al retrato robot.

Los tres movieron la cabeza haciendo una coreografía de la lamentación

—De manera que id a hablar con esta espontánea.

—¿Pero —Lallana se resistía— hay la más mínima posibilidad de que sea ella la asesina?

—No, claro que no.

—Entonces, por qué cojones debemos recibirla?

—Nunca se sabe lo que puede decir. Esta chusma forma como una gran familia. Todos saben muchas cosas de todos. Es su trabajo. Lallana dijo "la madre que lo parió" antes de que el jefe estuviera lo suficiente lejos para no oírle. El famoso tándem Lallana y Huertas se puso en movimiento, perezoso, para ir a conocer a la loca de turno.

41

(La luz del final del túnel)

—Eh, inspector. Tenemos aquí a Amancio Fernández.

Miralles abre los ojos, la luz le ciega, la voz ha sido un sonido sin significado, le duelen los huesos, dormía en mala postura, tiene la boca amarga, nota el olor del sudor que impregna su ropa arrugada.

—¿Quién?

—Amancio Fernández. Que ha venido aquí.

—¿Quién?

—Aquel de la tele. Nos dijo que le citáramos.

Quien habla es uno de los agentes que están de guardia permanente. Dado que Miralles todavía no comprende, ha de aclararle:

—Uno que se hace llamar Amadís Hernán.

—Ah. El del pelo azul.

Se levanta del sofá por fin.

—Hazle pasar. Ahora vengo.

Arrastra los pies hasta el lavabo, consciente de que tiene una pinta horrible. El espejo le confirma las peores sospechas.

Tiene bolsas oscuras bajo los ojos rojos, como si el único whisky que tomó ayer se hubiera multiplicado por veinte. Y le duele la cabeza. Quizá tomó los diecinueve whiskys restantes en el camino entre casa de Nuria y Jefatura y ahora no se acuerda, y esta es la peor resaca de los últimos años.

Se desnuda de cintura para arriba y se lava mojándose el torso y las axilas. Se salpica los pantalones. Se peina mal. Tiene hambre. Está de muy mal humor. Ahora debería llamar a Luisa, o a Nuria, y olvidarse de títeres de pelo azul a los que ahora mismo no sabe qué ha de preguntar.

Se saca el sueño de los ojos a manotazos de agua, y recuerda el gatillazo de Tiaguín Moltó.

Se pone la camisa y se mete la corbata en el bolsillo. Si él hubiera sido citado en comisaría y se encontrara con un policía como el que llena el espejo, se asustaría mucho y pensaría que estaban a punto de torturarlo.

—Mejor —dice con voz ronca.

Vuelve al despacho.

Allí se encuentra al personaje de pelo azul y de punta, rimel en los ojos, la boca comprimida y tendencia a dirigir los codos hacia la cintura y abrir las manos como quien dice *voilà*. Cuando lo vio en la tele, Miralles lo confundió con una mujer.

—No es esta —le dijo Luisa—. Es este. Amadís Hernán.

Le molesta que la presencia de este tipo le recuerde a Luisa. Amadís Hernán se va encogiendo en la silla a medida que Miralles se acerca. Está esperando la primera bofetada.

El inspector Antonio Lallana espera con una nalga sentada en una esquina del escritorio. Parece asqueado de compartir el aposento con este individuo que protesta con voz aguda.

—¿Por qué me han traído aquí? Yo no he hecho nada. Todo lo que tengo que decir ya lo he dicho en la tele. Solo tenéis que ver la tele y ya está. Yo no tengo secretos.

Miralles ocupa la butaca que está al otro lado del escritorio. Lallana retira su muslo y va a apoyarse a la pared.

—Quiero que me hables de algo que contaste en la tele. Que me amplíes el tema —una pausa para acentuar la expectación y añade—: La disfunción eréctil de Santiago Moltó.

—¿La qué?

—Creo que tú le llamaste gatillazo.

—¿Qué?

El inspector Lallana se está preguntando a qué viene esto y se impacienta. Miralles también se impacienta porque se siento ridículo.

—¿No me explico lo bastante bien? Dijiste en la tele que Santiago Moltó tuvo un gatillazo con una amante, y que la amante lo proclamó a todo el mundo, por televisión y a las revistas.

—Ah, sí.

El hombre ríe y mueve mucho los brazos.

—Ah, sí, ahora mismo no caía. No lo tenía presente. Al decírmelo de esta manera, tan de pronto, me he quedado algo aturdido.

—Venga, pues. Empieza.

—No hay mucho que contar. Todo el mundo sabe que Tiaguín iba detrás de Isabelita de Lorca desde sus inicios. Por fin, sería el año 91 ó 92, se la llevó al catre y allí no funcionó. Cuando a Isabelita le empezaron a ir mal las cosas, pues la echaron de la película que rodaba y le mandaron a la mierda una gira, ella se enfadó mucho y dijo que era culpa de Tiaguín Moltó, que no le había perdonado nunca aquello del gatillazo y que ahora quería hundirle la carrera.

—No lo entiendo.

—Yo tampoco lo entiendo, pero estas cosas pasan en mi mundo. Durante unos días, las revistas y las teles tuvieron gatillazo en todas las portadas, después se olvidó el gatillazo, a Isabelita de Lorca e incluso a Tiaguín Moltó. Y a otra cosa, mariposa.

El agente irrumpe de nuevo en el despacho sin llamar ni disculparse, un poco asustado.

—Perdone, inspector. Perdonad. Hay follón. Una de estas famosas ha venido a entregarse. Dice que es la asesina de Santiago Moltó. Está abajo, con el abogado y un montón de fotógrafos y cámaras y gente con micrófonos.

Dice Lallana, distante y filosófico:

—Esta es la Clarissa Oscos. Dice Amadís Hernán, tieso de furia:

—Clarissa Oscos, hija de puta, mamona, repugnante y asquerosa.

—Encárgate tú, Toni —dice Miralles, impasible—. Mándala a la mierda. Yo continuaré con este.

—¿Continuar? —protesta el personaje de pelo azul—. ¿Qué más hemos de continuar?

Lallana sale del despacho.

Miralles rodea la mesa y se acerca a Amadís Hernán.

—Háblame de esta Isabelita de Lorca.

42

Sin pastillas ni alcohol, sin aditivos ni colorantes, como quien dice en plena posesión de mis facultades mentales, aquel viernes 13 me planté delante de la casa del hombre del micrófono, del hombre de la polla. El felador.

La primera vez fue un martes 13, la segunda un viernes 13. No fue intencionado, os lo juro, pura coincidencia, pero después dio para mucho tema de conversación en la prensa, igual que el 11-S, el 11-M y el 11-J, cuando los periodistas y la opinión pública y los espontáneos de Internet se exprimían las neuronas para sacar hasta la última gota de jugo a la noticia.

Había conseguido el domicilio del hombre del micrófono en la agenda de Tiaguín Moltó y, durante aquel mes de vigilancia, había aprendido de memoria la rutina de mi objetivo. Le había visto entrar y salir con el Ford biplaza por el portón articulado del garaje, y le había visto salir y entrar por el portal que había al lado, a pie, cuando iba a comprar cualquier cosa o cuando sacaba a pasear a su mujer y a la criatura de meses, empujando el cochecito. Siempre vestido de marca y con la bolsa negra colgada del hombro derecho. De la bolsa sacaba las llaves para abrir el portal y, muy amable, siempre muy amable y sonriente, dejaba pasar primero a las damas, a su mujer y a la criatura, o a la vecina cargada con la bolsa de la compra, incluso al vecino con quien intercambiaba palabras de cortesía. De lunes a viernes llevaba los mismos pantalones, de manera que indefectiblemente acababa la semana con unas rodilleras lamentables. De camisa y corbata variaba cada día y, de chaquetas, tenía tres y escogía según el color de la camisa. Si Pepe Baza le considera un pijo, supongo que es porque la ropa que llevaba siempre era de marca ostensible y a la afectación en los movimientos y el habla, pero yo no lo definiría así. Sería más bien un imitador miserable, alguien que un día triunfó en discotecas y vida nocturnas pero que ya se veía retirado del mundo, había renunciado a la elegancia y a la seducción y vestía de aquella manera por pura inercia, porque era así como siempre había vestido y solo disponía de aquel vestuario, pero ya no lo hacía con convicción ni ganas de gustar. Un pobre hombre.

El caso es que yo, aquel viernes, estaba allí, al otro lado de la calle, atento a la puerta del garaje por donde salió el hombre de la polla al volante del Ford dos plazas metalizado, como cada día.

No le seguí. No me hacía falta. Sabía donde iba. Puse en marcha la moto, lo adelanté (yo ni me imaginaba que en aquellos momentos la policía ya había detectado la Montesa Impala, el mono azul y las bambas Nike) y me perdí entre el tránsito para llegar antes que él al punto de destino.

Llovizناba y tenía miedo de resbalar con la moto. Me crispaba aquella corriente eléctrica que me quemó por primera vez el día del gran encuentro, cuando Moltó empezó a ver la luz al final del túnel. Una fuerza interna, como una turbina que mascullara dentro de mi cuerpo, un generador que se hubiera puesto en marcha inesperadamente tras tantos años de estar parado, cargando las pilas. ¿Veintidós años? No, no hace tanto que me lo instalaron, el generador, a las tripas. Me lo instalaron hace quince años, cuando este hijo de puta me metió la polla en la boca.

La redacción del diario estaba en un barrio periférico, entre un viejo almacén de refrescos y una escuela pública de estas que parecen construidas en serie. Al otro lado de la calle había un solar sin asfaltar que se utilizaba como aparcamiento y ya estaba lleno de coches. La llovizna había ablandado el suelo y pensé que aquello me favorecía porque el barro aumentaría la adherencia de las ruedas de la Montesa.

Me situé al fondo del solar vibrando por la energía que me transmitía el generador potente de mis vísceras.

El Ford metalizado llegó poco después. Adelantó lentamente entre las hileras de vehículos aparcados hasta que encontró una plaza libre. Mientras maniobraba para meterse allí, yo me situé en el pasillo por donde lógicamente debía salir él para encaminarse hacia su lugar de trabajo.

Había llegado el momento. No podía ser tan difícil. Compartía con la moto al ralentí aquella vibración energética que me tensaba los músculos de manera casi dolorosa. Oí el portazo. Le vi salir de entre los vehículos, tan estirado, tan orgulloso, con la bolsa negra colgada del hombro derecho.

El hombre de la polla se alejaba de mí.

Di gas. Avancé hacia él, despacio, conteniendo la montura, como haría una moto que saliera del aparcamiento con precaución para no hacer daño a nadie.

Se giró hacia mí con aquella cara de imbécil, desprevenido. El casco integral impediría que me reconociera. De tyodos mopdos no me habría reconocido. Para él yo solo había sido una boca más en su vida, nada importante, nada personal, él se limitaba a hacer su trabajo, el cabrón.

Me dejaba paso.

Avancé.

Estiré el brazo hacia él y no supo interpretar el gesto. No había violencia en mí. Quizá solo quería decirle que llevaba el nudo de la corbata mal hecho. Me parece que incluso se me acercó, facilitándome el trabajo.

Cogí la correa de la bolsa negra y aceleré. Un tirón. Me deleité con su expresión de estupor, con el grito que ya quedaba atrás cuando salía disparado con la bolsa en la mano.

No sé qué más hizo. No sé si oí los insultos que sin duda me dedicaba. con la moto salí al río de tránsito, aceleré entre los coches, me salté un semáforo que acababa de cambiar a rojo.

43

(*Taquicardia*)

La supuesta asesina de Santiago Moltó les esperaba en una sala pequeña donde a duras penas cabía una mesa pequeña con ordenador y dos sillas. Era una mujer indiscutiblemente bella, y lo sabía, y lo sabía ser. Alta, esbelta, de cabellera castaña rizada con infinidad de tirabuzones y unos ojos verdes que prometían torturas infinitas y carísimas; pecho generoso, delgada de cintura, vestido de sastre de color azul marino, sobrio y hecho a medida, vestido de ir a entregarse a la policía, y una blusa de seda color vainilla con cuello. A su lado, el abogado parecía muy poca cosa.

Si los policías hubieran sido telespectadores, habrían reconocido a Clarissa Oscos, que se había hecho famosa blasfemando como una verdulera en un concurso de máxima audiencia que premiaba la impudicia.

Huertas pasó por detrás de la mesa, dijo "Siéntese" y la belleza malhablada se sentó y Huertas se sentó, y Lallana y el abogado permanecieron de pie, vigilándose mutuamente.

—El DNI.

La mujer entregó su documento de identidad y Huertas tomó nota de los datos. Se llamaba Clarissa de verdad, con dos eses, y Huertas cabeceó con lástima y dijo "Clarissa, eh, con dos eses" porque le irritaban los nombres que él consideraba extravagantes. Y eso que él no tenía resaca. La chica dijo "Sí, señor" en el tono de quien se ha arrepentido ya de todos los pecados, asesinatos incluidos, y él escribió todos los datos en el ordenador. Nombre, fecha y lugar de nacimiento, nombre de los padres, número de documento, dirección, teléfono. "¿Quiere declarar ante esta instrucción? Sí. Queda advertido/da de los derechos que le asisten en calidad en que declara mediante acta/es independiente/s.

"Declaración:"

Después, impaciente:

—Bueno, ¿qué quiere?

—Pues decir que yo maté a Tiaguín Moltó —exclamó ella, exasperada, impaciente ante un funcionario tan inútil, como si dijera "¿cuántas veces tengo que repetirlo? ¿Qué espera para hacer algo?".

Huertas escribió: "Que mató a Santiago Moltó".

—¿Tiene alguna prueba de lo que dice?

La supuesta asesina tardó unos momentos en articular una respuesta comprensible.

—¿Cómo dice? ¿Prueba? No. Mi palabra. Me declaro culpable.

Lallana cargó el peso del cuerpo en la pierna derecha para descansar la izquierda.

—Bueno, esto ya está dicho.

—Odiaba a Tiaguín Moltó porque siempre me puteó, me hizo sombra, quería hundir mi carrera.

Huertas podría haberle preguntado de qué cojones de carrera le estaba hablando pero no quería perder el tiempo. Ya estaba pulsando el botón de imprimir.

—Muy bien.

—Esperé a Moltó en su casa y, cuando entró, le aticé un golpe en la cabeza con aquel palo de golf.

—Muy bien.

—¿Cómo que muy bien? ¿Le parece poco?

—No, no. Lo que pasa es que, para presentarla ante el juez, necesito adjuntar pruebas. Con su palabra no nos es suficiente. Ahora abriremos una nueva línea de investigación teniendo en cuenta lo que nos ha dicho y, si encontramos pruebas de lo que dice, la volveremos a llamar. Y ahora... —se levantó, sacó la hoja de la impresora y puso sobre la mesa una declaración con una línea de texto—: Si quiere firmar aquí, por favor.

Clarissa Oscos tenía la boca muy abierta. Aquello no le restaba atractivo pero la hacía algo estúpida.

—¿Y ya está?

—Sí, señora. Le agradezco su colaboración.

—¿Qué dice?

Clarissa Oscos miraba indignada a su abogado.

—¡Haz algo, no?

El letrado salió de su estupefacción.

—Creo que tendríamos que escuchar a mi clienta. Ayer describió el crimen con pelos y señales en un programa de televisión, y hoy puede repetirlo.

—No hace falta, gracias. Ya nos lo sabemos.

—¿Pero esto qué quiere decir? —la famosa sacó el genio—: ¿Que me está tomando el pelo?

—Usted quiere tomarme el pelo a mí.

—¿Yo? ¿Yo? ¿Yo? ¿Quién vendría a la policía a declararse culpable...?

—Alguien que busca publicidad desesperadamente.

—Usted no se da cuenta de que yo podría ser la asesina de verdad y ahora podría escaparme al extranjero, al ver que no me hacen caso.

—¿Firma o no firma?

Clarissa Oscos cogió el bolígrafo y estuvo a punto de firmar pero se lo pensó mejor en el último momento. Lanzó el boli al suelo.

—¡Cojones, no, así, no!

—Entonces, que pasen un buen día —dijo Huertas.

Lallana abrió la puerta.

Clarissa se había puesto en pie, muy nerviosa, y cerró la puerta de golpe.

—¡Espere, espere, espere un momento! —suplicó—: ¿No piensa detenerme? Quiero decir encerrar. ¿No me encerrarán?

—No, señora. No la pienso encerrar.

—Pero es que... –desconsolada—: ¡Es que afuera hay periodistas!

—¿Y?

–Me verán salir. Harán preguntas. Cómo es que no me han detenido. Todo el mundo sabe que yo maté a Moltó. ¿Cómo es que no me encierran si yo maté a Moltó?

—Si le preguntan, conteste.

Lallana volvió a abrir la puerta.

—¡No, no, no, por favor! —ella tan dura, que en la tele soltaba unas blasfemias que hacían temblar a la audiencia, estaba a punto de ponerse a llorar—. ¡Por favor! —abrió la boca, no osaba decir lo que iba a decir, pero debía decirlo—: Por favor, ¡me juego un reportaje de doce mil euros! ¡Para mí, esta cantidad es muy importante...!

Huertas la miraba con asco, después miraba a un Lallana que, displicente tras sus gafas oscuras, meneaba la cabeza.

—He contratado un reportaje de mi detención con la revista *Incidente*. ¡Si ahora resulta que no me detienen, no habrá reportaje y pierdo las pelas!

—Mira, nena —intervino Lallana, resacoso y harto—, ¿quieres que te diga una cosa? Cuando yo meto a una persona en el trullo, no sale en toda su vida, ¿verdad que captas el concepto? En toda su vida. O sea que no juegues con estas cosas, vale más que no juegues. Haz el favor de largarte.

—Sois unos... —empezó a decir la belleza distinguida al mismo tiempo que su abogado murmuraba:

—Ya te dije que no podía salir bien...

Y en el mismo instante que Mika Adalid, siempre efervescente, aparecía por la puerta con un grito:

—¡Eh, chicos, he tenido una intuición que me parece que es la buena! —se interrumpió—: ¡Ostras! ¡Si es la Clarissa Oscos! ¡Eres igual que en la tele! —y de nuevo a los compañeros—: ¿Habéis acabado aquí? ¿Venís?

Mientras tanto, la Venus vestida de diseño había recuperado su auténtica personalidad y decía "cabrones, malnacidos, hijos de puta, mamones, sicarios, esbirros...".

Quizá era una nueva manera de buscar que la detuvieran. Ni caso.

44

Actué con muchas, muchísimas precauciones, con muchísima inteligencia, con mucha habilidad, mucho cuidado, gran previsión y disimulo, como diría el protagonista de El *corazón delator* (por citar una historia que parece que le gusta a Nuria Masclau). ¿Cómo podéis decir que estoy loco?

Me dirigí a uno de esos centros comerciales tan populares donde el público no puede ser más anónimo e hice una copia de las llaves del piso del hombre de la polla.

Después, encerrado en un lavabo, me apropié de los doscientos treinta euros y las tres tarjetas de crédito que había en la cartera, metí la bolsa negra en una bolsa de deportes que llevaba, me quité el mono azul y me puse una cazadora. Así, con tejanos y sin el casco integral, nadie reconocería al hombre de la moto que aquella mañana había robado al hombre de la polla.

Cogí el metro para volver al barrio donde estaba la redacción del periódico.

Tal como suponía, a mediodía aquellas calles se llenan de niños procedentes de la escuela pública que está allí mismo. Vi a tres apoyados en un muro, de juerga y fumando a escondidas.

Yo iba andando tan tranquilo, quizá al trabajo, quizá al gimnasio, porque llevaba una bolsa de deporte, y me paré en seco.

—¡Eh! —me dirigí a los chicos—. ¿Esta bolsa es vuestra? Echaron una ojeada a la bolsa negra que había entre dos coches aparcados, junto a la acera, en un charco de barro. Dijeron que no, que no era suya. Cuando me agaché, la cogí y la abrí, la curiosidad los agrupó a mi alrededor.

—Eh, aquí hay una cartera. Y unas llaves. Y documentos.

Resultaba emocionante mirar el contenido del bolso de otra persona. Dentro de la cartera no había dinero, claro está, ni tampoco tarjetas de crédito.

—Alguien debe de haberla robado –dije—, se ha quedado con el dinero y las tarjetas de crédito y ha tirado aquí el resto, que ya no quería para nada. Pero hay la documentación de un hombre.

Un hombre denominado Eduardo Dordo Assís [sic] y un carné de periodista, y folios encabezados por el nombre y el logo del periódico *RáFaGa*, cuya redacción estaba allí mismo.

—¿Por qué no se la lleváis al periódico? –sugerí—. Debe estar muy preocupado, el pobre hombre, después de haber perdido todo esto. Seguro que os da una buena propina.

—¿Y por qué no se la devuelves tú?

—Porque yo voy tarde y no necesito la propina tanto como vosotros.

¿No es esto demostración de suprema inteligencia? ¿Cómo podéis continuar diciendo que estoy loco?

De esta manera me aseguraba que el hombre de la polla no corriera a cambiar la cerradura de la puerta. Y que acabara tranquilo la jornada y volviera a casa, a la hora de siempre, bien relajado y confiado.

Claro que, mientras ponía la denuncia, Eduardo D'Assís podría haber hablado del mono azul o de las zapatillas Nike o de la Montesa Impala del hombre que le había robado, y el policía que le atendió podría haber sido informado del caso Moltó y podría haber avisado al Grupo de Homicidios de Pedro Miralles para que tomaran medidas. Y Miralles y Lallana y Huertas podrían haber deducido mis intenciones y podrían haber estado esperándome en casa del periodista, frustrando mi plan magistral y podrían haberme detenido en nombre de la ley, y este podría haber sido uno de los posibles finales para mi historia. El final más vulgar, aburrido y decepcionante para el público que podamos imaginar, pero posible.

Al parecer, el policía que escuchó al hombre de la polla no había sido bien instruido y no disponía de los conocimientos necesarios para poder atar cabos, o tal vez el periodista no le habló de monos azules ni zapatillas Nike ni de ninguna Montesa Impala. O el policía dejó para más tarde el aviso al Grupo de Homicidios y después se olvidó.

Quien sabe qué pasó en realidad.

45

(La luz del final del túnel)

—Una fracasada —dice Amadís Hernán—. Tiaguín Moltó escogió a la hermana equivocada. Como usted sabe, yo soy especialista en Aurorita Linares porque yo sí que sé escoger. Mientras que Aurora Linares triunfaba enseguida y atendía su carrera y estudiaba canto y estuvo siempre allí donde tenía que estar y con quien debía estar, Isabelita de Lorca se complicó la vida de mala manera y metió la pata una y otra vez de manera ridícula. A Aurorita Linares no le pudieron encontrar nunca ni un defecto, ni un patinazo y, de amores culpables, los justos por poder salir en las revistas y mover el culo en las fiestas. Isabelita, en cambio, al empezar, a los diecinueve añitos, se deja violar por no sé quien y se queda embarazada, será imbécil. Sus padres, que eran campesinos y que tenían muy claro que sus dos hijas eran la solución de su futuro, decidieron ocultar aquel embarazo y, después, aquel niño, que se olían que sería su perdición. Pero si se quedaban al niño sabían que la prensa lo descubriría, tarde o temprano, porque ellos también pensaban hacerse famosos, como padres de Aurora e Isabel, y le mandaron con una tía del pueblo vecino para que lo cuidara.

"Aurora e Isabel empezaron su carrera casi al mismo tiempo, una como cantante, otra como actriz y cantante, pues decían que Isabel tenía más registros que la otra, decían que era más artista, pero también era más idiota, y un artista, además de artista, ha de ser inteligente...

—Bueno, va.

—Vale. Pues hasta el día en que Isabelita tiene noticias de que la tía maltrataba al niño, Lucas se llamaba.

—¿Le maltrataba?

—Sí. Lo tenía muy puteado. Y a Isabelita le sale la madre que lleva dentro y abandona la gira que estaba haciendo para la promoción de un disco y se va de cabeza al pueblo de la tía para rescatar al niño. De esto se entera Tiaguín Moltó, que la sigue hasta donde está el hijo y destapa la historia secreta.

"Este fue el gran momento de éxito de Isabelita de Lorca. Tiaguín destapa toda la historia, Isabelita violada, Isabelita madre soltera, Isabelita defensora apasionada de su hijo, Isabelita madre de un niño precioso, Isabelita declarando en el juicio contra su tía... Y la Isabelita se hincha a ganar dinero. Vende muchos más discos que su hermana, claro. Es su momento de gloria. De ella, y de Tiaguín, que tiene la exclusiva de todas sus peripecias. Es su empresa privada de *management*, él le pacta incluso las exclusivas.

—¿Cuándo sucedía esto?

—A principios de los años 90. Y dura hasta que Moltó se decide a tirarse a Isabelita y da el gatillazo y todo se va al carajo. Poco después echan a Isabelita de la película que estaba rodando y le cancelan una gira que tenía apalabrada. Es entonces cuando Isabelita sale por la tele diciendo que es víctima de una confabulación orquestada por Tiaguín Moltó, que no ha olvidado nunca aquel famoso gatillazo. E Isabelita se fue apagando, apagando, hasta que salieron no sé qué fotos comprometedoras en la revista *A que no* y todos le dieron la espalda y se apagó del todo.

—¿Fotos comprometedoras?

—Fotos de la Isabelita follando con su hijo.

Miralles se deja caer contra el respaldo de la butaca y se queda mirando por la ventana, impresionado.

—Sí, sí —insiste Amadís Hernán, babeando de gusto ante el efecto que la declaración ha causado en el policía. Se siente tan feliz y realizado como en la tele—. Sí, sí, follando con su hijo. Allí la opinión pública le puso la cruz de la mierda.

—Antes —murmura Miralles, abstraído—, ha dicho que la tía de la Isabelita maltrataba al niño. ¿Sabe exactamente qué le hacía?

—Sí. Tiaguín Moltó lo explicaba perfectamente en artículos de la revista *Todo Vale*. Con todo lujo de detalles y con fotografías. Al parecer la tía encerraba a menudo a la criatura en un sótano oscuro lleno de ratas. Recuerdo perfectamente la fotografía de aquella mazmorra. Y le pegaba con un látigo, que también estaba fotografiado en la revista.

—¿Perros? —sugiere el policía.

—Sí, también. De hecho, el día que el niño acabó en el hospital fue porque le habían mordido unos perros que tenían allá en el cortijo. Y el niño dijo a los médicos que la tía los había azuzado, y se destapó todo. Se lo dijeron a Isabelita y la Isabelita se puso como una moto.

46

Yo sé como es una persona sospechosa.

Fui un niño solitario y maltratado. Rechazado por la madre y los abuelos y atormentado por una arpía sádica y unos pastores alemanes monstruosos. A los siete años me hicieron la peor putada que me podían hacer. La Isabel me salvó y me prometió un futuro de riqueza y felicidad que me había de compensar de todas las humillaciones y los daños sufridos. Y me dejaron probar aquella vida de hijo de famosa con todos los caprichos satisfechos hasta que, de pronto, cuando ya me había hecho a la idea, volvieron a robármelo todo. Fui un niño solitario, maltratado, frustrado, decepcionado, desengañado a la edad de siete años, cínico prematuro, resentido y rencoroso con motivo. Esta clase de niños leen mucho y ven muchas películas, y esto enseña mucho de la vida, mucho más de lo que la gente se cree.

Por eso sé como es una persona sospechosa. Una persona sospechosa es aquella que va mal vestida y sucia y mira inquieta de un lado al otro, atenta a la repentina aparición de la policía.

Por eso me planté delante de la casa del hombre de la polla bien vestido, duchado y peinado, con el polo Lacoste y los tejanos con raya. Un hombre guapo y musculoso de gimnasio, con las cejas levantadas por la ingenuidad y una pose blanda y afeminada no será nunca sospechoso de quererse colar en el interior de un aparcamiento. Si está apoyado en la pared, abstraído en la lectura de un libro, debe ser porque espera a alguien. El conductor más paranoico abrirá la puerta del garaje con el mando a distancia sin la más mínima suspicacia, y entrará con el coche hacia el interior sin dar una ojeada por el retrovisor. Seguro.

Entonces, cuando el mecanismo inicia el cierre de la puerta articulada, cuando el coche ya se pierde en las profundidades del sótano, el intruso solo tiene que dar un salto al otro lado del umbral y buscar cobijo seguro entre un par de vehículos y esperar a que el conductor inocente se vaya a hacer lo que tenga que hacer.

Cogí el ascensor para subir hasta el tercer piso. Con la copia de las llaves, entré en la casa de Eduardo D'Assís.

Violar la intimidad de aquel malnacido me producía un placer muy especial. Él también había violado mi intimidad cuando yo tenía siete años.

Violando la intimidad de su bolsa ya le había descubierto unos cuantos secretos. Por ejemplo, que no le gustaba su nombre. Eduardo Dordo Asís. No me extraña. Eduardododordo era una aliteración muy fea, "dodordo" y, además, Dordo sonaba como Gordo, no me extrañaría que en la escuela le hubieran crucificado por culpa de este nombre. De forma que Eduardo Dordo Asís había cambiado el Dordo por una D con apóstrofe y le había añadido una ese a Asís por pura coquetería. De esta clase de cosas te enteras cuando violas la bolsa y la documentación de los otros.

Y, además, le ponía los cuernos a su mujer. O tenía ganas de ponérselos. Porque llevaba condones en el fondo de la bolsa. Condones en el fondo de la bolsa quiere decir que busca sexo fuera de casa. Durante el mes que le había seguido, Eduardo el Gordo no se había encontrado nunca con su mujer fuera de casa. Ergo...

El piso está muy bien descrito en la novela de Nuria Masclau, así que me lo ahorro.

La decoración, el estado de los muebles, el desorden de la cocina o del pequeño estudio donde hacía mucho tiempo que no estudiaba nadie, me hablaban nuevamente de un matrimonio que un día presumió de casa y de buen gusto y, poco a poco, se había abandonado, se había ido encerrando en la desidia y lo único que les importaba era la televisión (tres aparatos: uno en el salón, otro en el dormitorio y otro en la cocina) y el ordenador (tres aparatos más: uno en el estudio, otro en el salón, con impresora, y un tercero, el portátil, en un maletín). La imagen había invadido el piso, les había hipnotizado y les vigilaba, fueran donde fueran. Ventanas luminosas abiertas a mundos virtuales que, al fin y al cabo, resultan mucho más interesantes que el mundo real. Zombis.

Yo no tenía ningún plan establecido, os lo juro. Ninguna premeditación, ninguna alevosía. Entrar en el habitáculo repugnante de Moltó había sido como violar a una puta arrastrada. Un paseo nostálgico por un pasado podrido y lleno de telarañas. Deambular por el piso de los Dordo-Gordo era como violar a una rica burguesa católica, apostólica y romana. Ni punto de comparación. Solo quería gozar del momento en que Eduardo D'Assís el Gordo se tragaría la polla como me la había hecho tragar a mí quince años atrás. "¿Qué te hacía mamá, qué te hacía?" Cuando entré en la cueva de Tiaguín Moltó tampoco tenía ninguna intención. Quizá solo romperle las piernas. "Qué cabrón, qué cabrón, esto ya es cosa del Moltó."

Pensé que, mientras esperaba, ya encontraría un arma en la casa. Como dice Pepe Baza en su novela, "en las casas siempre hay armas, cuchillos de cocina, palos de escoba, manos de mortero, una silla, un cable eléctrico para estrangular".

Registrando el cuchitril de Moltó encontré dentro del baúl aquella bolsa llena de palos de golf. Cabrón hijo de puta. Aquellos palos me hicieron pensar en una vida de lujo y relax que el cerdo había disfrutado y de la que a mí me habían privado. Mientras esperaba jugué con aquellos palos de golf, golpeando pelotas imaginarias que se perdían en el cielo, o se clavaban directamente en el agujero, junto al banderín, y aquello me ganaba la aclamación del público, y de los amigos y contrincantes, que eran emires árabes de sangre negra como el petróleo o actores de cine escoceses.

En la cocina de la casa de Eduardo D'Assís encontré una espléndida colección de cuchillos.

Había uno tan grande que daba pavor solo verlo.

47

(La luz del final del túnel)

En las escaleras de Jefatura, Amadís Hernán ha coincidido con Clarissa Oscos. El hombre del pelo azul no se ha podido contener, ha estallado en chillidos eléctricos y ha saltado como un muelle contra aquella mujer desvergonzada y odiosa que tuvo el atrevimiento de hablar mal de su idolatrada Aurorita Linares. Berreaba histérico, como haría ante las cámaras, y ha conseguido arañar las mejillas embadurnadas de maquillaje y atenazar el cuello cargado de collares, los dos han perdido el equilibrio, han topado con los agentes que les acompañaban y han rodado escaleras abajo. Los agentes han tenido que recurrir a la fuerza física más contundente para separar al agresor de la víctima y han pasado más de diez minutos antes de que se apaciguara el griterío.

Miralles ha aprovechado el incidente para desentenderse de aquel personal. Ha impartido órdenes como si se tratara de limpiar pasillos y escaleras de porquería pestilente y se ha trasladado a su despacho, donde ha conectado el teléfono móvil.

—¿Nuria? –dice—. Soy Miralles —quizá ella no habría sabido qué decir, quizá habría hecho preguntas inconvenientes o habría iniciado uno de sus mítines didácticos, así que el inspector se apresura a decir—: Ya está resuelto. Maltratos a un niño. Sótanos oscuros, palizas y perros. Y un incesto.

—¿Qué dices? ¿De verdad?

—Ya está reuselto.

—¿De quien estamos hablando?

—De una actriz que se llama Isabelita de Lorca, hermana de Aurora Linares. Está fuera de circulación desde hace muchos años, pero la encontraremos. ¿Quieres venir conmigo a hablar con ella?

—¡Claro!

—La exclusiva es tuya.

(...)

Nuria Masclau casi tiembla de emoción porque sabe que tiene en las manos un reportaje espléndido.

Dado que navega por Internet con más facilidad, aun estando en el despacho de Miralles, es ella quien escribe en el teclado y domina el ratón.

Están los dos muy juntos, los ojos fijos en la pantalla donde van apareciendo noticias antiguas que confirman la historia que les ha explicado Amadís Hernán.

Entre 1985 y 1991, Isabel de Lorca triunfa con una versión muy personal de diferentes coplas clásicas como *Ojos verdes* (*"Apoyá en el quicio de la mancebía, / miraba encenderse la noche de mayo / pasaban los hombres y yo sonreía / hasta que en mí puerta paraste el caballo."*) o *Mala entraña* (*"Serranito, serranito / no me matas, gitanillo, qué mala entraña tienes pa mí / cómo pué ser así."*). Fotos de una mujer soberbia, imponente, alta, de pechos voluminosos y piernas largas, cabellera negra, ondulada, gesto de tigresa a punto de comerse el mundo a sus veintiséis años.

—Se parece mucho a la madre de Moltó de joven, ¿no te parece? —dice Nuria—. No me extraña que Moltó tuviera problemas de erección si de pronto se encontró follando con una representación viva de su madre.

En 1991, saltan las noticias del hijo secreto de Isabelita de Lorca, que estaba escondido y maltratado por una tía perversa.

—Tiaguín se apoderó de la historia de este niño en su novela —exclama Nuria, maravillada—. De sus maltratos e incluso de su madre.

Fue en aquella época cuando Isabel de Lorca apareció desnuda en las páginas centrales de la revista *Todo Vale*. Pero los artículos de su éxito no duraron ni un año. En mayo de 1992 hay una foto suya al inicio del rodaje de la película *Pasa sarasa* y en junio ya se encuentran las noticias "Se interrumpe el rodaje de *Pasa sarasa* por el abandono de Isabel de Lorca , y "No abandono: me despiden", y las declaraciones del productor del film Jorge Valdemar: "Con Isabelita no tengo ningún compromiso más que el contrato que acabamos de rescindir", y las portadas de *Abolengo* e *Incidente* proclamando la depresión de Isabel de Lorca. Enseguida, en septiembre del 92, "Isabel de Lorca abandona su gira" e "Isabelita se retira".

Miralles ve reflejada a Nuria en la pantalla del ordenador y pone más atención en aquella expresión entusiasta y cautivadora que en el contenido de las noticias que se van sucediendo ante sus ojos. Disfruta del olor que emana el cuerpo de la mujer, mezcla de sudor dulce y colonia remota, calor que le atrae de manera irresistible. Experimenta una especie de angustia cuando piensa que nunca, por el resto de su vida, podrá probar a esta mujer que tiene tan cerca.

Isabel de Lorca resurgió con aquello del gatillazo, "Tiaguín Moltó me odia porque conmigo no pudo hacer nada", pero los chistes sobre la impotencia de Moltó se fueron apagando cuando se publicaron las fotos de Isabel de Lorca con un niño en la cama. La actriz, riendo con la boca muy abierta, envuelta con la sábana. La espalda desnuda sugiere que no lleva ninguna pieza de ropa y, a su lado, a cuatro patas, un niño de unos siete años, en calzoncillos, se gira hacia la cámara con expresión estupefacta. Primero el titular fue "¡A Isabelita le gustan los jóvenes!", como una broma. Después: "¡El niño que estaba en la cama con Isabel de Lorca era su hijo!".

—Quien firma la noticia no es Moltó sino Eduardo D'Assís —hace notar Nuria.

—Pero por lo que sabemos, quien hizo las fotos fue Tiaguín Moltó.

—Había de ser él —certifica la periodista sin apartar los ojos de la pantalla—. Seguro que es quien lo organizó todo. Él, como voyeur, haciendo fotos, identificándose con el niño, encamando al niño y a la madre, estaba realizando su sueño.

A partir de aquel momento la depresión fue más fuerte que el escándalo, y el Google no vuelve a recordar el nombre de Isabelita de Lorca hasta estos días pasados, a partir de que ha vuelto a reaparecer en la televisión y en las revistas. "Isabel de Lorca, actriz y tonadillera de la década de los 90, trabaja ahora de asistenta de hogar e incluso se prostituyó para sobrevivir."

"Aurora Linares se reencuentra con su hermana en el programa *Con toda el alma.*"

—Quiero ver este programa —dice Miralles. Pulsa un botón sobre la mesa y a la agente que abre la puerta le dice—: Tráeme la grabación de un programa que se llama *Con toda el alma* que se emitió antes de ayer, día 11.

Enseguida les traen el vídeo.

Mientras tanto, Nuria ha roto el silencio incómodo, muy seria:

—¿Has hablado con tu mujer?

Miralles niega con la cabeza.

290

—Habla con ella aunque solo sea para decirle adiós, ¿no? No te irás a la francesa. Sin motivo y sin despedirte. Sería horrible.

—¿Sin motivo? —protesta Miralles.

—¿Qué motivo tienes para separarte?

A Miralles le cuesta responder. Le cuesta tanto que, cuando el agente les trae la cinta de vídeo, aún no ha contestado. Pero mientras pone la cinta en el reproductor, murmura:

—Que ella ya no me quiere. Que no me quiere en casa. ¿Te parece poco motivo?

Nuria no contesta porque las imágenes del televisor captan su atención. La presentadora, Alma Cortinas, con aquella sonrisa diabólica, anuncia que hoy se reencuentran en este plató dos hermanas que hace mucho tiempo que no se ven.

—La fatalidad y los malentendidos las distanciaron pero hoy, casi quince años después, ¡Aurorita Linares e Isabelita de Lorca vuelven a encontrarse y se darán un abrazo!

Lo primero que se observa es que la fama te permite pagar cirugía estética. A Aurora Linares, que es la hermana mayor, nadie le echaría más de treinta años y, en cambio, los cuarenta y dos de Isabel parecen exagerados. Las arrugas y la acritud se abren paso a través de la espesa capa de maquillaje, de tal manera que el policía sospecha que la maquilladora lo ha hecho a propósito para poner en evidencia los estragos causados por una vida miserable en comparación con la lozanía que proporciona el triunfo.

Como se supone que han venido aquí a reconciliarse, la primera pregunta de la venenosa Alma Cortinas es:

—¿Consideras que tu hermana Aurora tuvo alguna participación en tu fracaso? ¿La has perdonada, ya?

Este es el tono del programa. Las dos víctimas cobran por estar aquí y se supone que han de ganarse el sueldo. No han venido a pasárselo bien. Lo que la gente quiere es sangre, gritos y llantos y, si es posible, agresión verbal y física. Alma Cortinas es una especialista en conseguirlo.

Miralles no es capaz de interesarse por este espectáculo corrosivo. Se levanta de la silla, se impacienta, piensa en Luisa y está a punto de apagar la tele. Pero Nuria está absorta en lo que ve, fascinada, inmóvil.

Con gusto, la mano de Miralles se pondría sobre el hombro de la mujer, y lo acariciaría para disfrutar del tacto de la piel cálida y suave. Con gusto acercaría la nariz a su cuello y olería, o quizá sacaría aire por la nariz para hacerle cosquillas con la exhalación en aquel punto que él sabe que es muy sensible porque en Luisa es muy sensible. Y quizá, como tendría los labios tan cerca de la piel imantada, se atrevería ya a besarla para provocarle ruiditos de placer. Llegado a este punto, es probable que no pudiera evitar que se le fuera la mano al pecho para pellizcarle el pezón al mismo tiempo que cambiaba el tacto de los labios por la caricia de los dientes y de la lengua, el mordisco del vampiro, el chupetón que deja señal, el ataque devorador.

El agente vuelve a entrar, esta vez con un papel en la mano. Nuria ni le mira.

—Hemos encontrado a esta Isabel de Lorca —entrega el papel a Miralles—. Nos ha costado mucho. Está empadronada con su nombre auténtico, que es Calomarde. Isabel Calomarde. Hemos tenido que llamar a la cadena de televisión donde salió.

—Gracias —dice Miralles. Coge el mando a distancia—. Ya la tenemos. ¿Quieres venir?

Está a punto de apagar el aparato cuando ella exclama:

—¡No, espera! ¡Echa atrás, echa atrás!

Miralles duda un instante, ella se lo suplica con la mirada. Retroceden las imágenes.

—Aquí —indica la periodista.

Alma Cortinas, Isabel y Aurora repiten los gestos y las palabras.

—Pero sé que yo podría habérselo ofrecido –dice Aurora Linares–. Yo pensaba que me odiaba y que no quería saber nada de mí...

—¿La odiabas? —interviene la conductora del programa, venenosa.

—¡Ya me lo esperaba! —levanta la voz Aurora, para no perder la palabra—. Y por eso no me atrevía a acercarme a ella. Me daba miedo que me recibiera con un escupitajo.

—¿La habrías recibido con un escupitajo?

—Además, tampoco sabía donde vivía, porque tú lo has dicho antes, vivía escondida. Fue Tiaguín Moltó el que me dio tu dirección —dice Aurorita Linares a su hermana— y tu número de teléfono y me dijo "Llámala, porque ya es hora de que hagáis las paces".

—Ya está —grita Nuria—. ¡Para, páralo aquí! —se gira hacia Miralles—: ¿Cómo es que Moltó tenía la dirección y el teléfono de Isabelita si estaba tan escondida, si a todo el mundo le cuesta tanto encontrarla? —no deja que Miralles responda, responde ella—: ¡Se había encontrado con alguien que le había dado esta dirección!

—Pero no con Isabel, que dijo que hacía muchos años que no le veía.

—Con su hijo. ¿Qué ha pasado con aquel hijo incestuoso?

—Esto es lo que tenemos que ir a preguntarle —dice Miralles mostrando el papel que lleva en la mano y donde consta la dirección y el número de teléfono de Isabelita de Lorca.

48

Estuve unas cuantas horas solo en el piso de Eduardo D'Assís, contemplando la llovizna intermitente que oscurecía un día frío de primavera.

Sabía que no me molestaría nadie hasta el anochecer porque su mujer, ¿cómo se llamaba?, ¿Lidia? Lidia no llegaría hasta más o menos las siete y media, después de recoger al niño de la guardería. Lidia trabajaba en la sección de publicidad de una cadena de supermercados o hipermercados, lo que llaman grandes superficies. Tenía un montón de carpetas llenas de números y gráficos estadísticos.

No encendí la tele.

Tuve mucho rato para pensar. Pensar qué haría. Pensar qué había hecho, qué había pasado. Elucubrando sobre lo que podía pasar.

Inevitablemente, recordé el día que me encontré a Tiaguín Moltó por la calle.

¡Qué casualidad!

Seis de marzo, martes, Santa María de la Providencia. Yo le reconocí, porque él había sido el famoso, le reconocí pese al deterioro de su rostro y su cuerpo, y supongo que se me quedó pegada la mirada en sus ojos vidriosos, y continué andando sin apartar la vista y él entonces me reconoció porque dicen que tengo los mismos ojos, claros y femeninos, de Isabelita.

Isabelita. No os extrañe que la llame Isabelita. No la he llamado madre nunca, ni mamá, ni mama. Isabelita. Isabel. Y ella a mí Lucas. No me ha llamado hijo nunca, ¿cómo podría llamarme hijo si renegó de mí desde que nací? Mi llegada al mundo fue un estorbo para su carrera artística y me marginó, me marginaron, los abuelos y ella, para potenciar una competición hacia la fama que, años después, yo mismo destrocé, ¿verdad que lo entendéis? Una bruja asistió a mi bautizo y profetizó a Isabelita que un día yo destrozaría su carrera. Entonces me llevaron muy lejos, me ocultaron en el corazón del bosque. Pero una maldición es una maldición. Y resultó que la tía que tenía que cuidarme me encerraba en la oscuridad de una mazmorra y azuzaba a los perros para que me mordieran, detalles que quedan como una anécdota estúpida en las novelas de Pepe Baza y Nuria Masclau, pero que no son una anécdota estúpida en mi vida, y a Isabelita no le gustó nada que me trataran así, a pesar de todo, y vino a salvarme y sacrificó su carrera por mí, imbécil de mierda, pues si no lo hubiera hecho quizá habría triunfado, quizá más incluso que su hermana Aurora, que diga lo que diga el mariconazo de Amadís Hernán, la Isabelita tenía más arte y más carisma que su hermana, y habría ocupado el lugar que ahora ocupa Aurorita, y habría tenido su clase, y habría vestido sus vestidos, se habría hecho sus líftings y sus estiramientos, y ahora Isabelita sería como Aurora, sería como Aurora, sería como Aurora, y yo sería el hijo que Aurora no ha tenido nunca.

Bien, esto es lo que pensaba en aquel momento, lleno de rabia, odio, envidia y rencor, que son los sentimientos más humanos que me he permitido en mi puta vida.

Y, como decía, Tiaguín Moltó me reconoció y se detuvo, y yo me detuve, y nos miramos y él exclamó: "¿Eres el hijo de Isabelita de Lorca?".

"Hijo de puta, claro que lo soy", pero no se lo dije.

Solo sonreí.

Y él se entusiasma y dice que ve la luz al final del túnel. El reportaje de su vida. "Dios mío, qué maravilloso, ¿qué se ha hecho de tu madre?" Cerdo de mierda, ya no se acordaba de lo que nos había hecho. O quizá sí pero no le daba la misma importancia que yo. Me abrazó (¿pero qué coño se creía?), me invitó a comer en aquel bar, La Copa, un bar miserable de menús a ocho euros donde le fiaban. Casi con lágrimas en los ojos. No cesaba de hablar.

"Cometí muchos errores, hice daño a mucha gente, no era correcto lo que hacía, no era ético, no era humano, si quieres, ¡pero no cometí ningún delito!" Hijo de puta. Y: "Todos tenemos derecho a una segunda oportunidad", y "El reportaje de mi vida", "me lo quitarán de las manos, volveré a la tele, ganaré dinero". No dijo "Ganaremos dinero", no, claro que no. Era Tiaguín Moltó, siempre había sido Tiaguín Moltó, no había dejado de serlo nunca, el hijo puta.

"El reportaje me liberará, me redimirá, me devolverá al lugar que me corresponde." ¿Y a mí qué, hijo de puta? ¿Y dónde está el lugar que me corresponde a mí?

Dijo que quería resucitar a Isabelita.

(Él decía "tu madre", pero yo entendía que se refería a Isabelita.) Me preguntó por ella. "¿Vives con ella?". "Sí." "¿Y cómo está?"

Muerta.

Muerta, cabrón, muerta.

¿Cómo cojones quieres que esté, hijo de puta? Hecha una mierda, está, por tu culpa, ella que tenía que ser la estrella de la canción española, la competencia directa de la Pantoja, de la Jurado, de la Durcal, de Aurorita Linares.

Está muerta, y tú lo sabías, cabrón, precisamente por eso dijiste que tenías que resucitarla. Solo se puede resucitar lo que está muerto. Tiaguín Moltó había matado a Isabel de Lorca igual que Dios mató a Lázaro y después envió a su Hijo para que le devolviera a la vida. ¿A qué cojones estamos jugando, feladores y feladores del mundo?

Y ja, ja, ja, risitas, y ja, ja, ja, risitas, tocándome la mano "tú me ayudarás a hacer justicia", qué imbécil, "tú me ayudarás a hacer justicia, llámame". Me dio la tarjeta. Su número de teléfono. "Si quieres encontrarme, siempre vengo por este bar."

Siempre iba por La Copa, es verdad. Lo comprobé yendo regularmente, vigilándole desde la acera de enfrente. Lo seguí, con la Montesa Impala, hasta el Cerro del Bosque. Vigilé su casa, estudié la manera de entrar en ella. La ventana trasera. Me colé. Violé su intimidad. Un 13 y martes, cuando él había ido a acompañar a Aurorita Linares al aeropuerto. ¿Por qué la abordó? Para decirle que el otro día se había encontrado con su sobrino (¿se acordaba Aurorita de que tenía un sobrino?), que tenía un reportaje espléndido, la vida secreta de Isabelita de Lorca, un reportaje que les había de dar mucho dinero, la luz al final del túnel...

Cabrón malnacido, como dice Nuria Masclau en su novela, vete con cuidado de que la luz del final del túnel no sea un tren que viene en dirección contraria. Imbécil.

Era un tren en dirección contraria.

¡Zas! Palazo de golf.

Me encontró allí, dentro de su habitáculo.

—Hola, Tiaguín.

—¿Qué coño haces, aquí? ¿Cómo has entrado? —las mismas palabras que utilizó Clarissa Oscos, según Pepe Baza.

Perfectamente previsibles. Iba bien borracho. No se sostenía en pie. Se podía haber matado por la carretera antes de llegar a su casa—. He estado hablando con tu tía. Hemos hablado de ti. De tu madre.

No podía imaginarse que, para mí, mi tía, la tía por excelencia, no es ni puede ser nunca Aurorita Linares sino la prima de mi madre, aquella que me encerraba en la mazmorra del cortijo y me daba como comida a los perros. Aquello me encendió. ¿Mi tía, decía, el cabrón?

Le dije todo lo que pensaba de él. Dije:

—He venido a escupirte en la cara todo lo que pienso de ti.

Y bla, bla, bla, se lo endiñé todo, todo el paquete, toda la mala leche acumulada durante quince años. Una vomitada pestilente y ácida y espesa que le sobrecogió. Vio el odio homicida en mis pupilas y quiso huir. Media vuelta y un par de pasos hacia la puerta.

Entonces, para detenerle, le di un golpe en el tobillo, cata crac, ¿cómo le llaman, un swing?, un golpe seco, crac, seguro que se lo rompí. Cayó al suelo y se puso a llorar porque ya veía lo que iba a pasarle, "no, no, no, por favor".

Me parece que yo solo quería romperle las piernas. No sé bien lo que quería. Esto es lo que le digo a mi abogado. Si hubiera querido matar, le habría golpeado en la cabeza, pero no lo hice. En el tobillo, en las piernas, "lesiones de impacto que se ubican desde los tobillos hasta más arriba de las rodillas... fractura de la cortical en la base del plano tibial", no tenía intención de matar, no es asesinato con alevosía, es homicidio. Mirad los informes de los psicólogos, no soy normal, soy un enfermo mental, no sé lo que hago, me tenéis que perdonar. También le di en el pecho, sí. Si le hubiera querido matar no le habría pegado en el pecho. Le reventé un huevo, sí. Pero no le pegué en la cabeza. Murió, sí, lo siento, yo no quería, lo hice sin querer.

¿Y hoy?

Me llevé su archivo, el Archivo Moltó, como dice Pepe Baza, para hacer un favor a las víctimas de su chantaje. Para liberarlas. Para demostrar que mis intenciones eran buenas. Queda claro. Fui la alegría de mucha gente que recibió las pruebas que la amenazaban y se sintió liberada. Percibo la gratitud de todos, sí, señor, ahora soy muy popular. Gracias, gracias, no se merecen.

Isabelita me lo leyó en los ojos.

"¿Qué has hecho, nene?", preguntaba. "¿Por qué no vas a trabajar, nene? ¿Qué te pasa, nene? ¿Estás enfermo? ¿Ya te tomas las pastillas? ¿Has vuelto a beber alcohol?"

"No, Isabelita, no." No se lo conté. "Si tú supieras." Pero lo sabía, estoy seguro.

Y ahora le toca a Eduardo D'Assís. Pensándolo bien, Tiaguín Moltó no era tan culpable de mi desdicha como Eduardo Dordo, el Gordo. Este fue quien publicó las fotos y trastornó nuestra vida.

Recuerdo perfectamente la mañana en que alguien llamó a Isabelita y le provocó aquel disgusto tan grande. Enseguida, con la voz aguda de las crisis, Isabelita envió a la chacha a comprar una revista, no sé por qué pero le hizo comprar unos cuantos ejemplares, muchos, de la misma revista.

Recuerdo que la abrió, y vio las fotos y se puso a gritar, a llorar y a temblar y a decir "Hijo de puta, hijo de puta" en singular, e "hijos de puta, que son todos unos hijos de puta" en plural.

Pasó el resto de la mañana hablando por teléfono y después se puso guapa, con un vestido azul que no olvidaré nunca, y bien maquillada, y me vistió como si me llevara a misa, y salimos a la calle.

Me cogía muy fuerte de la mano.

Había periodistas en la puerta de casa. Unos cuantos llevaban cámara de fotos pero, sobre todo, sobre todo, estaba el malnacido de la polla en la mano, que vino corriendo, persiguiéndonos, y se puso justo al lado y me la metió en la boca. Sonreía, el cabrón, sonreía amablemente, como si estuviera ofreciéndome un caramelo, totalmente convencido de su bondad y simpatía.

—¿Qué te hacía mamá, en la cama?

A Isabelita le sudaba mucho la mano que aprisionaba la mía y me dio un tirón para alejarme del monstruo violador, que no se despegaba de nosotros, que adaptaba su paso al nuestro y continuaba preguntando:

—¿Qué te hacía mamá en la cama?

Yo quería morirme, con aquella mierda de polla de micrófono en la boca. Me quería morir, me quería morir, me quería morir.

Nadie se acuerda de esto. Ninguna novela lo menciona. El niño aturdido, ruborizado, abrumado, que no sabía qué decir, que no quería estar allí, que no quería tener aquella polla en la boca, socorro, liberadme de esta maldición.

"¿Qué te hacía mamá en la cama?"

Hijo de puta, tenías que haber sido el primero en caer. Pasó primero Moltó por pura casualidad, porque nos encontramos casualmente por la calle, pero el incidente Moltó fue el desencadenante de lo que ahora vendrá. Si Tiaguín Moltó merecía la muerte, Eduardo Dordo Asís, el Gordo, aún más.

Y no una muerte cualquiera.

Cuando encontré la cámara de fotos digital, se me ocurrió la idea de cómo devolverle al periodista Eduardo D'Assís, Eduardo el Gordo, todo lo que le debía.

Hacia las ocho oí la llave en la cerradura, y la vocecita de Lidia que hablaba amorosa con el bebé que llevaba en brazos.

—Ahora nos bañaremos, después haremos ñam-ñam...

Empuñé el cuchillo y le salí al paso.

49

(*La luz del final del túnel*)

La calle donde vive Isabel de Lorca aún no tiene pavimentada la calzada y ya tiene rotas las aceras. Forma parte de un barrio que hace poco que es barrio, bloques de casas que se construyeron en terrenos económicos porque estaban alejados de la civilización y que han esperado pacientes a que la ciudad los atrapara. Ahora, tanto la casa como el entorno, están a punto de subir de precio de manera estratosférica y se pavimentarán las calzadas, se restaurarán las aceras y los campos de alrededor se convertirán en parques y jardines o en más edificios de diseño.

Pero todavía no, todavía no. De momento, lo que transmite este decorado es pobreza y desolación. El portero automático del edificio está destrozado y la puerta está abierta. Miralles y Nuria Masclau suben por las escaleras y llaman directamente al piso que buscan.

Les abre una mujer que fue alta y orgullosa y la humillación la ha empequeñecido. En su día tuvo formas redondas y se ha engordado, la amargura le otorga una aura hostil y amenazadora. No es la excantante y actriz ni sombra de lo que era, ni es la prostituta por necesidad que alguna vez debía de maquillarse y vestirse para gustar a alguien. Es la chacha que ha bebido demasiado alcohol, que no ha buscado la juventud en la cosmética, que se viste de cualquier manera a propósito para ensuciarse, que se afea cada día para poderse reconocer en los espejos.

Miralles recuerda las fotos que había en casa de Moltó, y las que acaba de ver en el ordenador, en Jefatura, y se le confirman todas las teorías y suposiciones.

—Soy el inspector Miralles, de la policía —anuncia, con el certificado de la placa y el carné—. Debería hablar un momento con usted.

Ella les deja pasar, sumisa y cabizbaja, y avanzan por un túnel de penumbra hacia un televisor encendido que, al fondo, ladra y marea.

Isabel de Lorca les precede encendiendo luces que evidencian la miseria de la casa y de su biografía, recuerdos que son como trofeos deslucidos por el polvo, fotografías con famosos que todavía son famosos para recordar el fracaso de la propietaria de la casa, fotos de películas con toreros y humoristas caspasos, carteles de cine demasiado antiguos. Y llegan a una salita pequeña con el sofá delante del televisor.

Están haciendo *Palabra de honor* de Kiko Plencia.

—¿Puede apagar la tele, por favor?

Isabel le mira abrumada por el desconsuelo.

—No. Mejor que no. Es que debo ver una cosa. Una cosa que es muy importante para mí, una cosa de mi vida.

Miralles le concede el favor. Piensa que, si es muy importante para la mujer, quizá también lo sea para la investigación policial.

—Pues baje el volumen.

La mujer baja el volumen con el mando a distancia.

—Siéntense.

Se sientan los tres. Ella en el sofá, de lado a la pantalla, para mirarla solo de reojo. Miralles en una silla que le coloca por encima de la mujer, que queda hundida allá abajo. Nuria ocupa una butaca y adopta una expresión de espectadora animada.

—¿Qué sabe, sobre la muerte de Moltó? —empieza el policía.

La mujer desvía la vista, abre la boca y la cierra como un pez, y tarda cinco, seis, siete segundos en contestar, demasiados. Diga lo que diga a partir de ahora, con este gesto ya ha revelado que sabe todo del caso, que la policía acaba de llegar a su destino.

—Nada, no sé.

—Su hijo, entones.

Los ojos de Isabelita relampaguean en una mirada de pánico y trata de disimular.

—¿Mi hijo? ¿Qué pasa con mi hijo? Mi hijo no ha hecho nada.

—Su hijo odiaba a Tiaguín Moltó.

—¡No! —exclama ante aquella idea absurda—. ¿Por qué tendría que odiarle? ¡Tiaguín no me hizo nunca nada!

—Él les obligó a posar para unas fotografías cerdas...

—¡Tiaguín no hizo ninguna foto! ¡Y, además, no eran cerdas! —la mujer aúlla por enésima vez en la vida, indignada, que ya no sabe cuantas veces debe decirlo—. ¡Todo fue un montaje!

Ah, no. Miralles no permitirá que esto se convierta en una sesión de teleporquería. Desde que se hacen esta clase de programas, tanto la policía como los jueces han observado que la gente tiene más capacidad de réplica y protesta. Habla en voz baja y pausada, casi como el ronquido amenazador del felino:

—No eran un montaje.

—¡Sí que eran un montaje! —continúa gritando la mujer, capaz de cualquier cosa con tal de imponer la verdad—. Lucas y yo no hacíamos nada malo. Solo jugábamos en la cama, como juegan las madres y los hijos. Me lo dijo Tiaguín —se controla un poco, al ver que están dispuestos a dejarla hablar—. No hacíamos nada malo. Mire las fotos. No hay ninguna donde se nos vea haciendo ninguna marranada. Quien lo ensució todo fue quien puso los pies de foto, cuando las publicaron, las insinuaciones que dejaban entrever, sin decir nada. "Isabel de Lorca en la cama con su hijo". Era verdad, pero todo el texto que añadió estaba cargado de mala leche, para que todos entendieran lo que no era. Y todos entendieron lo que no era. No fue Tiaguín quien comercializó las fotos. No fue él quien las vendió a la revista... ¡Y, cuando las vendieron, yo ya no era nadie, ya me había retirado!

—¿Y el tema del gatillazo?

—Por el amor de Dios. Una tontería sin importancia. Lo pactamos Tiaguín y yo cuando vimos que iban a destruirme... Él dijo "Montemos el tema del gatillazo" en un último intento para llamar la atención, y vendimos la exclusiva a un programa de tele y a una revista. Hicimos creer que estábamos peleados, pero era mentira...

Con la foto en las manos, Miralles está a punto de decir algo cuando Isabel les sorprende de repente. De reojo ha visto aquello que estaba esperando y, de un salto, se gira hacia el televisor.

En la pantalla hay un hombre de más de setenta años, pelo blanco, gafas de hipermétrope, muy elegante, vestido de Armani y calzado de Farrutx.

El conductor del programa, Kiko Plencia, con una sonrisa enorme de mandíbula descolgada, le ha presentado mientras ellos no estaban atentos, pero ahora un rótulo a pie de imagen les dice de quien se trata.

Jorge Valdemar, productor de cine.

—¡Este es el hijo de puta de verdad! —dice Isabel de Lorca—. Este es quien lo echó todo a perder. ¡Este es el hijo de puta!

Se vuelve loca.

50

(*Taquicardia*)

Así es como se solucionan la mayoría de los casos policia-
les. Rara es la vez que llegas hasta el culpable resolviendo
cadenas de causas y efectos o pillándole en flagrante
contradicción ("¿cómo puedes decir que la víctima
llevaba pendientes rojos si dices que tú no estabas en el
lugar del crimen, y ella se cambió los pendientes aquella
mañana y etc.?"). Normalmente tocas muchas teclas,
mueves muchos mecanismos, y estos mecanismos mue-
ven otros mecanismos que hacen sonar teclas insospecha-
das y, de pronto, un día suena exactamente la tecla que
querías oír. No se puede decir que sea casualidad porque
no has tocado las teclas al azar ni has movido los primeros mecanismos que te han pasado por la cabeza, y
normalmente no aciertas a la primera ni a la segunda. Es
fruto de un trabajo minucioso y esforzado, una perseve-
rancia que garantiza que tarde o temprano lo conseguirás
y, cuando logras el objetivo (aseguran los veteranos de la
Judicial), cuando aciertas, experimentas una descarga de

placer, tío, comparable con la descarga de placer que más te guste.

Huertas afirma que sintió el cosquilleo precursor justo cuando seguía a Mika por el pasillo y disfrutaba de la oscilación de su culito pensando "este sería el culito que Lallana tendría que mirar" y le vino a la cabeza la pregunta "¿Y si Mika nos soluciona ahora el caso?" y la premonición se hizo más y más intensa a medida que se acercaban a la mesa de la inspectora.

Ribera estaba espatarrado en la silla, aburrido e indiferente al ajetreo ambiental. Si el asesino no era quien él había dicho, le importaba todo tres pimientos.

La policía argentina había atrapado a Serafín Santowski en Buenos Aires tan pronto bajó del avión que había cogido en el aeropuerto de Madrid, pero a sus perseguidores ya no les interesaba. Estaba demostrado que su mujer se había suicidado y todo el mundo aceptaba ya que el realizador argentino no había tenido ninguna intervención en el asesinato de Moltó. Le procesarían por la muerte accidental del técnico de televisión. Los dos policías tenían que aceptar que habían apostado por el caballo equivocado. A veces pasa. Pero la verdad es que la furia inicial siempre se deshincha a medida que pasan los días. Sarto ya no se acordaba del golpe de botella que, pensándolo bien, ni siquiera le había hecho ningún chichón y, en confianza y en la intimidad, ya hacía días que Ribera había dicho "Me parece que este sudaca no es el hombre que buscamos". Por eso, cuando vieron pasar a los veteranos excitados por las nuevas noticias del caso, Ribera y Sarto se encogieron de hombros y pensaron "Con su pan se lo coman".

Mika iba diciendo:

—No lo sé, quizá sea una barbaridad pero se me ha ocurrido que... —se giró hacia ellos sujetando una revista con una mano y el retrato robot en la otra— ¿No os parece que se asemejan?

Eran las fotos de Isabel de Lorca y, de momento, los dos hombres solo distinguieron la belleza de la mujer, de las piernas jóvenes y de los pechos medio descubiertos y la risa descarada. Necesitaron dos segundos para desviar la atención hacia el niño que estaba con ella, aquella mirada, aquel rictus, el rostro oval y, de entrada, a los dos se les ocurrió "no, si es un niño" pero, de todos modos, ¿cuántos años tenían aquellas fotos?, ¿qué edad debía tener aquel chico ahora?, callaron y dudaron y Lallana dijo "espera" y Huertas cogió la revista y el retrato robot de las manos de la mujer para mirarlos de cerca.

—¿Quién dijiste que hizo estas fotos?

—Las publicó en la revista A que no el pijo de Eduardo D'Assís. Dice Isabelita de Lorca que fue él quien escribió los pies de foto.

Lallana lanzó un grito intempestivo dedicado a todos los inspectores que podían oírle:

—¿Y dónde está este pijo de los cojones? ¿No teniais que citarle?

Desconcierto general.

—Dijeron que estaba fuera de la ciudad...

—Quedamos que volveríamos a llamar, pero...

—¿Quién ha sido el último que lo ha llamado?

—¡Me da lo mismo, cojones! —continuaba gritando Lallana, convertido en míster Hyde—. ¡Llamadle ahora mismo, hostia!

Ribera llamó al periódico.

—Dicen que ha salido hacia casa —anunció así que colgó el teléfono.

—¿Tienes la dirección? —preguntó Huertas.

—Sí.

—Vamos —dijo Lallana.

—¡Yo también voy! —exclamó Mika, cantarina, como si se apuntara a un pícnic.

Cogieron el Seat Toledo y se trasladaron a casa de Eduardo D'Assís.

Más tarde Huertas me dijo que, todavía hoy, le parece extraña la decisión de salir corriendo hacia allá. Dice: "Es el sexto sentido, el sexto o séptimo sentido del policía veterano que tiene las manos peladas de perseguir a malos. Como los perros. Hay un momento que lo hueles, que lo hueles, y lo ves delante de la nariz, y corres no por miedo a que se te escape la presa sino por miedo a que se te adelante algún compañero".

Conducía Lallana. Mika iba sentada detrás. Huertas marcó el número del teléfono móvil del periodista.

—¿Eduardo D'Assís? Soy Huertas de la policía, el inspector que lleva el caso Moltó.

—Ah, sí. Dígame —parecía que Eduardo D'Assís tenía un problema. Se oyó un tintinear de llaves—. Es que estoy llegando a casa y... Perdóneme, que abro... Diga, diga.

Huertas le dijo que tenían unos cuantos temas pendientes para tratar con él, por ejemplo el de la caja que contenía el denominado Archivo Moltó.

Eduardo D'Assís, mientras subía en ascensor, decía que de aquello no sabía nada, y parecía sincero.

—Tendrá que recordar, tendremos que recordar todos, porque es importante. Pero hay otra cosa...

—Usted dirá.

—Es sobre las fotos que usted publicó en la revista *A que no*. Unas fotos donde se veía a la cantante Isabel de Lorca con un niño.

—Ah, sí, con su hijo.

—¿Tiene copias de aquellas fotos?

—No, no. No eran mías... —se oía el ruido de las puertas del ascensor al abrirse y cerrarse.

—¿No eran suyas?

—No. Eran de Tiaguín Moltó. Él era quien conocía a Isabel de Lorca. Por eso no las podía publicar él en su revista, y me las pasó a mí... —la puerta del piso que se abría—. ¡Eh, familia! ¡Ya estoy aquí!

La puerta del piso se cerraba.

—¿Y qué se sabe del hijo de Isabel de Lorca?

—¿Del hijo? —la sonoridad de la voz variaba dentro del piso, y se mezclaba con un ruido de fondo inidentificable—. Nada. Ni del hijo ni de la madre. Ahora Isabel ha empezado a salir en...

La voz del periodista pijo se rompió de golpe en una especie de grito que se mezcló con aquel ruido cada vez más desagradable. Se podría haber comparado este ruido con un chirrido mecánico muy agudo si no fuera por su componente humano. Salía de una garganta humana y sugería terror y pánico incluso antes de que se añadiera otra voz, imperiosa y brutal diciendo cosas incomprensibles. Entonces, Eduardo D'Assís se puso a gimotear un nombre femenino, el de su mujer, "¡Lidia, Lidia!" y la voz imperiosa estalló "¡Calla, cojones!" y enseguida:

—¿Con quién hablas? ¡Dame el móvil! ¿Con quién hablas? ¡Que me des el móvil, cojones, hijo de puta! ¿Te acuerdas de mí! ¡Ponte de rodillas!

Eduardo D'Assís no dejaba de gimotear el nombre de su mujer, "¡Lidia, Lidia!" mientras la voz áspera croaba "¿con quién hablabas, con quién coño hablabas?", y se cortó la comunicación.

En aquel momento Huertas comprendió que el ruido de fondo era el llanto frenético de un bebé a quien no hacía caso nadie.

—Ya le tenemos —dijo a sus compañeros—. Acelera.

51

Ahora, nos bañaremos, después haremos ñam-ñam...

Me puse a un lado de la puerta del salón para dejarla pasar y sorprenderla por la espalda.

Le puse la mano en la boca y le enseñé el cuchillo, muy cerca del niño que puso ojos de espanto y estalló en llantos.

Ella también tuvo un estallido de pánico pero lo corté en seco con unas palabras al oído:

—El niño, el niño, si chillas mataré al niño, calla o mataré al niño.

No era niño, que era niña, pero ella calló, hizo un esfuerzo sobrehumano por reprimir los sollozos y las convulsiones que le envaraban el cuerpo. Entre mis brazos se convirtió en un organismo tembloroso, inflamado y a duras penas fue capaz de depositar al bebé en el cochecito, todos deslumbrados por el destello de la hoja del cuchillo.

—Si se te escapa un grito, mato al niño. Contaba con que ella quizá se tranquilizaría al ver a un chico joven y musculoso como yo, guapo, porque he salido a Isabelita, pero el cuchillo me robaba protagonismo y la chica, muy atractiva y sexy, se ponía enferma, palidecía, le fallaban las piernas, se doblaba por la cintura, quería vomitar, lloraba y gemía como una vieja pecadora antes de morir.

—Ahora haremos una cosa —le dije, hablando despacio y mirándole a los ojos para que me entendiera—. Yo te enseñaré mi micrófono y tú harás unas declaraciones. Y con aquella cámara que tenéis, inmortalizaremos este momento tan especial, y lo pasaremos al ordenador e imprimiremos las imágenes, y haremos el reportaje de nuestra vida, ¿de acuerdo? Y todo el mundo conocerá tus opiniones. Al niño lo dejaremos en el cuarto de al lado porque hace demasiado ruido...

El niño, o la niña, lo que fuera, lloraba con todas sus fuerzas. Como si le estuvieran cortando las piernas lentamente con un cuchillo de sierra. Le transmití el símil a la madre y me parece que estuvo de acuerdo conmigo, que sí, que si le cortáramos las piernecitas con una sierra quizá el niño haría el mismo ruido que hacía. Con un poco de suerte conseguiría que le quedara un trauma de por vida, una fobia a los cuchillos, o a los micrófonos, o a las visitas inesperadas, o a las madres lloronas. Berreaba con tanto sentimiento, pobrecito, que a Lidia no le quedaría más remedio que hacer lo que yo le mandaba.

52

(La luz del final del túnel)

Miralles y Nuria están sentados en el sofá, contemplando el programa *Palabra de honor* en qué Kiko Plencia entrevista a Jorge Valdemar, productor de cine. Isabel de Lorca está en éxtasis, como santa Teresa ante una de sus visiones orgiásticas, y va hablando sin parar, quizá sin darse cuenta de lo que dice, refutando la sarta de mentiras que salen de la boca de aquel hombre.

—Usted ha venido aquí a denunciar un chantaje.

—Yo he venido aquí para salir al paso de unas declaraciones falsas que han hecho cuatro indocumentados y que afectan a mi buen nombre, y para poner fin de una vez a los rumores y murmuraciones.

—El chantaje fue hace unos años, ¿no?

—El año 92, cuando ya habíamos empezado el rodaje de la película que había de protagonizar Isabel de Lorca —Isabel de Lorca se estremece—, mi mujer estaba muy enferma. De hecho, murió el mes de diciembre de aquel mismo año.

Entonces me vino a ver este Santiago Moltó para enseñarme unas fotos comprometedoras.

—¿Unas fotos comprometedoras? ¿Qué clase de fotos?

—No se haga ilusiones. Hoy he traído estas fotos para que la gente no se crea lo que no es. ¿Podemos verlas, por favor?

En pantalla aparecen las fotografías de Isabel y su hijo. Son fotos equívocas. Late una carga erótica innegable. Quizá tiene razón Isabel cuando dice que no muestran nada más que los juegos inocentes de una madre con su hijo, pero es una madre medio desnuda con un hijo medio desnudo, y el modo como ríe la madre, con la boca tan abierta y tan descarada y mirando fijamente a la cámara, no era risa materna, ni la picardía con que miraba la mano del hijo cuando le tocaba el pecho desnudo.

—¿Lo veis? —exclama Isabel, apasionada—. ¡No tienen nada de malo! ¡Nada de nada!

—Ustedes se deben preguntar —continúa Jorge Valdemar— qué hay de malo en estas fotos, además de lo que se ve.

—¿Qué se ve? —le replica la madre desde su casa—. ¿Qué se ve, hijo de puta!

—"¿Y por qué no quería usted que estas fotos salieran a la luz?", deben preguntarse. Ahora se lo explicaré. Porque eran fotos tomadas en mi casa...

Isabel de Lorca calla de golpe. Se le ensanchan los ojos y las orejas. Para ella, ahora solo existe el hombre de la tele.

—Esta cama, la mesita, la luz, las cortinas, pero sobre todo el cuadro que se ve al fondo, son inconfundibles. Por entonces acababa de salir un reportaje muy completo de mi casa, en la revista *Abolengo*, y cualquiera podría reconocer este rincón. Se había hablado mucho del cuadro, una coronación de la Virgen atribuida a Velázquez, o de la escuela de Velázquez, valorado en cuarenta y ocho mil euros. De alguna manera que todavía ignoro, Santiago Moltó se apoderó de unas llaves de casa...

—¡Mentira, mentira, mentira! —grita Isabelita desesperada, cerca del ataque.

—Y, aprovechando que yo estaba en el hospital atendiendo a mi mujer...

—¡Mentira!

—Se introdujeron este trío, el periodista, la cupletista y el niño, e hicieron estas fotos para comprometerme...

—¿Cómo quiere que nos metiéramos en su casa? ¡Estaba llena de criados y de parientes! ¡Siempre había gente allí, mentiroso!

—No delante de la prensa, que no se habría interesado nunca por estas fotos sin sentido, sino delante de mi mujer...

—¡Las fotos las hizo él! —revela entonces Isabelita, cargada de rabia destructora—. ¡Las hizo él, porque le gustan los niños y se quería tirar a mi Lucas!

—Si mi mujer hubiera llegado a ver esta especie de orgía en su propia cama, esto habría acelerado su muerte, sin duda. Yo no podía permitir que las fotos circularan y, por lo tanto, cedí al chantaje...

—¡Hijo de puta mentiroso! ¡Falso! ¡Las fotos las hizo él!

—¿En qué consistía este chantaje? —interviene Kiko Plencia.

—Pues ni más ni menos que en destruir la carrera de esta mujer. La mujer de las fotos. Se trataba de hundir a Isabel de Lorca.

—¡Es mentira! ¡Es falso! ¡Este cerdo quería las fotos para pelársela en el wáter!

—Esto es el que me pidió Santiago Moltó...

—¡No es verdad! ¡Todo esto lo dice para adelantarse!

—Y, como os decía, cedí al chantaje. Despedí a Isabel de Lorca de la película que yo producía...

—¡Lo dice para que nadie lo destape antes que él, ahora que se vuelve a hablar de Tiaguín!

—Me encargué de que cancelaran su gira y hablé con amigos y conocidos del mundo de la farándula para que no dieran nunca más trabajo a Isabel de Lorca.

—O sea —dice Kiko Plencia, paladeando la crispación—, que usted confiesa que destruyó la carrera de Isabel de Lorca.

—Sí, lo confieso...

—Esta es la única puta verdad que has dicho en todo el rato, ¡cabrón! ¡Ya lo sabía, cabrón, que habías sido tú!

—Pero quiero que se me entienda. Lo hice por respeto a los sentimientos y a la vida de mi mujer. Y también porque Isabel de Lorca no tenía demasiado futuro como artista, ya nos entendemos...

—¡Cabrón mentiroso!

—No sé por qué quería perjudicarla Santiago Moltó, pero en realidad no hacía nada más que precipitar un final inevitable...

—¡Mentiroso, falsario, hijo de puta! ¡Y ahora di por qué hundiste también la carrera de Santiago Moltó! ¡Dilo! ¡Di por qué le exterminaste también a él! Porque todo esto son mentiras para esquivar la verdad, no se diera el caso que alguien pudiera explicarla, ¡asqueroso pollacorta!

Sufre convulsiones como si estuviera poseída por mil demonios. Su dedo por fin acierta el botón de la tele y, así que desaparece la imagen, la mujer se permite el llanto más desconsolado. Los sollozos que la sacuden son tan violentos que Miralles y Nuria corren a auxiliarla, a abrazarla para que se calme.

Durante un buen rato no se entiende lo que dice porque le tiembla la barbilla y la baba le resbala por el cuello. Poco a poco, el tartamudeo se vuelve un gemido, y el gemido deriva en un jadeo, una respiración agitada a través de la cual ya puede volverse a manifestar la voz, cargada de razón, de verdad y de rabia.

—Yo era la amante de Jorge Valdemar, este repugnante hijo de puta, sí, me habían dicho que, si quería ser actriz, tendría que abrirme de piernas con más de un productor, me lo habían dicho mis padres, sí, y yo les hice caso, sí, si se ha de hacer se hace, y después resultó que Jorge Valdemar quería a mi hijo, bueno, yo ya lo veía, no me lo pidió nunca pero yo ya lo veía y no pensaba darle a mi hijo pero, bueno, en fin. Cuando me preguntó si le podía hacer unas fotos, unas fotos artísticas, especiales, de exposición, cuando me lo suplicó, bueno, unas fotos no tienen nada de malo, unas simples fotos. Y nos llevó a su casa, a Lucas y a mí, aprovechando que su mujer estaba en el hospital, y nos hizo aquellas fotos, él decía que no tenían ninguna mala intención. Pero a mí me mosquearon un poco. Yo se lo permití, pero me mosqueé un poco. Después se lo comenté a Tiaguín, "mira qué me hizo hacer, aquel marrano", y Tiaguín me dijo "tráemelas, que yo las vea, que según cómo puede ser un delito, le puedes denunciar, le puedes sacar mucha pasta, o tenerlo cogido por los cojones y obligarle a hacer lo que tú quieras"...

Hablando de fotos, Miralles ha visto una en un estante al otro lado de la habitación.

—Así que un día pedí a Valdemar que me enseñara las fotos, y él con mucho gusto, porque le gustaba mirarlas y porque, de paso, aprovechaba para pedirme que le dejara un rato a solas con el niño, y aproveché un descuido para mangarle un par...

Miralles se levanta, cruza la sala y coge la foto de un estante donde, en vez de libros, hay álbumes de fotos. El chico que quiere sonreír a la cámara no sabe sonreír, o quizá no puede sonreír igual que su madre. Le sale un rictus despectivo, insolente como un escarnio.

—Se las llevé a Tiaguín. Eran fotos inocentes, ya las habéis visto, nada pecaminoso ni sucio. Me dijo que no podíamos denunciar a Valdemar, que aquello no era nada comprometedor y lo dejamos correr...

Los ojos, la mirada, la boca y la nariz del chico de la foto forman un conjunto muy parecido al retrato robot que han realizado los de la Científica del sospechoso del mono azul y la moto. Y, ahora que lo dices, también recuerda al niño de cara estupefacta que estaba en la cama con Isabelita en otras fotos escandalosas.

—Después no sé qué pasó. Tiaguín se quedó las fotos, no sé qué uso hizo de ellas, ni quiero saberlo, pero el caso es que poco después Valdemar me despidió. Se interrumpió el rodaje de la película, hizo que me cancelaran la gira y, de un día para otro, nadie quiso saber nada de Isabelita de Lorca. Me convirtió en una apestada.

Isabelita calla y su respiración se va normalizando. Se ha quedado muy triste.

—Y su hijo... —interviene Miralles, después de una pausa respetuosa, con voz queda. Pone la foto delante de los ojos de la mujer para que quede claro de quien están hablando—... ¿Cómo se llama? ¿Lucas...?

—Sánchez. Lucas Sánchez. No le di mi apellido porque mis padres no lo consideraron conveniente. Mis padres consideraban que mi niño nos podía llevar a la ruina a todos. Le pusimos los apellidos de una tía suya. Lucas Sánchez Fernández.

—La tía —dice Nuria.

—¿Y dónde trabaja?

—En un taller mecánico cerca de aquí. Pero ahora está de baja.

—¿Dónde vive?

—Aquí.

—¿Y dónde está, entonces?

—No lo sé. Sale. No me dice nunca donde va.

—Isabelita —dice Miralles con infinita delicadeza—: usted sabe que su hijo no se ha portado demasiado bien. ¿Se lo explicó?

Ella niega con la cabeza. Pero lo hace de una manera automática, sin convicción.

—Su hijo se encontró con Tiaguín, ¿verdad que sí? A principios de marzo...

—No le he llamado nunca hijo. Ni él a mí, madre. Pero me cuida como un hijo, me quiere como un hijo...

—Se encontró con Santiago Moltó, ¿verdad?

—Solo es Lucas.

—¿Se encontró con Santiago Moltó y vino aquí, y se lo contó, verdad? ¿Qué le dijo?

—Se encontró a Tiaguín por la calle, sí. Le saludó, hablaron. Tiaguín se puso muy contento al verle, y le invitó a comer. Estaba trompa, como siempre y, mientras comían, se confesó culpable de todo lo que me había pasado. Yo no le habría culpado tanto, pobre, porque el mundo es como es, y la vida va como va, pero él se echó mucha mierda encima. Convenció a Lucas. Le dijo que estaba dispuesto a escribir una gran exclusiva que me había de resucitar. Me había resucitar, dijo. Y Lucas interpretó que, si me habían de resucitar era porque previamente me habían matado, ¿lo entendéis? Dice "el hijo de puta primero se hace de oro destrozando tu carrera, matándote y enterrándote, y ahora se quiere hacer de oro otra vez resucitándote, ¿pero qué se ha creído?". Me dijo que yo era una pánfila, una idiota que me había dejado engañar, incapaz de reaccionar. Estaba furioso. Yo le decía que no era Tiaguín quien hizo publicar las fotos. No fue él. Fue Eduardo D'Assís. No sé como consiguió las fotos, pero fue él quien las publicó, quien puso aquellos pies de foto horribles y cabrones. Eduardo D'Assís. Pero Lucas no me escuchaba. Se obsesionó con Tiaguín. Fue a vigilarlo, porque ya sabía donde encontrarlo, y durante unos días le siguió con la moto hasta su casa del Cerro del Bosque. Venía aquí y me explicaba cómo vivía, que era un miserable que vivía en la miseria, me decía... Se obsesionó...

Traga saliva.

—¿Dónde podemos encontrarle, ahora? –pregunta Miralles.

Isabel calla. Mira al suelo.

—Isabel. ¿Dónde podemos encontrarle, ahora?

Isabel es una mujer vencida, encorvada, debilitada, sin fuerzas. Ahora, llora. No puede evitar que dos lágrimas, quizá las primeras desde hace años, le resbalen por las mejillas y le mojen el dorso de la mano.

—Isabel.

Abre mucho la boca, en un gran suspiro. No puede parar de llorar

—Isabel.

—No lo sé —dice por fin.

Pero deja la sensación que sí que lo sabe pero que no lo quiere decir porque las madres no denuncian a sus hijos.

Miralles se retira, pero sin perder de vista a la mujer rota, y marca un número en el móvil. Habla con voz baja e imperiosa.

—¿Lallana? Soy Miralles. Ya lo tenemos. Al asesino de Moltó. Envíame una patrulla y venid, tú y Huertas, tan deprisa como podáis.

(Aquí aparece la contradicción donde divergen las dos novelas. Mientras que en *Taquicardia*, de Pepe Baza, Lallana y Huertas ya estaban corriendo hacia el piso de Eduardo D'Assís, en el relato de Nuria Masclau los dos veteranos están a disposición del inspector en jefe Miralles. No tiene que extrañarle a nadie: aunque basadas en hechos reales, las dos son novelas, que quiere decir ficción y ficción quiere decir mentira.)

Sus palabras [de Miralles] desencadenan, en diferentes puntos de la ciudad, carreras y puertas de coche que se abren y se cierran, y sirenas que ululan y luces azules intermitentes.

Con la emoción de Alí Babá en el momento de acceder a la cueva de los cuarenta ladrones, Nuria Masclau se ha sentado en el sofá, al lado de Isabel de Lorca, y ha empezado a hacer su trabajo.

—Señora de Lorca... Soy periodista, me llamo Nuria Masclau, y querría hacerle algunas preguntas...

Enseguida llega la patrulla y, veinte minutos más tarde, los veteranos Lallana y Huertas. Miralles les sale al paso.

—¿Tenéis manera de contactar con un periodista que se llama Eduardo D'Assís? —les pregunta.

—Sí. Es el que encontró el cuerpo. Le tomamos declaración el primer día. Espera... Lallana hace girar unas páginas del bloc hasta llegar a los inicios del caso. Arranca una hoja y se la da a Miralles. Allí están las direcciones y los números de teléfono del domicilio particular y del trabajo de Eduardo D'Assís. A continuación, con su compañero Huertas, desplazan a Nuria y empiezan a tomar declaración a la excupletista con los blocs en la mano.

—¿Vienes? —dice Miralles.

—¿Dónde? —pregunta Nuria—. Quiero decir que sí, que voy, ¿pero dónde vamos?

—A hablar con este Eduardo D'Assís. Todavía he de aclarar un par de cosas que no entiendo.

(...)

Desde el coche Miralles ha llamado a la redacción del periódico donde trabaja Eduardo D'Assís. Le han dicho que ya había terminado, que debía estar llegando a su casa, y el policía ha variado el rumbo para dirigirse al centro de la ciudad.

Durante el trayecto habla con Nuria (...)

(Aquí, Nuria, autora de *La luz del final del túnel*, se da pie a si misma para endilgar uno de sus mítines moralistas que no interesan a nadie.

Dejan el coche en un aparcamiento público y, cuando van hacia la dirección que les han dado, se encuentran, mira qué casualidad, con Eduardo D'Assís en persona. Esto es un recurso artístico, claro, para incluir en el libro aquello que Eduardo D'Assís tenía que explicar mucho después, en comisaría. De esta manera, la autora acaba de explicar todos los detalles del caso antes de pasar al número fuerte.)

(...)

Eduardo D'Assís es más joven de lo que esperaban, pero también aparenta ser más joven de lo que es. Viste *fashion*, ropa de marca que quiere parecer barata, camiseta negra de cuello redondo, chaqueta blanca de caída impecable, tejanos que parecen hechos a medida y mocasines sin calcetines. A Nuria le parece muy atractivo.

—Soy Miralles, el jefe del Grupo de Homicidios —el periodista, que mira a Nuria con simpatía, estaba a punto de meter la llave en la cerradura—. ¿Puedo hablar un momento con usted?

—Claro que sí. Suban.

Por un momento parece que Miralles no esperaba entrar en el edificio y subir al piso de Eduardo. Quizá pensaba hacer las preguntas en mitad de la calle. Ahora se da cuenta de que sería absurdo y acepta la invitación.

Entran en un vestíbulo que, en contraste con el exterior soleado y cálido, resulta oscuro y frío. Es una portería del principios del siglo XX, restaurada de tal manera que los apliques, los estucados del techo y el ascensor de forja retorcida, todo original, parecen piezas de anticuario colocadas en un decorado de antes de ayer.

—Supongo que vienen para hablar de Tiago Moltó. Me parece que ya les expliqué todo lo que sé, pero usted dirá.

—Las fotos de Isabel de Lorca que usted publicó se las dio Moltó, ¿verdad? Eduardo D'Assís se detiene para mirarle manifestando sorpresa. Quiere comprobar que la pregunta no es pregunta sino constatación.

—Claro —dice.

—¿Y por qué las publicó?

La sorpresa aumenta. Cualquiera tendría que conocer la respuesta a aquellas cuestiones.

—Moltó me las dio para que las publicara —dice mientras abre la puerta del ascensor—. Él no podía venderlas porque conocía a Isabel y ya había recibido lo suficiente por culpa de aquel asunto, pero las fotos eran pelas y era una pena que se perdiera aquel dinero. Pasad.

Deja pasar primero a Nuria y, después, a Miralles. Continúa:

—A veces lo hacíamos. Si él no podía vender un tema porque lo había prometido, o porque se lo había pasado un amigo y él no quería comprometerle, me cedía a mí la noticia y ningún problema. Después nos repartíamos beneficios o me invitaba a cenar.

Lo dice con tranquilidad inocente. Se trataba de un juego limpio, ingenioso y honesto.

—¿Y este es todo el uso que Moltó dio a estas fotos?

El ascensor es estrecho. El periodista mueve la cabeza y se muerde los labios para sugerir que ya sabe a qué se refiere el otro, que hablan el mismo idioma. Mira a Nuria. Parece que le gusta la proximidad de la mujer, no le saca el ojo de encima, quizá la ha reconocido. Los dos colegas se miran sonrientes como competidores.

—No —reconoce—. Moltó las había utilizado antes. Lo mío era, digamos, un segundo uso —varió el tono para parecer sensato y solemne—. Tiaguín había utilizado las fotos con Jorge Valdemar —sus ojos y el titubeo, algo nervioso, dicen que no sabe si es prudente hablar de esto a un policía, pero Eduardo D'Assís es un ciudadano honrado y sincero que no tiene nada que esconder—. Las fotos se habían hecho en casa de Valdemar. Se veía claro porque la casa había salido en la revista *Abolengo* y en el rincón donde se encontraban Isabel y su niño había un cuadro famoso sobre el que se había hablado mucho. Que si era un Velázquez, o una imitación, o una copia, que si valía tanto o si valía cuanto. Valdemar es del Opus, o como mínimo lo era en aquella época, y no le interesaba que la prensa pudiera decir que, mientras su mujer estaba enferma en el hospital, en su casa una actriz borracha, drogadicta y ninfómana se había montado una orgía con su propio hijo.

El ascensor se detiene. Ahora es Miralles quien ha de abrir la puerta y sale el primero al rellano. Eduardo D'Assís cede el paso a Nuria y se encarga de cerrar las puertas sin dejar de hablar.

—Moltó cogió al productor por los cojones y le pidió que le explicara unos cuantos secretos financieros del Opus Dei en el que Valdemar estaba implicado. Valdemar cantó. Tiaguín Moltó triunfó publicando en la revista *Todo Vale* toda la información sobre un fraude organizado por un grupo llamado *Finansa*, ¿le suena? Se dedicaban a comprar fincas procedentes de subastas judiciales y recalificaban terrenos sobornando a gente de la administración, cosas así. La noticia se acompañaba de fotocopias de extractos bancarios, números de cuentas corrientes en Suiza y no sé cuantas cosas más. Fue una campanada. Y la otra parte de la información, la más picante, Moltó la negoció con el gobierno socialista. Sacó mucho dinero de aquello. Pero fue su último negocio. La venganza fue terrible.

Miralles y Nuria se han arrimado a la pared y Eduardo D'Assís abre la puerta del piso.

—Pasad, pasad —dice, hospitalario.

Pasan.

—Le echaron de la universidad, le cerraron la revista, se le acabó la ganga de la televisión. Todo el mundo le cerró las puertas. El brazo de Valdemar era más largo de lo que se pensaba. Moltó fue a verle para decirle que haría que su mujer viera las fotos, pero la mujer de Valdemar murió enseguida y, de repente, resultó que las fotos eran inofensivas. Le dijo "Publícalas, si quieres". Bueno, y las publicó, ¿qué tenía que hacer? Era su última oportunidad de ganar dinero...

Lo primero que les alarma son unos murmullos agudos y desesperados, grito de alarma ahogado por una mordaza, y el llanto exacerbado de un bebé. Los músculos de Miralles se han puesto en tensión cuando, en cuatro zancadas llegan a la habitación principal de la casa presidida por un tapiz inmenso que imita a Miró, y allí se encuentra al hombre del mono azul y las zapatillas de deporte.

Las paredes de la sala están empapeladas con cincuenta fotos o más que representan el primer plano de una mujer en el momento de efectuar una felación. Han sido hechas con una cámara digital por el hombre que se beneficiaba y que sujetaba a la mujer por el pelo, obligándola de manera muy violenta, indiferente a las lágrimas y a la mueca de asco y espanto que ha quedado plasmada. La banda sonora de la violación continúa llegando desde algún rincón de la casa, el llanto irritado, constante, del bebé, y el sonido agudo de una garganta que no puede hablar.

En la sala, en un rincón, hay un ordenador y una impresora, y la pequeña cámara fotográfica todavía está conectada. Es evidente que las reproducciones han sido imprimidas no hace demasiado. El hombre ha pasado mucho rato trasladando el contenido de la cámara al ordenador, imprimiendo y colgando las fotos en la pared para preparar esta bienvenida.

El hombre del mono azul se ha llevado un susto casi tan mayúsculo como el de los tres recién llegados. No esperaba la presencia de Miralles y su pistola. Tiene en la mano un cuchillo de cocina muy grande, la hoja quizá tiene treinta centímetros, y ahora no sabe qué hacer.

—¡Tira el cuchillo, Lucas! —exige Miralles—. ¡Tira el cuchillo!

Los gritos, la parálisis crispada, el llanto del bebé, el grito inarticulado como un sostenido que se clava en el cerebro, Nuria Masclau está sobrecogida pero encantada de la vida, protagonista del capítulo más emocionante de su reportaje.

(¡Lo dice la misma Nuria!)

Y Eduardo D'Assís, llorando y gritando el nombre de su mujer.

—Lidia, Lidia, ¿dónde estás? ¿Qué te han hecho?

Aunque no se mueve del sitio, Lucas Sánchez Fernández levanta el cuchillo por encima de la cabeza, sordo a las órdenes cada vez más histéricas de Miralles, "¡tira el cuchillo, tira el cuchillo!".

—¡Le he metido el micrófono en la boca! —grita el asesino—. ¡Le he metido el micrófono, cabrón, como tú me hiciste!

El bebé llora y llora.

—¡Tira el cuchillo!

Lucas se pone a berrear y a patalear como un niño:

—¡Me arruinasteis la vida, hostia! ¡No la de Isabelita de Lorca! ¡La mía, mi puta vida arruinasteis! ¡Que le den por culo, a la Isabelita de los cojones, por estúpida! ¡Me arruinasteis la vida a mí, que podría haber sido el hijo de Isabelita de Lorca! ¡Podría haber sido un Paquirrín, o uno Farruquito, hostia, que viven como reyes sin hacer nada ni demostrar nada al mundo, que pueden atropellar a un tío con el coche y aún les ríen la gracia! ¡Y por vuestra culpa, solo soy un puto mecánico! ¡No es justo, mierda de vida! ¡Y tú metiéndome el micro en la boca, hijo de puta...! —estira el brazo, señalando a Eduardo D'Assís con el cuchillo, y Miralles grita "¡Tira esto!" con un grito que ya es como un disparo—. "¿Qué haciais tú y mamá en la cama?" ¿O es que no te acuerdas? Persiguiéndome por la puta calle con el micro, y riendo , qué reías. "¿Qué haciais, tú y mamá en la cama?", cabrón de mierda...

(No es preciso decir que en aquel momento no dije nada de todo esto. No sé qué dije pero las cosas no fueron así. Sea como sea, quizá lo dije después, en Jefatura, cuando los polis me invitaban a cafés y me daban conversación.)

Ha ido retrocediendo hacia el balcón y, de pronto, da media vuelta, sale al exterior, Miralles aprieta el gatillo, la detonación ensordece a todo el mundo, se rompe de un modo catastrófico un cristal y Lucas Sánchez Fernández salta al vacío por encima de la barandilla.

Nuria Masclau chilla.

A Eduardo D'Assís le importa un bledo lo que le pase al intruso. Corre al cuarto de al lado, de donde provienen los murmullos angustiosos y los llantos del niño y encuentra al niño en la cuna, desconsolado, y a Lidia en el suelo, en estado de shock, frenética, atada y amordazada con cinta adhesiva.

53

(La realidad sí que es la hostia. Es muy curioso. Cuando leí las dos novelas que hablaban de mí, recuerdo que me indigné porque mi detención no había sido como explicaba Pepe Baza ni como explicaba Nuria Masclau. Pero después, a base de leer y releer, tuve que aceptar que me gustaban más aquellos dos desenlaces que el auténtico. Y, ¿queréis creerme?, ahora mismo no recuerdo ya qué sucedió de verdad y, cuando he de explicarlo, ya no sé si quedarme con el final Baza o con el final Masclau. Y pienso que tendré que escoger para cuando pueda empezar a recibir periodistas y televisiones. O quizá tendré que tener un final alternativo, ni el uno ni el otro, mucho mejor, para que así se pueda escribir un tercer libro, el bueno, mío, *La verdad sobre el caso Moltó* o *La auténtica historia del caso Moltó, lo que nos escondieron…*)

(Taquicardia)

Descartaron inmediatamente poner la luz en el techo y conectar la sirena, así como avisar al grupo de intervención que se plantaría en el barrio como un ejército de ocupación, con trompetas del Séptimo de Caballería, ruido de botas militares, estampidos de armas automáticas al montarse, gritos de mando e incluso estrépito de helicópteros. Nada de llamar la atención. Ninguna movida que alertara al malo y pudiera precipitar los acontecimientos. Un loco que ya ha matado puede volver a hacerlo si le da un ataque de nervios. O puede encerrarse en el piso y atrincherarse con los rehenes y hacer de su delito un espectáculo de sangre. Querían cogerle desprevenido. Nada de llamar a la puerta, tampoco, claro está. Nada de "¡sal con las manos en alto, tenemos el edificio rodeado, no tienes ninguna escapatoria!". Dejaron el Seat Toledo aparcado en doble fila y fuera del campo visual de cualquiera que estuviera en el piso de Eduardo D'Assís y, por si acaso el asesino estaba atento a lo que ocurría en la calle, se separaron y se acercaron al edificio cada uno dando un rodeo diferente. La chica esbelta de pelo corto, tejanos gastados, camiseta negra con el rótulo "Negra y Criminal" y chaqueta masculina, que podía ser una estudiante acuciada por la urgencia de encontrarse con el novio; el hombre alto y voluminoso, de pelo espeso rizado y blanco, rostro colorado, bien vestido, que pasaría por un ejecutivo de multinacional abrumado por las obligaciones y la cabeza rapada del traje negro y las gafas de Matrix, quizá miembro de alguna secta satánica. Los tres camuflados entre la corriente de peatones que iban a lo suyo indiferentes al resto del mundo.

Los tres miraron los balcones del tercer piso y vieron que uno estaba abierto. Los tres tuvieron la misma idea. Eduardo D'Assís vivía en el tercero segunda. Llamaron al tercero primera. Del portero automático respondió una voz femenina.

—Ábranos, señora. Somos de la policía. Es una emergencia. No se asuste.

—Pero...

—¡Ábranos!

Les obedeció. En el ascensor, mientras subían, sacaron las pistolas reglamentarias. Glock de 9 mm. El arma de Mika parecía más grande entre aquellas manos pequeñas. Del cuerpo de Lallana se desprendía un fuerte olor a sudor.

Una señora mayor que parpadeaba mucho y no sabía si reír o llorar les recibió en el rellano.

—Permítanos, señora.

—No se asuste —dijo Mika.

Se colaron en un piso grande, decorado con recuerdos de toda una vida. De un primer vistazo , por las fotos y el aspecto pulcro e impecable de la sala, Huertas dedujo que la mujer era viuda de militar y vivía sola.

—¿Esta pared nos separa del piso vecino?

—Sí, señor.

Salieron al balcón. El balcón que tenían a su izquierda debía corresponder al piso de Eduardo D'Assís. Mika se cogió a la barandilla, dispuesta a pasar al otro lado. Huertas la detuvo.

—No, ¿qué haces? Déjame a mí. Si nos sorprende en el momento de pasar, es mejor que el cabrón se encuentre conmigo.

—¿Qué dices? —se resistió la chica—. Yo me muevo con más agilidad, y perdona que te lo diga.

—¿Ahora vamos a discutir para ver quien se descalabra primero? —exclamó Lallana, muy irritado.

No hablaron más. Sin pensárselo dos veces, Mika se subió a la barandilla del balcón, a cuatro pisos de la calle, unos veinte metros de caída libre, y saltó al balcón vecino, que estaba a más de un metro de distancia, con toda seguridad y decisión, como si hubiera nacido en un circo. No transmitió ninguna sensación de peligro ni de miedo. Un segundo después ya estaba en el balcón del periodista. El arma a punto, la espalda pegada a la pared.

Del interior del piso, solo le llegaba el llanto de un bebé. Ningún movimiento. El número de circo de Huertas fue menos airoso y más aparatoso que el de la chica. Se tendió boca abajo sobre la barandilla y procedió a pasar las piernas lentamente hacia la parte del abismo con una cierta angustia que inducía a Lallana a decir "Cuidado, cuidado, ve con cuidado" hasta que el grandullón se cabreó:

—¡Ya voy con cuidado, cojones! ¿Quieres callarte?

Solo el amor propio podía arrastrar a Huertas a jugarse la vida de aquella manera. Si una chica frágil como Mika era capaz de hacerlo, él no podía ser menos, naturalmente. Ya tenía los talones firmes en el suelo del balcón por la parte de fuera, de espalda a la barandilla donde se cogía tan fuerte que sus manos estaban a punto de sangrar. Pasaron diez segundos eternos de indecisión y de mirar abajo ("¡No mires abajo!", "¿Quieres callarte?") durante los que la gente de la calle miraba hacia arriba.

Cuando saltó de balcón a balcón, tanto él como Lallana tuvieron la sensación de que su peso hacía tambalear todo el edificio. Imposible que el asesino no se hubiera dado cuenta. A continuación había de pasar otra vez al otro lado de la barandilla, pero había superado lo más difícil. Ahora le tocaba a Lallana.

—¡Venga! —ya va, ya va.

Lallana no lo veía nada claro. Se sacó las gafas oscuras. "Qué muerte más estúpida, si caigo." El hombre del mono azul estaba de espaldas al balcón, con un gran cuchillo de cocina en la mano. Eduardo D'Assís estaba un poco más allá, de rodillas y llorando de manera irreprimible, desguazado, como si le hubieran dislocado los huesos de los brazos y las piernas. El bebé lloraba y lloraba. No hablaba nadie. La pared estaba empapelada de fotografías pornográficas. Felaciones. Mika tardó unos instantes en entender qué pasaba. Una mujer, presumiblemente la mujer de Eduardo D'Assís, estaba practicando una felación al hombre del mono azul. Mika entró en el piso de puntillas, dos pasos con la gracia de una bailarina, silenciosa como un gato, encañonando al hombre del cuchillo.

—Eh, chico —dijo suavemente.

Se había colocado a la derecha del hombre, de manera que al girarse hacia ella, el cuchillo se alejara de la mujer. El chico la miró con ojos de espanto. Huertas irrumpió como un rinoceronte a la carga, bum-bum-bum, era un edificio antiguo, las vigas debían ser de madera porque toda la vivienda vibró como sacudida por un terremoto. La manaza del policía sujetó la muñeca armada y le pegó un tirón brutal. La mujer del periodista, de rodillas en el suelo, se quedó boquiabierta, paralizada por el shock. El hombre del mono azul, polla en ristre, se convirtió en una explosión de violencia. Cargó contra el policía con frenesí demencial y, mientras Mika chillaba "¡Quieto, quieto o disparo!", empujó a Huertas hacia el balcón y salieron tropezando y tambaleándose justo cuando Lallana saltaba al interior, chocaron los tres entre sí y contra la barandilla inconsistente. Se produjo un baile de brazos trenzados, golpes frustrados, garras y arañazos en aquel balcón demasiado pequeño para los tres hombres corpulentos, el loco empezó a aullar como un loco, el alarido ensordecedor se solapó al de las sirenas que llegaban de la calle y había puñetazos y manos que agarraban ropa, y gritos de "¡Quieto, quieto, cojones, para!", es imposible parar a un loco descontrolado, y explican Lallana y Huertas que el hombre del mono azul se les escabulló entre los dedos como si estuviera untado con grasa, jabón, aceite, y pataleó y pedaleó para liberarse de ellos como si la muerte le fuera en ello. Desgañitándose como un loco, como solo los locos saben hacerlo, se subió a la barandilla con la agilidad de un mono y continuó subiendo y subiendo hacia el cielo, hacia lo imposible, hasta que se encontró suspendido en el vacío, y los policías estiraban brazos y manos y dedos para agarrarle de la ropa, de los cabellos, de donde fuera, pero él se salió con la suya y cayó a plomo, visto y no visto, sin cesar de aullar como una bestia, como un cerdo moribundo, a plomo hasta el techo de un camión, pam, un golpe seco, sorpresa de peatones y policías que ya llegaban para ver qué pasaba.

El hombre del mono azul sobre el techo del camión.

54

(Pensándolo bien, el final de la novela que más me gusta es el de Nuria Masclau. Es el que he escogido para vosotros.)

(*La luz del final del túnel*)

Miralles abre la puerta del piso y lo encuentra oscuro, sin el faro de los colorines, las chiribitas y las risas en el horizonte. Cuando cierra la puerta y enciende la luz, lo hace con la fatiga de quien ya se ha resignado a la derrota. Ya no tiene nada que hacer. Mientras se quita la chaqueta y la cuelga en el armario, y deja la pistola en el cajón de la consola, se va convenciendo de que está solo y comprende que la soledad resta sentido a toda la liturgia de llegar a casa. Si tira la chaqueta al suelo o deja la pistola sobre la mesa del comedor no se lo echará nadie en cara. Luisa no le dirá nada.

Avanza solo y desalentado por el pasillo y no pasa ni tres segundos antes de que se dé cuenta de que no está solo. La sensación, lejos aliviarlo le llena de inquietud.

Oye un murmullo medio anudado, incomprensible y misterioso. Podría ser un gemido de mujer ahogado, que le recuerda los gritos de socorro de la mujer de Eduardo D'Assís amordazada por la cinta adhesiva.

La luz de la cocina está encendida.

Por un momento tiene miedo de encontrar a Luisa en idénticas circunstancias, atada y amenazada por un Lucas Sánchez Fernández loco y armado con un cuchillo.

Miralles cree que se ha dejado la pistola en el cajón del recibidor y llega a la puerta de la cocina.

Luisa está vuelta de espaldas, cortando un calamar en anillas con un cuchillo grande y muy afilado. En el fuego hay una cazuela tapada donde se cuecen las cebollas que emanan aquel olorcillo dulce. Al alcance, tiene el tomate pelado en un plato, la botella de vino tinto, el vaso de jerez, el ajo. Y el cuchillo, chac, chac, convirtiendo el calamar, o los calamares, en pulseras blancas.

—No estás mirando la tele —dice Miralles.

Ella no se gira. Utiliza el cuchillo, chac, chac, chac.

—Estoy haciendo unos calamares con cebolla.

Siempre ha sido el plato preferido de Miralles.

—¿Y eso? —él avanza hacia ella, cauteloso como un asesino.

—Miraba la tele —dice Luisa, y ahora se ha quedado muy quieta, con las manos sobre el mármol, quizá con miedo de caer desmayada—, veía la tele mientras te esperaba, para pasar el rato. Mientras venías, y no venías nunca, no sabía qué hacer porque pensaba que cualquier cosa que hiciera la interrumpirías. "No empieces porque ahora llegará Pedro y tendrás que dejarlo". Así pasaba el tiempo, sin hacer nada. Ahora, que ya doy por descontado que no vendrás, como que no te he de esperar, ya puedo hacer cosas. Cocinar, por ejemplo. Es mucho más distraído, si no esperas. Haces cosas.

Miralles decide no esperar más. Sin palabras, pasa a la acción.

Pone las manos en la cintura de Luisa y la besa en el cuello, con labios y dientes, mientras le arrima la erección al culo. Ella se rehace enseguida del sobresalto aceptando la dureza entre las nalgas pero no aparta las manos del mármol, cerca del cuchillo y de los calamares a medio cortar, solo hecha la cabeza hacia atrás para disfrutar de las cosquillas que, desde la base del cuello, le invaden todo el cuerpo, le debilitan las piernas, le hacen abrir la boca para llenarse los pulmones de oxígeno. Él se ampara en sus pechos, y se maravilla de haberlos tenido olvidados tanto tiempo, los achucha y juega con los pezones, y ya busca la boca, las bocas se buscan, y ella gira sobre sí misma para devorar con ansia aquello que la devora, para ofrecer el vientre a la verga que impone una presencia insistente. Y mientras los labios, las lenguas, los dientes se redescubren lubricados por una abundancia de saliva sorbida, Miralles abre los ojos un instante y comprueba que aquella mujer irresistible es Luisa, y que Luisa es muy guapa, pero que muy guapa, y se siente estúpido por haberla tenido abando-nada, olvidada, durante tanto tiempo. Le sube el vestido para tocar carne, le acaricia los muslos, le agarra las nalgas y la estre-cha posesivo contra su cuerpo. Le baja las bragas con impacien-cia. Ella ensarta el culo en el mármol para facilitar la acometida, y arrincona calamares y cuchillo, y vierte el plato de tomate, y el primer polvo del día, después de una eternidad que les hace vírgenes, es allí mismo, cerca del fuego donde la cebolla hace chup-chup, una mano ansiosa que busca el pene con urgencia y dice ahora, no te esperes, no hagas caso de los preliminares, los preliminares están sobrevalorados en un caso de emergencia como este, dejemos los preliminares para después, para el segundo o el tercero, que se disfrutan como los postres, cuando el hambre ya ha menguado. Ridículo de policía con los pantalones caídos alrededor de los tobillos, embistiendo con golpes fuertes a la mujer que los encaja y gime, sacudida y temblorosa, desmelenada, ausente, inconsciente, desatada, feliz a gritos y lágrimas.

El segundo polvo ya es en la cama y con calma, con prefacio de caricias suaves y risas, de resistencia y forcejeo de mentira pero sin palabras, porque ambos tienen miedo de lo que se les pueda escapar por la boca en estos momentos desprevenidos. Miralles se volverá a animar pensando en Nuria Masclau, pero esto no hace falta que lo sepa Luisa que se aprovechará del erotismo de otra, no lo sabrá pero, si lo supiera, vistos los resultados orgásmicos, es posible que tampoco le importara.

Cuando Luisa busca el tercer polvo de la reconciliación, sentados en el sofá de la sala, después de cena, y con movimientos deliberadamente perezosos y sinuosos se arrodilla entre las piernas de él, y le baja los calzoncillos para estimularlo con la boca, mientras lame y chupa, la mano del marido en éxtasis encuentra el mando a distancia de la tele y, sin pensar, lo dirige hacia el aparato y pulsa el botón que la pone en marcha. Están haciendo el programa *Olor a chamusquina*. Iñaqui Bolera y Asun Perarnau enseñan por sorpresa a una pobre famosa tetuda cómo su prometido, con quien se ha de casar al cabo de tres semanas, se morrea con un travestido. Los dos periodistas se mueren de risa, la famosa tetuda grita y llora sin embadurnarse de rimel y unos cuantos millones de espectadores vibran de una manera u otra.

28% de share.

¡Fantástico!

55

No había entendido nunca el significado de jugarse la vida a cara o cruz.

El motorista o el conductor de Fórmula 1 que aprieta el acelerador cuando no tendría que hacerlo para adelantar al rival y ganar la carrera; el hombre que se tira por las cataratas del Niágara en un barril; el soldado que se expone al fuego enemigo para llegar hasta el primer parapeto que pueda darle una posición ventajosa. Hasta el día de mi salto, para mí eran suicidas irresponsables que despreciaban la vida y por lo tanto no se jugaban nada importante. ¿Qué importancia tiene jugarse la vida si no le das ningún valor?

En el momento que salté por encima de aquella barandilla, que la salté y no me tiraron como han dicho algunos, en el mismo momento en que caía y ni un segundo antes, me di cuenta que vivía un momento trascendental no porque tanto me diera vivir como morir, sino porque valoraba, y mucho, el giro que estaba a punto de dar a mi existencia. Si me moría, aquel sería un momento excelente porque habría puesto fin a un proceso frustrante y desesperado, sin emoción ni sentido; sería un gesto heroico, un corte brusco y valiente. Pero si sobrevivía, comprendí que todos valorarían mi futuro de acuerdo con aquel gesto. Era una apuesta a doble o nada, que son las únicas que valen la pena. Si perdía, perdía del todo, fuera, se ha acabado, terminamos. Pero, si ganaba, mi futuro ya no sería nunca más como antes. El conductor de Fórmula 1 sería un triunfador, el campeón del mundo; el soldado que esquivara las balas enemigas sería un héroe. Yo sería un mito. El asesino de Tiaguín Moltó. ¿Sabéis cuántas páginas de revistas y cuántas horas y horas de televisión se podrán llenar con mi experiencia?

Morí. Sé lo que es la muerte. El cata crac ensordecedor, el mundo se parte a tu alrededor como si hubiera sido un decorado de cristal, te ahogas en la oscuridad absoluta, un sueño sin sueños, nadas suavemente en las profundidades de un oceano negro. No tengáis miedo de la muerte.

Lo peor de la noche más oscura son las pesadillas, o el insomnio, o el sueño ligero que eterniza la oscuridad. La muerte, ya os lo digo yo, es el sueño más plácido, más profundo, más sin sueños, más definitivo y más instantáneo que os podáis imaginar. Un reposo tan perfecto que se te hace corta la eternidad.

Inesperadamente, resucité.

Igual que Tiaguín Moltó quería hacer resucitar a Isabelita de Lorca. Un buen en día abres los ojos y te encuentras fuera del oceano negro, de nuevo en contacto con el mundo real y todo el mundo sonríe al comprobar que estás vivo.

Sonríe tu madre, que no te dijo nunca que fueras su hijo, y te llora y te besa las manos, y fijaos bien qué reportaje saldrá de aquí ("Nunca me había llamado hijo hasta que se pensó que estaba muerto y me vio resucitar"); y sonríe el médico que te ha salvado, porque eres su triunfo ("Gracias al doctor, gracias a sus manos prodigiosas, siento que Dios me da una segunda oportunidad"), incluso ríen los policías que te odian, porque siempre dan risa los milagros, aunque los beneficiarios sean locos asesinos como yo.

Por el amor de Dios, ¿no podría alguien proponer mi beatificación? ¿Que no me he salvado milagrosamente? ¿Que no ven los titulares, "proponen a un asesino para santo"?

Porque, de momento, de cara al juicio, mi abogado me aconseja que diga que lo hice sin querer, naturalmente, que quede claro que yo no quería matar a Tiaguín Moltó. Si hubiera querido hacerlo, le habría golpeado en la cabeza. Los golpes que aquel hijo de puta recibió demuestran que al fin y al cabo fue un pronto, una tontería, un accidente, un desahogo momentáneo. Me caerá una pena muy leve, pero los periódicos hablarán mucho —ya hablan— y, cuando salga, a las preguntas de los periodistas ansiosos de morbo, les diré que sí, que le quería matar, claro que sí, que sí, que sí, que soy un asesino, porque es así, porque acabaré de nacer y habré nacido culpable, con el pecado original, igual que otros niños nacen rubios, o negros, o con síndrome de Down. Esta será la condición que me pondrán para vivir de nuevo. Con esta pequeña limitación tendré que crecer y relacionarme con los demás. Y aquello que, en un principio parecería una maldición (pobre chico, nació con el estigma del asesino), si lo sé llevar bien, puede convertirse en mi *modus vivendi*, porque yo sé que hay un público a quien le gustará conocer mi opinión de asesino, mis sentimientos de asesino y mis experiencias en la cárcel, un público morboso, o llamémosle curioso, o llamémosle incauto, naïf, que me necesita para exorcizar su mediocridad y sublimar sus peores instintos.

Yo soy el producto y hay un mercado para mí. Si yo soy el loco asesino, ellos pueden considerarse bien sanos y felices. Comparados con mis problemas, los suyo son sandeces infantiles, no me agradecerán nunca lo bastante que yo exista porque gracias a los monstruos anormales como yo ellos pueden considerarse, pobrecitos, gente normal y corriente y, por lo tanto, feliz.

Por eso me aplaudirán cuando salga a explicar mi vida, y vale más que me espabile para explicar una bien buena. No la versión que ya escribió Nuria Masclau, ni la versión de Pepe Baza, ni siquiera la auténtica, sea cual sea, sino otra historia mejor todavía, una historia llena de sorpresas que ahora preparo y que responderá exactamente a las expectativas del público, que es quien manda sobre el share. Pero de momento, mientras no se me ocurra nada mejor, ya he dicho que el final que más me gusta es el de la novela de Nuria Masclau.

Venga, otra vez.

56

Los dos periodistas se mueren de risa, la famosa tetuda grita y llora sin embadurnarse de rimel y unos cuantos millones de espectadores vibran de una manera u otra.

28% de share.

¡Fantástico!

Esta novela es ficción y, por lo tanto, como debe ser verosímil, es mucho menos cruel y absurda que la realidad. Sin embargo, está hecha con retazos de nuestra vida cotidiana y he de agradecer la colaboración de excelentes profesionales que me han ayudado, con sus conocimientos, a hacerla más auténtica.

Joaquim Roglán, que un vez más me ha hecho de Virgilio; Josep Sandoval que conoce como nadie el mundo que aquí describo, desde la honradez y el juego limpio; y Carles Quílez, que me ha abierto puertas que sin él para mí todavía estarían cerradas; son periodistas modélicos que me han enseñado a distinguir, criticar y condenar a la otra clase de periodistas, que describo en este libro. Daniel Martínez, Alberto Larripa, Joan Miquel Capell y Joaquín Aguirre me han aportado la verdad de los comportamientos de la policía y la justicia; José Manuel Tortosa, con una colaboración espléndida, ha hecho que el informe forense parezca auténtico y Joan Manuel Blanqué y sus conocimientos psiquiátricos. Y Mar Camón y Helena Sancho, las imprescindibles colaboradoras que me han ahorrado viajes o me los han organizado, si eran inevitables.

Todos ellos han aportado la verdad al libro. De las tergiversaciones, exageraciones o errores, solo yo soy responsable.

A todos ellos gracias porque, sin su ayuda, no habría sido posible escribir esta novela.